# पचीस साल की लड़की

# पचीस साल की लड़की

ममता कालिया

रेमाधव पब्लिकेशन्स

ISBN : 978-81-89850-12-8

**पचीस साल की लड़की** (कहानी-संग्रह)

**पहला संस्करण :** 2006
**तीसरा संस्करण :** 2023

**मूल्य :** ₹ 495

**प्रकाशक**

रेमाधव पब्लिकेशन्स प्रा. लि.
जी-17, जगतपुरी, दिल्ली-110 051

**शाखाएँ :** अशोक राजपथ, साइंस कॉलेज के सामने, पटना-800 006
पहली मंजिल, दरबारी बिल्डिंग, महात्मा गांधी मार्ग, प्रयागराज-211 001
वेबसाइट : www.remadhav.com
ई-मेल : contact@remadhav.com

**मुद्रक**

बी.के. ऑफसेट
नवीन शाहदरा, दिल्ली-110 032

PACHEES SAAL KI LADKI
*Stories by* Mamta Kaliya

# भूमिका

पौ फटने की वेला में कलियों का चटखकर खिलना किसने देखा है। यह चमत्कार होशियार-से-होशियार माली भी नहीं देख पाता। इसी तरह हमारा बड़ा होना होता है। लड़कियों में दिल, दिमाग और देह की दुनिया में बड़ी जल्दी और झटके से परिवर्तन आते हैं। कहने को सब स्वाभाविक होता है लेकिन लगता सब आकस्मिक है।

बँधी हुई लीक के मुताबिक लड़की के जीवन में सोलहवाँ साल बड़ा नाजुक होता है। अज्ञात से ज्ञात और अज्ञेय से ज्ञेय का उसका सफर यहाँ से आरम्भ होता है। वह नहीं जानती, कब उसे फ्रॉक पहनते-पहनते शमीज की जरूरत होने लगती है, कूद-कूदकर चलने की बजाय धीमे-धीमे छोटे पग उठाने को प्रकृति मजबूर कर देती है। हम लड़कों से कम नहीं, यह हेकड़ी हर महीने चोट खा जाती है।

आधुनिक समय में इससे भी अहम पायदान है पचीसवाँ साल। पढ़ाई, प्रतियोगी परीक्षाएँ, नौकरी, आवास और आत्मनिर्भरता के रास्ते चलते हुए आज लड़की आसानी से उम्र में पचीस का आँकड़ा छूने लगती है। इतने सफर के बाद शादी उसके सामने ऐच्छिक विकल्प के अर्थ में आ सकती है, एकमात्र संकल्प के रूप में नहीं। खुद की कमाई आजादी का रंग जान लेने के बाद पारम्परिक विवाह के बखेड़े में वह पड़ना नहीं चाहती। इसीलिए बड़े शहरों में नौकरीपेशा लड़कियों की विवाह-आयु खिसकती जा रही है, वरन् यह कहना ज्यादा तर्कसंगत होगा कि रोजगार से लगी लड़कियाँ अब विवाह को स्थगित करना सीख रही हैं।

यह भी सच है कि समय कभी ऊर्ध्वगामी गति से आगे बढ़ता है तो कभी

चक्राकार। एक ही समय में समस्त समाज आधुनिक नहीं हो जाता। जनसंख्या का एक बड़ा हिस्सा नए जमाने में भी पुरानी सोच और विचार रखता है। परम्पराबद्ध परिवारों के लिए आत्मनिर्भर, अविवाहित लड़कियाँ चुनौती और चिन्ता का अर्थात् बनती हैं।

साल-दर-साल मेरी अविवाहित सहेलियों की संख्या बढ़ती जा रही है। उनके जीवन और व्यक्तित्व के कई रंग कभी उदास कर जाते हैं, तो कभी आह्लादित। मैंने पाया, मेरी मेज पर उनके सुख-दुःख के दस्तावेज भी बढ़ते जा रहे हैं।

ममता कालिया

# अनुक्रम

# चिर-कुमारी

**छोटी** स्टेबिलाइजर के ऊपर पसरी हुई थी। गरमाहट में उसे चैन मिल रहा था। उसकी आँखें बार-बार मुँद रही थीं। दिशा ने एक बार उसे टहोका जैसे वह भाषा समझती हो—'बाहर इतना बड़ा सूरज निकला हुआ है पर इसे यहीं सोना है।'

शायद छोटी बाहर के खतरे बेहतर समझती थी।

इस घर में दो बाहर थे। एक तो वह था जो सड़क से फाटक पार कर मोतिया की कतार से होता हुआ लकड़ी की जाफरीवाले दरवाजे पर खत्म होता। दूसरा बाहर बरामदे के नीचे पक्का आँगन था, जहाँ खूब गमले रखे हुए थे। एक तख्त और दो मूढ़े पड़े थे। बाएँ हाथ की सीढ़ियाँ पहली मंजिल पर जातीं जिसके सभी कमरे उपेक्षित थे। सीढ़ियों में मोटा पसरा हुआ था—मटमैले पीले रंग का इतना मोटा बिल्ला कि दूर से वह कुत्ता नजर आता।

और न जाने कितनी चिड़ियाँ सवेरे से इस घर में चहचह करतीं। पहली दो चिड़ियाँ ऐसी आतीं जिनके सिर पर कलगी कत्थई रंग की थी और छाती पर मोरपंखी हरे रंग का चौड़ा चिह्न। उसके बाद ढेर-सी गौरैया आतीं। वे अमरूद के पेड़ पर अपना ऑरकेस्ट्रा बजाकर चल देतीं। दोपहर में कौए आते। दिशा के घर में हर वक्त रौनक रहती। उसे बड़ी हैरानी होती जब आनेवाले कहते—"कैसे रह लेती हो अकेली, दिल नहीं घबराता तुम्हारा।"

शादीशुदा लोग समझाते—"पैंतीस की उम्र इतनी ज्यादा भी नहीं होती। हम बताएँ कोई अच्छा-सा लड़का?"

दिशा हँस देती—"अच्छे लड़कों से तो जी अघाया हुआ है। कोई पाजी

लड़का बताइए।"

इस पर पति ठहाका मारते, पत्नियों के मुँह बन जाते, वे कोहनी से ठेलतीं पति को दरवाजे तक ले आतीं—"चलिए न, देर हो रही है।"

दिशा का मनोरंजन हो जाता। औरतों को नर्वस करने में उसे मजा आता।

हैरानी की बात यह कि पचीस-तीस साल के विवाहित जीवन के बाद भी पत्नियों में असुरक्षा की भावना थी। दिशा को भी तकरीबन उतने ही साल हो गए शादीशुदा लोगों के रिश्ते परखते।

एक तो उसके माता-पिता ही थे। वे चार भाई-बहन थे पर माँ ने बताया था कि उनके छह बच्चे हुए। दो बच्चे नहीं रहे। अपने होश में दिशा ने माता-पिता के बीच कोई प्रत्यक्ष संवाद नहीं देखा। वे हमेशा तृतीय पुरुष में बात करते। कभी बच्चों के माध्यम से द्वितीय पुरुष पर आ जाते 'तेरी माँ अन्दर बुला रही है, जा जल्दी।' 'अपनी माँ से कहना मैं रोटी नहीं खाऊँगा, मुझे आकर दूध दे जाए।' बड़ी होने पर दिशा सोचती, कहीं हम सब नियोग से तो नहीं पैदा हुए।

यूनिवर्सिटी में उसके सहयोगी विवाहित होते हुए भी अपनी-अपनी तरह से एकाकी थे। पी.के. पॉल को पुराने सिक्के जमा करने का शौक था। विभाग में वे अकसर अपना पिगी बैंक पलटकर सिक्के गिनते। फिर डिब्बा यहीं लॉकर में बन्द कर देते। उनका कहना था, उनकी पत्नी को हर उस काम से चिढ़ है जो उन्हें प्रिय है। पीयूष देसाई अपनी बैंक पासबुक, चेकबुक विभाग द्वारा दी गई आलमारी में बन्द रखते। उनका कहना था कि उनकी पत्नी को शॉपिंग का रोग था। वह उनका पूरा वेतन एक सप्ताह में खत्म कर डालती थी।

ये उदाहरण परोक्ष शिक्षा का काम करते। दिशा सोचती, कितनी मुश्किल से उसने यहाँ तक का सफर तय किया है। कई किस्म की ज्यादतियों और कमियों का मुकाबला उसने अपनी शिक्षा और प्रखर चेतना से किया था। शादी के नाम पर वह अपनी आजादी और आत्मनिर्भरता दाँव पर नहीं लगाना चाहती थी।

यूनिवर्सिटी में वह जन्तुविज्ञान की प्राध्यापक थी लेकिन उसकी रुचियों का क्षेत्र जीव-जन्तुओं के संसार से आगे था। इसीलिए अगर कोई छात्रा अपनी

समस्या लेकर आती, वह उसका हल ढूँढ़ने की कोशिश करती। उसकी कलीग कहतीं—"दिशा, क्यों अपना दिमाग खराब करती हो। इन लड़कियों की हालत कभी नहीं सुधरेगी, आज इन्हें विश्वविद्यालय के परिसर की छेड़छाड़ से बचाओगी, कल ये किसी रिश्तेदार की छेड़छाड़ की शिकार बन जाएँगी, परसों नौकरी में इनका बॉस इन पर हाथ मारेगा। तुम क्या एक्टिविस्ट हो, जो जुटी रहती हो।"

दिशा का झगड़ा हो जाता—"क्या एक्टिविस्ट हुए बिना आप अधिकारों की लड़ाई नहीं लड़ सकते। यह तो सच्चाई से बचने का बहाना है।"

प्रतीक्षा कहती—"पर लड़कियों की समस्याएँ असंख्य हैं। हम क्या कर सकते हैं?"

"इसका मतलब यह नहीं कि हम शुरुआत ही न करें।"

दिशा की इस बबरशेरनी छवि के कारण ही सभी प्रवक्ता उससे सँभलकर बात करते, सिवा असलम अंसारी के।

असलम के पास कोई मुकम्मल नौकरी नहीं थी। वह 'रोजाना' का स्ट्रिंगर था और खबरों की तलाश में स्कूटर पर शहर नापता रहता। इसी सिलसिले में वह यूनिवर्सिटी पहुँचा।

एक दिन जब वह लड़कियों के मुँह के पास अपना जेबी टेपरिकॉर्डर ले जाकर पूछ रहा था कि उन्हें हॉस्टल में क्या-क्या दिक्कतें हैं, दिशा उस पर झुँझला पड़ी। उन दिनों वह विमेन्स हॉस्टल की वॉर्डन भी थी।

"हॉस्टल के पदाधिकारियों के ऊपर तोहमत लगाने से पहले आपको यह भी पता लगाना चाहिए कि होस्टल के रख-रखाव के लिए यूनिवर्सिटी कितना पैसा स्वीकृत करती है, कि मैस फीस पन्द्रह बरस से पचहत्तर रुपये ही चली आ रही है और कितनी लड़कियाँ अवैध रूप से हॉस्टल के कमरों में बसी हुई हैं।"

"आप तो छात्राओं के खिलाफ बयान दे रही हैं।" असलम ने कहा।

दिशा आक्रोश में चिल्लाने लगी—"आप अखबारनवीस हैं या खुमैनी जो फतवे दे रहे हैं। बी रियॉलिस्टिक।" छात्राओं की मध्यस्थता से विवाद निपटा था।

प्रेम की तरह झगड़ों की भी एक अविस्मरणीयता होती है, यह उन्हें तब

पता चला जब दिशा को डॉक्टरेट उपाधि मिलने पर मुबारकबाद देनेवाले लोगों में असलम भी आया।

दिशा ने उसके आगे बर्फी की प्लेट रखी तो वह बोला—"आपने झींगा मछली पर रिसर्च की है, मैंने सोचा था आप कोई झींगा-व्यंजन खिलाएँगी।"

दिशा हँस दी—"मैं तो शाकाहारी हूँ, आज तक मछली चखकर नहीं देखी।"

"वैसे मछली शाकाहार में आती है।"

दिशा ने कहा—"यों तो मनुष्य भी शाकाहार में आता है। दंगों में बड़े-बड़े शाकाहारी ऐसी मारकाट मचाते हैं कि कितने मरे, कितने घायल हुए, यह सिर्फ अखबार से पता चलता है।"

मौजूदा सवालों पर वाद-विवाद ने संवाद की जमीन तैयार की और असलम बेतकल्लुफी से दिशा के यहाँ आने लगा।

आसपास के क्वार्टरों में थोड़ी चुहल हुई। दिशा के घर के गेट पर हरा स्कूटर देखते ही लोग कहते—"लगता है दिशा मैडम को पाजी लड़का मिल गया है।"

लोकोपवाद उन दोनों की चिन्ता का विषय नहीं था। इस पहचान को विशुद्ध प्रेम भी नहीं कहा जा सकता था। कभी पूरे हफ्ते मुलाकात न होती तो कभी वे सारा इतवार साथ बिताते। कई बार इकट्ठे बैठकर टी.वी. देखते रहते।

दिशा कहती —"असलम, प्लीज! इस बार चाय तुम बना लाओ न।"

असलम जानता था दिशा को कैसी चाय पसन्द है, ग्रीन लेबल, चौथाई चम्मच चीनी, आधी चम्मच दूध।

घर के बिल्ले-बिल्ली तक असलम की आहट पहचानने लगे थे।

असलम कहता—"क्या यह तुम्हारी पालतू है?"

"नहीं, यह रिफ्यूजी है।"

"तुम्हें रिफ्यूजी बिल्लियाँ अच्छी लगती हैं जबकि मुझे जंगली।" असलम शरारत से हँस देता।

दिशा उसे कन्धे पर चपेड़ लगाती—"तुम्हारी यह हिम्मत!"

दिशा ने किस्तों पर कार खरीदी। बचत के लिहाज से खुद गाड़ी चलाने का

मन बनाया। सवाल यह था कि सिखाएगा कौन। एजेण्ट ने कहा—"इसे चलाना कोई मुश्किल काम नहीं है। बस चाबी घुमाइए और ले उड़िए। बचनेवाले अपने आप बचेंगे।"

असलम यहाँ भी काम आया। उसने कहा—"मैं ड्राइविंग सिखा दूँगा, दस दिन में।"

सीखने के बाद भी आत्मविश्वास आने में कुछ और दिन लगे। असलम साथ बैठा होता, तब वह ठीक चला लेती पर अकेले उसे सिर्फ घर से यूनिवर्सिटी का रास्ता ही सुरक्षित ड्राइव लगती।

इस इतवार को वे मैकफर्सन लेक इसीलिए चले कि दिशा को अनजान रास्तों पर ड्राइव करने का अभ्यास हो जाए।

मिलिटरी लाइंस पार कर वे नीवाँ गाँव की तरफ से उस ऊँचे-नीचे कच्चे टीले पर पहुँचे, जहाँ से सामने झील बनाम गंगा की धारा दिखनी शुरू होती थी।

रेत की चाँदी सूर्यास्त की आभा में गुलाबी हो रही थी। कभी कोई आदमी डगमग करता साइकिल पर दूध के हण्डे लटकाए निकल जाता। एक धोबी धुले कपड़े समेटने में लगा था। वहाँ से चार-पाँच छोटी लड़कियाँ गुजरीं। सभी के हाथ में लोटे थे। दिशा ने कहा—"आजादी के पचास साल बाद भी लड़कियों के शौच जाने का कोई इन्तजाम नहीं है। झुंड में निकली हैं, कोई सुनसान जगह देखकर बैठेंगी। फिर भी कोई गारंटी नहीं कि सही-सलामत घर पहुँच जाएँगी।"

"क्यों?"

"क्यों क्या। कुछ भी हो सकता है। इनका अपहरण, बलात्कार... कुछ भी असम्भव नहीं है।" दिशा ने कहा।

तभी साइकिल पर एक दूधवाला वहाँ आकर रुका। उसने सभी लड़कियों के लोटे में दूध नापा। लड़कियाँ वापस जाने को मुड़ गईं।

असलम हो-हो कर हँस पड़ा—"नारीवादियो! कभी जमीन पर उतरकर भी देखा करो। हर बात उतनी संजीदा नहीं होती जितनी तुम लोग मानती हो।"

दिशा कुछ खिसिया गई। शायद अनुमान गलत हो जाने से।

"ये बच गईं पर आशंका खत्म नहीं होती। लड़कियों के साथ कभी भी कुछ

हो सकता है।" दिशा ने कहा।

"सिर्फ लड़कियाँ ही क्यों, किसी भी इनसान के साथ कुछ भी हो सकता है। दिशा, कभी तो नारीवादी की जगह सिर्फ नारी की तरह सोचो। इन खतरों की वजह से क्या लड़कियाँ बाहर निकलना, स्कूल जाना, हँसना-बोलना छोड़ दें।"

"मैं तो हमेशा से लड़कियों की आजादी की कायल रही हूँ, तुम कुछ गलत रंग दे रहे हो चीजों को।"

"नहीं, तुम्हारे अन्दर नारीवाद को लेकर एक ऐसी कट्टरता पैदा हो चुकी है जिसमें वाद अहम है, नारी दीगर।"

"मुझे नकारना तुम्हें अच्छा लगता है। सभी अखबारनवीस थोड़े झक्की-शक्की होते हैं। हर जगह तुम्हें बू दिखाई देती है।"

असलम को अच्छा नहीं लगा। पेशे की बाबत छींटे कोई बरदाश्त नहीं कर सकता। वह तल्ख हो सकता था पर चुप रहा। अँधेरा होने जा रहा था।

"वापस चलें।" उसने कहा।

दिशा का भी मूड उखड़ा हुआ था। उसने कार की चाबी चुपचाप असलम को थमा दी। जाहिर था, वह ड्राइव नहीं करेगी।

मिलिटरी लाइंस की सड़कें वीरान पड़ी थीं। इक्का-दुक्का 'शक्तिमान' गुजरते या कभी कोई तिपहिया फटफटाता निकल जाता। असलम पचास की रफ्तार पर था। सामने सड़क पर झुकती शाम के साये में, बीचोंबीच कुत्ते का एक पिल्ला पड़ा हुआ था।

अगल-बगल सेना ने पथ-रोक लगा रखे थे। जब तक असलम कुछ फैसला करे, गाड़ी पिल्ले के ऊपर से गुजर चुकी थी।

दिशा ने तेज आवाज में कहा—"गाड़ी रोको।"

गाड़ी रुकी।

"तुमने पिल्ले की जान ले ली।" दिशा कहते हुए बाहर लपकी।

असलम ने बैठे-बैठे ही मुड़कर देख लिया।

पिल्ला गर्दन उठाकर इधर-उधर देख रहा था। दिशा ने पिल्ले पर हाथ फिराया और उसे उठाकर सड़क के एक किनारे कर दिया।

असलम ने उसके आ जाने पर कहा—"देखा मेरी ड्राइविंग का कमाल,

वह पिल्ला साफ बच गया। जबकि ड्राइविंग का पहला उसूल है नेवर सेव ए डॉग।"

दिशा ने कटखने अन्दाज में कहा—"इसमें तुम्हारी कोई तारीफ नहीं है। बेचारा पिल्ला अपनी किस्मत से बचा। तुमने तो उसके ऊपर से गाड़ी गुजार ही दी थी।"

"मैंने अन्दाजा लगा लिया था कि यह आलसी नन्हा कुत्ता हरकत नहीं करेगा।"

"इससे तुम्हारा गुनाह कम नहीं हो जाता। यह बताओ, अगर यह इनसान का बच्चा होता, तब भी तुम ऐसा करते।"

"इनसान और जानवर में फर्क है, दिशा।"

"दोनों में जान है। फिर बात तुम्हारे नजरिये की हो रही है। तुमने कैसे गवारा किया यह। गाड़ी उसके ऊपर से गुजर जाने दी।"

जब वे घर पहुँचे असलम ने गाड़ी गैरेज में खड़ी कर लॉक की और हथेली पर चाबी रखकर कहा—"मेमसाब चाबी ले लें, सलाम।"

दिशा को हँसी नहीं आई। उसने चुपचाप चाबी उठा ली।

असलम अपने स्कूटर की तरफ मुड़ा।

दिशा उसके जाने का इन्तजार किए बिना घर में दाखिल हो गई।

छोटी इस वक्त भी स्टेबिलाइजर के ऊपर बैठी थी। उसे देखकर वह उसके पैरों में लिपटकर दुम हिलाने लगी।

"भूख लगी है? रुक। अभी मैं अपने लिए चाय बनाऊँगी, तब तुझे दूध मिलेगा।"

दिशा ने साड़ी उतारकर बिस्तर पर डाली, जूड़ा खोला और ड्रेसिंग गाउन लपेट लिया। उसने सोचा, जानवरों के बारे में सबसे अच्छी बात यह होती है कि वे प्रतिवाद नहीं करते। वे मूक प्रेमी होते हैं।

असलम जा चुका था। फिर भी जैसे वह उससे अभी बहस कर रहा था—"तुम तेजी से अधेड़ होती हुई एक सिरफिरी औरत हो, और कुछ नहीं।"

# कौए और कोलकाता

**बाएँ** वक्ष पर बँधी चिपकन पट्टी को महसूस करती हुई हेमा जोशी सोच रही है, अगर वह पार्क स्ट्रीट से थिएटर रोड को जोड़ने वाली लाउडन स्ट्रीट पर निकल जाए तो क्या आज भी वही महसूस कर सकेगी जो कल तक किया करती थी।

कल तक भी कोलकाता उसके लिए नया था। यहाँ तक कि कोलकाता का नामोच्चारण भी। अच्छा-भला कलकत्ता था, जिससे काफिया बिठाकर कविता लिखने में भी गजब सहूलियत थी, कलकत्ता, अलबत्ता, सत्ता, भत्ता, कुकुरमुत्ता। पर अब यह जो कोलकाता है तो नए सिरे से सबकुछ सोचना पड़ेगा। फिलहाल दिमाग की बैटरी एकदम डाउन। आह! यह चिलक। चोट चस-चस कर रही है।

कल तक यहाँ नए साल की रौनक थी। रात-भर आतिशबाजियाँ छोड़ी गईं, रेस्तराँ के बाहर सान्ता क्लॉज ने टॉफियाँ बाँटीं, रेस्तराँ के अन्दर ग्यारह बजे के बाद गरम आइटम 'पोल डांस' हुआ और रात-भर शहर सोया नहीं। जिन्हें नए साल का कोई महत्त्व नहीं पता था, वे भी दाँत निपोरकर सारे दिन कहते घूमे 'हैपी न्यू यर।' शेक्सपियर सरणी की दुकानें अपनी विशिष्ट सज-धज के साथ रात-भर खुली रहीं। हर दुकानदार ने अपने घर से ज्यादा दुकान को सजाया, सँवारा। चाय के अड्डे रात-भर खुले रहे। समोसों की कड़ाही रात-भर चढ़ी रही। बड़ा बाजार, धरमतल्ला के परिवार भी घूमने, रौनक देखने थिएटर रोड, पार्क स्ट्रीट पर मँडराते रहे। सबने अपनी तरह से जश्न मनाया। जिसकी जैसी जेब। कहीं लोगों की टोलियाँ सिर्फ झाल-मूड़ी खाकर मगन थीं, तो कहीं ताज बंगाल में पाँच पेग के बाद भी तृषित थीं। और तो और जिन्हें पहली को वेतन नहीं मिला, वे भी दफ्तर में खुश थे। मौसम उनके मंसूबों का साथ दे रहा था। उन्होंने आपस में चन्दा इकट्ठा

कर बेकर्स पॉयण्ट से बड़ा-सा केक मँगवाकर मिल-बाँटकर खाया।

अभी पिछले महीने अपनी नीली स्ट्रॉली रिड़काते हुए हेमा जब दीदी के घर जा पहुँची थी, दीदी के विस्मय का ठिकाना नहीं था। अजब यह कि दीदी के दिमाग में एक भी अच्छा विचार नहीं आया। या विचार नहीं थे, आशंकाएँ थीं।

"अचानक कैसे? खैरियत तो है?"

"नौकरी चल रही है? कोई गड़बड़ तो नहीं है?"

"फोन करने का शऊर अभी भी नहीं सीखा तूने।"

दिन के चार बजे भी दीदी हाउसकोट में थी पर मेकअप किया हुआ था। बाल भी चमक रहे थे। हेमा ने अपने बिखरे बालों पर हाथ फेरा।

जब वह पानी का ग्लास लेकर बैठी, दीदी ने कहा—"किस देहात से आ रही है तू। बाप रे! इतने कपड़े लाद रखे हैं, मोजे भी पहने हैं। यहाँ तो औरतें स्लीवलेस कपड़ों में घूमती हैं।"

"हमारे यहाँ नवम्बर से ही सर्दियाँ शुरू हो गईं। मैं बहुत जल्दी जुकाम पकड़ लेती हूँ।"

"फिर भी कोई हद होती है। ज्यादा गर्म कपड़े लादने से शरीर बेडौल दिखाई देता है।"

तकलीफ हुई। आठ साल बाद मिली है बड़ी बहन। न सिर पर हाथ फेरा न घपची में लिया, बस हुलिया को लेकर हुलिया-टाइट कर दिया।

"अगर मैं यह कहूँ कि तुम्हें देखने का मन किया तो यह झूठ होगा। लेकिन यह जरूर है कि मैं अपने शहर से ऊबकर यहाँ पहुँची हूँ। हर साल मेरी छुट्टियाँ बरबाद चली जाती हैं।"

"कित्ती छुट्टियाँ हैं?"

हेमा हँस दी, जवाब नहीं दिया। दीदी का फँसाव वह पहचान रही है।

विज्ञापन-जगत की सबसे व्यस्त मॉडल, अब भूतपूर्व सुन्दरी नहीं चाहती कि उसके पराभव में कोई उसे देखे। चार महीने पहले तक वह चार इंच ऊँची एड़ी की सैण्डिल पहनकर रैम्प पर वो लचक कर चलती थी कि सारा हॉल सीटी मारता और सिसकारी लेता था। यों तो वह अड़तीस की हो चली थी, उसकी देहयष्टि अभी अठारह से अट्ठाईस वाली थी। मॉडलिंग की दुनिया में

वह एक करिश्मे की तरह मानी जाती थी। देश से ज्यादा उसके कार्यक्रम विदेश में आयोजित होते। हेमा को अकसर वह आधी रात में फोन खनखना देती—"मैं हिथरो से बोल रही हूँ, यहाँ स्टेज शो में आई थी। अब ऑस्ट्रेलिया के लिए निकल रही हूँ।" कभी हांगकांग से चित्रयुक्त कार्ड आ जाता तो कभी शारजाह से एस.एम.एस.। हेमा दीदी की अन्तरराष्ट्रीय व्यस्तता की अभ्यस्त हो चली थी। जब कुछ दिन कहीं से फोन न आता, हेमा समझ जाती कि दीदी आजकल कलकत्ते में है।

यह जो अचानक उसे अभूतपूर्व से भूतपूर्व बनना पड़ा, इसमें न कोई युवा प्रतिद्वन्द्वी जिम्मेदार थी, न कोई कुटिल प्रायोजक। इसमें उसका बेहद अपना, सपने जैसा सुन्दर बाथरूम खलनायक था। एक दिन दीदी ने नहाने के बाद जैसे ही उठने की कोशिश की, उसका पैर साबुन की टिकिया पर पड़ा और वह सट्‌ट से फिसल गई। फ्रेक्चर, प्लास्टर और बिस्तर कैद में छह हफ्ते बीते। जोड़ ठीक नहीं बैठा। चार हफ्ते और बीते। दस हफ्तों में दीदी की दुनिया लुट गई। नई-नई लड़कियाँ आकर रैम्प पर छा गईं। फोटोग्राफरों के एलबम में नए चेहरे चिपक गए। प्रायोजकों ने उसे फोन पर सलाह दी—"मिस बहार, आप बिलकुल जल्दी न कीजिए। हमारा काम तो चल ही रहा है। आप बेफिक्र होकर आराम कीजिए, आपने बहुत काम किया है, अब आपको आराम की जरूरत है।"

बहार हक्की-बक्की रह गई। मॉडलिंग की दुनिया में आराम हराम है। यों रुपये-पैसे की खास किल्लत नहीं पर एकदम ठुल्ली बैठना क्या उसे गवारा होगा।

तीन महीने में उसके फिगर पर चर्बी की एक परत चढ़ गई। पहले के कपड़ों में घुसना नामुमकिन हो गया। उसने उबला खाना बनवाना शुरू कर दिया, कोई राहत नहीं। पुरानी सेविका दुलारी ने कहा—"बेबी, खाने से नहीं पानी से मोटा होता है देही।" दीदी ने पानी पीना कम कर दिया। निर्जलीकरण की शिकार, मरते-मरते बची। पर वह अदा कि किसी सगे-सौतेले को खबर नहीं लगने दी।

वह तो दुर्घटना की तरह आ पहुँची छोटी बहन हेमा जोशी। हेमा का घर का नाम छोटी है। बहार चिढ़ती है—"छोटी कहाँ है, पैंतीस की हो गई।" वह तीन

साल पीछे अपने को देखती है, उसे रंग-बिरंगा संसार दिखाई देता है। इतनी जल्द सूर्यास्त हो जाएगा, उसने कब सोचा था।

दो-चार दिन हेमा खूब उत्साह में रही। सुबह उठी—"उई दीदी, इत्ते ठंडे कमरे में सोती हो, मेरी तो घिग्घी बँध गई।" उछलकर दिखाया बहन को—"वह देखो, डाइनिंग रूम की दीवार पर कौआ। आज कोई आनेवाला है।"

"कौए तो रोज आते हैं, एक नहीं कई-कई, पर कौन आता है। अब यहाँ कोई नहीं आता।" बहार की उसाँस निकल गई।

रविवार की सुबह 'टाइम्स' पढ़ते समय भड़क गई बहार—"क्यों छोटी, यह वैवाहिक विज्ञापन तूने दिया है क्या?" हेमा सन्न!

इत्ती भेद की बात दीदी को पता चल जाएगी, कब सोचा था उसने।

"नहीं, बिलकुल नहीं।"

"पर मोबाइल नम्बर तो तेरा ही है। क्या कोई और भी लड़की तेरा मोबाइल नम्बर इस्तेमाल करती है?"

"मैंने तो नहीं दिया।"

"पर ब्यौरे तो सब तुमसे मिलते हैं। पैंतीस साल की सुन्दर प्राध्यापिका, दिल्ली में कार्यरत वर। जाति बन्धन नहीं। ई मेल पता भी तेरा ही है।"

अब और झूठ नहीं बोला जा रहा हेमा से। विज्ञापन देते समय उसने कब सोचा था कि दीदी इतनी फुरसत में होगी कि वैवाहिक पृष्ठ को खुर्दबीन से पढ़ती होगी। क्या अपने लिए पढ़ती है दीदी?

सैकत ने एक दिन कहा था—"तुम सब भाई-बहन बहार दीदी को अभिभावक बनाए दे रहे हो। अभी तो उनकी फर्स्ट क्लास शादी हो जाए।"

"तुम लोग शादी के चौखटे से अलग रखकर लड़कियों के बारे में सोचते ही नहीं।" हेमा ने वार किया।

"जब तसवीर मुड़ने-तुड़ने लगे और चौखटे के भी काबिल न रहे, तब की सोचना हेमा।" सैकत ने कहा।

क्या तभी से हेमा के अन्दर अकुलाहट पैदा हुई?

उसके आसपास के सभी पुरुष विवाहित थे। सहेलियाँ भी एक-एक कर विवाह के बाद साथ छोड़ती जा रही थीं। नई आनेवाली प्राध्यापिकाओं के बीच

हेमा स्वयं को बहुत प्राचीन दिखाई देती। कुछ हफ्ते उसने शादी डॉट कॉम पर अपना बायोडाटा डाला। एक भी प्रस्ताव न आने पर वह परेशान हो गई। उसे लगा वह जिन्दगी में ऐसे बस स्टॉप पर खड़ी है जहाँ अब बसें नहीं आतीं। टाइम्स में विज्ञापन उसके भग्न हृदय की हताश हुंकार थी।

इसके लिए ही वह बहार के पास आई थी कि अगर कोई प्रस्ताव आ जाए तो मध्यस्थ की भूमिका बहन निभा दे।

बहार ने पहले व्यंग्य और फिर विनोद से मामला निपटा देना चाहा।

"उम्र तुमने पहले ही लिख दी। कोई क्यों आना चाहेगा?"

"और सब तो ठीक है यह सुन्दर शब्द कहाँ से आ गया?"

हेमा दुखी हो गई। दिवंगत माता-पिता पर गुस्सा आया जो बिना अपने काम पूरे किए चटपट चले गए। जीवन में छोड़ गए उसके लिए एक बड़ी बहन जो इतनी आत्मलिप्त रही कि उसके लिए हेमा जैसे है ही नहीं। उसे नहीं आना चाहिए था यहाँ। दीदी उसका मनोविज्ञान बिगाड़ती है। दीदी की निगाहों में वह बेडौल, बदसूरत, भैंगी और क्रैक है। चार दिनों से ये चार विशेषण सुन-सुनकर हेमा को लग रहा है वाकई यही सही है। तंग आकर उसने कह दिया—"दीदी, यह विज्ञापन तो मैंने तुम्हारी शादी के लिए दिया था।"

"तुम्हें यह हक मैंने कब दिया?"

"पापा-ममी नहीं हैं, कोई तो सोचे तुम्हारे बारे में। फिर तुम कतार में आगे बढ़ो तो मेरा भी नम्बर लगे।"

"तुम्हें कोई आँख का अन्धा मिले तो कर लो। मुझसे उम्मीद मत रखना।"

"और तुम?"

दीदी की आँखों में शरारत की सुनहरी चमक छा गई। जिन का एक और पेग बनाकर वह पुरानी यादों में खो गई—"दो साल पहले जब मैंने आबूधाबी में शो किया था, एक अमीर मेरे पीछे ही पड़ गया। जब मैंने ना-नुकुर की तो बोला—'अभी काजी को बुलाकर निकाह पढ़वा लें, फिर तो मेरी बेगम बनोगी।'

"नशे में रहा होगा।"

"बिलकुल नहीं। तू क्या जानती है। तू मूर्ख है। मुझसे शादी का प्रस्ताव रखने वालों में एक क्रिकेट खिलाड़ी, एक पंजाबी फिल्मों का हीरो और एक शेख रहा है।"

यादों के साथ दिक्कत यही है कि वे मौजूदा समय में हमें बहलाने के सिवा और कोई काम नहीं आतीं। हेमा ने बड़े तरस के साथ दीदी की तरफ देखा। अब यह बारह बजे तक पीती रहेगी, फिर खाने के नाम पर कै करेगी और धुत्त सो जाएगी। जितनी देर पिएगी उतनी देर अपने प्रेम प्रसंगों और रैम्प शो के किस्से सुनाएगी। सुबह उठकर नहा-धोकर झूठ और पाखण्ड को फिर हेलमेट की तरह सिर पर रख लेगी। हेमा को लगता है उसकी बहन का विकास सत्रह साल के बाद रुक गया। शर्म आ जाती है जब वह अभी भी कपड़ों, श्रृंगार-प्रसाधन और अन्तर्वस्त्रों पर ललकती है जैसे किसी वयस्क मनुष्य के जीवन में विचार और सोच के लिए कोई जगह ही नहीं है। जितनी बार हेमा दीदी को कोई पुस्तक या पत्रिका दिखाने की कोशिश करती है, वह उसे बिस्तर पर एक तरफ सरकाकर कभी अपने नाखून तराशने लगती है, तो कभी लिप ग्लॉस लगाने लगती है।

दीदी का अकेलापन देखती है हेमा। इतने बड़े शहर में उसका एक भी दोस्त नहीं जो बिना फोन, बिना सूचना धड़धड़ाता हुआ चला आए। कोई सगी सहेली नहीं, जो उसकी शिथिल देह और मोच खाई टाँग के बावजूद, शाम चार बजे चाय पीने, गप्प मारने चली आए।

आखिर तो हम बहनें हैं, हेमा ने सोचा। संवाद का सिरा मैं ही पकड़ूँ तो क्या! सुबह बात करूँ या शाम?

दुलारी ने कहा—"सुबह में बेबी का माथा बहुत गरम रहता है, ज्यादा बातचीत करना नहीं।"

शाम को ही ठीक रहेगा, हेमा ने सोचा।

दिन भर दीदी अपनी देह की रगड़ाई, धुलाई और चमकाई में लगी रहती। शाम तक वह अपने को कमनीय बना लेती, जबकि हेमा सुबह साफ-सुथरी लगती और शाम तक धीमे होते जाते बल्ब-जैसी हो जाती।

उस घर में शाम की शुरुआत उत्सव की तरह थी। फ्रिज के ऊपर रखी ट्रे में सभी क्रिस्टल ग्लास नेपकिन से रगड़-रगड़कर चमकाए जाते। मिनी बार में वोदका, जिन और वाइन की बोतलें काउंटर पर रखी जातीं। क्या पता कब कौन आ जाए। दुलारी छोटी प्यालियों में सलाद, नट्स और नमकीन सजा देती। दीदी टेलीविजन पर फैशन चैनल लगा देती और आवाज गुम कर देती। फिर वह

अपनी व्याख्या शुरू कर देती—"यह लड़की सुन्दर नहीं है।" "वह तो एकदम बेकार है।" "इसके बाल नकली हैं।" "इसके फिगर में सिलिकोन भरा है।"

हेमा के मुँह से निकल पड़ा—"दीदी, कभी तो देह से हटकर सोचा करो।"

"क्यों? क्यों सोचूँ। देह से अलग स्त्री कुछ नहीं है। तू ज्यादा वैदेही बनेगी तो तेरे पास भी कोई नहीं फटकेगा।"

"मेरी फिक्र छोड़ दो दीदी! तुम्हें देखने के बाद मुझे लग रहा है कि अपनी फिक्र मुझे आप करनी होगी। अपनी सोचो। दस साल बाद जब शरीर झुर्राने लगेगा, तब क्या करोगी!"

"कैसे झुर्राएगा, मैं इसे बादाम के तेल में डुबोकर रखूँगी, चार घंटे योगाभ्यास करूँगी, खाने के नाम पर सिर्फ सलाद खाऊँगी।"

"उम्र का क्या करोगी?"

"कैसे पता लगेगी उम्र? मैंने अपनी जन्मपत्री, हाईस्कूल सर्टिफिकेट सब फाड़ फेंके हैं। बस एक तू महारानी अपनी उम्र का सही मैनेजमेण्ट करे तो मैं अभी दस बरस 28 की बनी रहूँ।"

"वह क्या है दीदी, सर्विस बुक से लेकर हर जगह दर्ज है मेरी सही उम्र।"

दीदी के चेहरे पर शैतान की शरारत और चमक उभरी। उसने जिन का एक और पेग बनाकर कहा—"ऐसा कर, तू मेरी बड़ी बहन बन जा।"

"यह बात मुश्किल तो है नामुमकिन नहीं है," मैंने कहा और कहती गई—"मैं तुमसे यह कहना चाहती थी कि क्या तुम्हें ऐसा नहीं लगता, अब तक जो जीवन तुमने जिया, वह दिशाहीन था। ऐसे में हम आज से शुरू करते हैं अपना सार्थक जीवन। इस जीवन में न्यूनतम सामान हो, थोड़ी-सी जरूरतें हों, दो-चार पक्के दोस्त हों, एक शेल्फ-भर किताबें हों, कोने में एक मेज हो जिस पर कागज और कलम हो।"

"ऐसी बोर जिन्दगी तुम्हें मुबारक, मेरे लिए तो वह सजा है।" दीदी ने मेरी बात को व्यर्थ करते हुए कहा।

'या रब न वो समझे हैं, न समझेंगे मेरी बात।' जैसी लाचारी में हेमा ने बात मुल्तवी कर दी।

बाएँ वक्ष में टीस हो रही थी। दीदी को बताने का कोई लाभ नहीं था। वह

हँसी उड़ाती या उसके दर्द की धज्जियाँ। हेमा ने घुमा-फिराकर पूछा—"तुम्हारा फेमिली डॉक्टर कौन है?"

"जब मेरी फेमिली नहीं है तो फेमिली डॉक्टर कैसे हो सकता है?"

"कोई पर्सनल डॉक्टर?"

"क्या बात है। तुझे पीरियड्स तो वक्त पर आ रहे हैं न।"

"हाँ, उसकी कोई समस्या नहीं है। कोई लेडी डॉक्टर बता न!"

"फँस गई न तू भी। कितने हफ्ते ऊपर हुई है? शादी करेगा या अबॉर्शन के पाँच हजार देकर छुट्टी करेगा।" दीदी की आवाज में चुनौती, व्यंग्य और विनोद तीनों था।

"कुछ नहीं पेट। दर्द रहता है, इसीलिए।"

"तो फिजिशियन को दिखाओ। लेडी डॉक्टर जैसी बीमारी कहाँ है तुम्हें।"

अन्दर उबलते गुस्से से हेमा खलबला उठी। अपने तमाम आधुनिक सोच-विचार के बावजूद मन में संकोच बैठा हुआ था कि अन्तरंग का अनावरण पुरुष डॉक्टर के सामने कैसे करे। चोट किसी बाहरी अंग पर होती तो वह किसी के भी दवाखाने में जाकर उपचार करवा लेती। यह तो अन्तर्वस्त्र उतारकर दिखानेवाली चोट थी। मन में और भी कई ऊहापोह थे। क्या डॉक्टर विश्वास करेगा कि यह परिन्दे का दिया हुआ आघात है। क्या भरोसा, वह इसे दरिन्दे की करतूत समझे। जब वह उसे बताएगी कि इसमें उसका कोई कसूर नहीं है, वह तो मगन मन नहा रही थी। उसके चेहरे पर साबुन लगा था, आँखें बन्द थीं। पता नहीं चला कब वह कौआ खिड़की के रास्ते अन्दर घुस आया और सीधे वक्ष पर हमला बोल दिया। उफ उसके पंजों की खरखरी पकड़ अभी तक जेहन में मौजूद है। वह यह भी नहीं कह सकती कि घाव और खरोंचें सिर्फ पंजों की हैं या चोंच की भी। साबुन लगी आँखें खोलते न खोलते कौआ तो फड़फड़ाकर उड़ गया, उसे चीखता छोड़कर। बाएँ उरोज की त्वचा जैसे चिथड़ा हो गई। कुछ देर को तो बस अंग-प्रत्यंग काँपता रहा। हेमा हाथ वक्ष पर दबाकर रोती रही, सिसकारी भरती रही। भय और नफरत ने कुछ देर को अपंग कर दिया। 'शी, इतनी गन्दी घटना वह भी मेरे साथ।' हेमा को यही लगता रहा। काँपते हाथों से उसने बाथरूम केबिनेट से सेवलॉन की शीशी निकाली और काफी-सा एण्टीसेप्टिक चोट पर उँड़ेल लिया। कुछ देर तक वह इसी काम में लगी रही। एक बार घाव पर पानी डालती, दूसरी

बार एण्टीसेप्टिक। दर्द से चेहरा विवर्ण हो आया। किसी तरह उसने शरीर पर ड्रेसिंग गाउन लपेटा और बाहर आई।

कमरे में दीदी टेबिल लैम्प जलाकर अपने नाखून रँग रही थी। उसने हेमा की तरफ देखा ही नहीं। जब उसने बिसूरते हुए कहा—"दीदी!"

बहार बोली—"डिस्टर्ब मत कर, एक कोट और लगाना पड़ जाएगा।"

हेमा अन्दर के कमरे में लेट गई। आँखें घुमाकर देखा। सब खिड़कियाँ बन्द थीं। उसने धीरे से ड्रेसिंग गाउन का हिस्सा हटाकर देखा। रक्त-स्राव बन्द हो चुका था किन्तु चोट पर अन्तर्वस्त्र किसी भी तरह नहीं पहने जा सकते थे। हेमा ने तय किया कि वह बहार को इस हादसे के बारे में कुछ नहीं बताएगी। अव्वल तो उसकी जानने में दिलचस्पी ही न होगी। दूसरे अगर सुन भी लिया तो वह इस बात पर उसकी हँसी उड़ाएगी कि वह खिड़की खोलकर क्यों नहाई। हेमा अभी से दीदी की प्रतिक्रिया अपने कानों से सुन सकती है—'जब पता है बाथरूम की खिड़की पार्क में खुलती है, पार्क में बड़े-बड़े पेड़ हैं। सारे दिन बाथरूम में उड़-उड़कर सूखे पत्ते आते रहते हैं। वह तो रोशनदान नहीं है इसलिए थोड़ी देर खिड़की खुली रखनी होती है। मैं तो नहाते समय खिड़की बन्द रखती हूँ।' वह अक्ल छाँटेगी और डाँटेगी। वह झुककर हेमा को घपची में भरकर यह नहीं पूछेगी—'प्यारी मुन्नी, बता तो क्या हो गया। कहाँ लगी है चोट। ला मैं दवा लगा दूँ।'

हेमा का मन यकायक उखड़ गया। कलकत्ते के इस पते-ठिकाने पर, जहाँ कोई अपनापन नहीं, जहाँ सगे भी सौतेले बने हुए हैं, वह क्या करने आई हुई है। अगर वह धर्मशाला में ठहरी होती और किसी अनजान अपरिचित से सहायता माँगती तो उसे ज्यादा सहारा मिल जाता। इससे अच्छी तो उसकी दिल्ली है जहाँ खिड़की के रास्ते चोर भले आ जाएँ, परिन्दे नहीं आते। उसे लगा बेगाने घर के कौए-कोयल भी बेगाने होते हैं, दुश्मन पंछी।

उसने तय कर लिया, वापस जाना है, आज ही। अपने शहर अपने जीवन और जंजाल-संजाल के शहर। वहीं वह डॉक्टर के पास जाएगी, वहीं अपनी छुट्टी के शेष दिन बिताएगी। किराये का सही, वहाँ उसका अपना घर है, अपनी नौकरी, अपना संसार। यह शहर उसके लिए बस स्मृति बन जाएगा। छाती में उठती चिलक की तरह। शेष जीवन जब भी उसे कहीं कौए दिखेंगे, कोलकाता याद आएगा।

# जाँच अभी जारी है

**एक** सम्मानित राष्ट्रीयकृत बैंक में नियुक्ति पाकर वह फूली नहीं समाई। विद्यार्थी जीवन से ही उसे बैंक की नौकरी आकृष्ट करती थी। उसे लगता शक्ति, सच्चाई और नैतिकता जैसे मूल्यों का एहसास जितना बैंक में हो सकता है, उतना अन्य किसी नौकरी में नहीं। हाथ नोटों से भरे रहें फिर भी दिमाग विचलित न हो, यह एक अग्निपरीक्षा ही होती होगी। पर कुछ दिन नौकरी पर जाकर अपर्णा ने पाया यह सब महज रुटीन का हिस्सा है। हालाँकि इससे छह महीने पहले अपर्णा की नियुक्ति विश्वकर्मा डिग्री कॉलेज में हो चुकी थी, उसने इस नौकरी की खातिर लेक्चररशिप छोड़ दी। शिक्षक, प्राध्यापक उसे बासी और निरीह लगते थे।

उसकी ड्यूटी मुख्य हॉल में थी। वहाँ कुल पचीस मेजें थीं। हाल भरा-भरा लगता। अपनी एक निश्चित जगह और अलग मेज देख अपर्णा को गर्व और सन्तोष हुआ। उसने घर जाकर माँ और पिता जी से कहा—"जितनी बड़ी घर में चारपाई है, उतनी बड़ी तो मेरी मेज है वहाँ। रोज लाखों रुपयों का टर्नओवर होता है, इतनी बड़ी बैंक है।"

माँ और पिता जी गौरवान्वित हुए—"हमारी बेटी ने अपनी लियाकत के बूते यह जगह पाई है। हजारों ने इम्तहान दिया, पर पास तो बिरले ही हुए! भगवान तुझे दिन-रात तरक्की दें।"

काम में मेहनत और एकाग्रता की जरूरत थी। दोनों गुण अपर्णा में थे। दो बजे तक का समय तो पलक झपकते बीत जाता क्योंकि वह पब्लिक डीलिंग का समय होता। उसके बाद शुरू होता असली काम। गार्ड शटर बन्द कर देता। अन्दर पैसे-पैसे का हिसाब मिलाया जाता। अपर्णा के लिए यह करिश्मे से कम

नहीं था कि इतने काउंटरों पर, इतनी मेजों पर, इतनी तरह से पैसों का लेन-देन हो और अन्त में हिसाब एक क्रॉसवर्ड पहेली की तरह फिट बैठ जाए। जब सारा हिसाब फिट बैठ जाता, साढ़े चार बजे तक ही सारे कर्मचारी और अधिकारी फुर्सत में आ जाते तब चाय का दौर चलता और हॉल गपबाजी से गूँज उठता। लेकिन किसी-किसी दिन हिसाब में बल पड़ जाता, दस पैसे या दस रुपये की गड़बड़ निकलती और सारा स्टाफ रोक लिया जाता। सभी कागजात नए सिरे से जाँचे जाते। लेजर मिलाए जाते, पूरी नकदी गिनी जाती और चाहे शाम के सात बजते, हिसाब साफ होने के बाद ही स्टॉफ फारिग होता।

शुरू-शुरू में अपर्णा को बड़ी हँसी आती। अरे, अगर दस पैसे का हिसाब गड़बड़ है तो अपने पास से मिला दो, बस छुट्टी। कम है तो अपने पर्स से डाल दो, ज्यादा हैं तो दराज में डाल दो, भूल-चूक लेनी-देनी, पर उसके सहयोगियों ने समझाया कि यह भूल-चूक वाला मुहावरा बैंकिंग के किसी काम का नहीं। यह तो बैंकिंग के सिद्धान्त का शत्रु है।

बैंक के शाखा प्रबन्धक एक नाटे-मोटे चश्मेवाले मिस्टर खन्ना थे, जो सारा दिन हस्ताक्षर करते देखे जाते थे। यह राष्ट्रीयकृत बैंक शहर के हृदय में स्थित था। इसलिए यहाँ व्यवसायियों के छोटे-बड़े खातों की भरमार थी। वे सुबह दस बजे इन्तजार करते मिलते। पान चबाते हुए वे अपने स्कूटरों पर या बैंक की सीढ़ियों पर खड़े होते। कुछ व्यापारियों, फर्मों के मुनीम और एकाउंटेण्ट इस काम के लिए आते। लेकिन पुराने किस्म के लाला धोती-कुर्ते में स्वयं आते। उनका हुलिया देखकर यह अन्दाज लगाना मुश्किल था कि वे कितनी हैसियत के आदमी हैं लेकिन लेजर देखने पर पता चलता, वे लाखों में चलते हैं। सुबह-सुबह अपनी घर की सिली बनियानों की चोर जेबों में नोटों का वक्षस्थल फुलाए जब वह काउंटर पर खड़े होते, अपर्णा का मन होता, उनसे कहे—'सेठ जी, थोड़ा-सा पैसा खर्च कर कपड़े किसी पावर पैक्ड साबुन से धुलवा लीजिए, सारे बैंक में पसीने की गन्ध उड़ रही है।' पर प्रकट में वह यों ही सिर नीचा किए अपना काम करती रहती। अपर्णा को अपनी सहयोगियों पर और खुद अपने पर हैरानी होती। पैसा एक अमानत की तरह उन सबके हाथों से गुजरता। अपर्णा अपनी सहेलियों को बताती—"पता है, जिस कुली के सिर पर ईंटों की तरह चिनवाकर पाँच-पाँच लाख के नकद नोटों की गड्डियाँ स्ट्रांग

रूम से ट्रेजरी भिजवाई जाती हैं, उस कुली की कुल मजदूरी क्या होती है—सिर्फ दस रुपये रोज। आप उससे पूछिए, कब से यह काम कर रहा है, तो कहेगा, सिर्फ दस साल से।"

सहेलियाँ दंग रह जातीं—"कमाल है, दस साल में क्या एक भी बार उसकी नीयत खराब नहीं हुई। हम होते तो नोट लेकर भाग जाते।"

अपर्णा सिर हिलाती—"तुम भी ऐसा न करतीं। जब सिर पर जिम्मेदारी पड़ती है तो ईश्वर अपने-आप शक्ति देता है।"

"तुम तो ऐसे बोल रही हो, जैसे किसी यूटोपिया में पहुँच गई हो।"

"सच, यूटोपिया ही लगता है। हर आदमी अपने काम में इतना मुस्तैद, इतना चौकस है कि इस संस्था और उसकी प्रणाली पर ही गर्व होता है। यकीन न हो तो किसी दिन आकर देखो।"

दो-चार बार अपर्णा की सहेलियाँ उसके दफ्तर गईं। पर अपर्णा काम से इतनी घिरी रहती कि वे लोग उठकर कॉफी पीने भी न जा सकीं। अलबत्ता मेज पर ही कॉफी मँगाकर पी ली गई।

सहेलियों ने मुँह बनाया—"यह तो दस से पाँच तक जेल की तरह है।"

अपर्णा मुस्करा दी। उसे पता था यह वे नहीं उनकी कुंठा बोल रही थी।

ये वे दिन थे जब अपर्णा आशा और विश्वास से भरी थी। उसे जगह-जगह लिखे नारे भी अच्छे और अर्थपूर्ण लगने लगे थे—'परिश्रम ही देश को महान बनाता है।' 'अनुशासन आज की जरूरत है।' 'कड़ी मेहनत, पक्का इरादा, दूर-दृष्टि।'

उसे रात में सपने भी इसी तरह के आने लगे जैसे दिन में उसके खयाल थे। सपने में उसे दिखता कि वह अपनी ही शाखा में एक सहयोगी की पत्नी बन चुकी है। रोज सुबह साढ़े नौ बजे वे दोनों अपना-अपना लंच बॉक्स थामकर इकट्ठे स्कूटर से रवाना होते हैं। दोनों का एक ज्वाइण्ट एकाउंट है और घर में दोनों की मर्जी से काम-काज होता है।

ये निहायत मुमकिन किस्म के सपने थे। और अगर हॉल में एक भी आदमी अविवाहित और नौजवान होता तो ये पूरे भी हो सकते थे। पर मौजूदा स्टॉफ में सब लोग इस कदर विवाहित थे कि उनके बारे में सोचना भी फिजूल था।

दफ्तर में दो महिलाएँ और थीं। उनकी अपर्णा से कोई प्रतिद्वन्द्विता नहीं थी।

मगर बहुत घनिष्ठता भी नहीं थी। उन दोनों की आपस में बनती थी। कभी-कभी अपर्णा को सतर्क करना वे अपना कर्तव्य समझतीं।

मिसेज श्रीवास्तव कहतीं—"सँभलकर रहना अपर्णा, ये शादीशुदा मर्द बड़े खतरनाक होते हैं। पहले आतुर बनेंगे, फिर कातर और फिर शातिर, एकदम, पन्नालाल हैं सब के सब।"

अपर्णा कहती—"मुझे तो सब बड़े सीधे नजर आते हैं। लगता ही नहीं कि मर्दों के बीच बैठे हैं।"

मिसेज श्रीवास्तव एक तजुर्बेकार हँसी हँस देतीं।

अपर्णा को काम करते हुए करीब ढाई महीने हो गए। एक दिन खन्ना ने एकाएक उससे पूछा—"आज शाम क्या कर रही हैं आप?"

"जी, मुझे माँ को लेकर डॉक्टर के पास जाना है।" उसने मुँह लटकाकर कहा—"कोई जरूरी काम है क्या?"

"मैंने सोचा, आवर्ती जमा योजना का बहुत-सा काम चेक करना है,आपकी मदद से आज निपटा लूँ।" अपर्णा को अपनी चालाकी पर ग्लानि हुई। लेकिन अब वह झूठ बोल चुकी थी।

"आज शाम आप क्या कर रही हैं?" यह सवाल धीरे-धीरे बैंक का हर छोटा-बड़ा अधिकारी अपर्णा से पूछ चुका था। अपर्णा बुद्धू नहीं थी। माँ की बीमारी, पिता का प्रवास उसके रक्षा कवच थे। अपनी शाम सुरक्षित बचाने का उसके पास यही उपाय था। लेकिन एक शाम वह चपेट में आ ही गई। हमउम्र सहयोगी सिन्हा ने कहा—"अपर्णा जी, आज ऑफिस में ही दो-चार मित्रों को बुलाया है, आप भी रुकें।"

अपर्णा ने अपना कवच और कुण्डल निकाला—"देखिए मुझे माँ के साथ..."

"नहीं, अपर्णा जी, आप सिर्फ बीस मिनट मुझे दे दें। मेरे बेटे का जन्मदिन है आज।"

"आप घर पर जन्मदिन नहीं मनाएँगे?"

"मेरा बेटा अपनी मम्मी के साथ बनारस गया हुआ है। सुबह से ही उसकी बड़ी याद आ रही थी, इसलिए कुछ लोगों को यहीं बुला लिया।"

अपर्णा एक तरह से फँस गई। उससे यह कहते नहीं बना कि वह बीस

मिनट भी नहीं दे सकती।

पाँच बजे बैंक के सभी लोग चले गए। सिर्फ चौकीदार और दो चपरासी अपने-अपने स्टूल पर बैठे रह गए। थोड़ी देर में मेहमान आने शुरू हो गए। दफ्तर के बाहर दो-चार स्कूटर, मोपेड और एक मारुति खड़ी हो गई। इनमें से किसी का भी चेहरा अपर्णा के लिए पहचाना हुआ नहीं था। इसलिए वह अपनी सीट पर ही बैठी रही। सिन्हा का कमरा अन्दर को था। जल्दी ही सिन्हा आकर उसको लिवा ले गया। सबसे सबका परिचय हुआ। केक की रस्म अदा होने के बाद अपर्णा ने देखा, चपरासी दाताराम एक बड़ी-सी प्लेट में ढेर सारी बर्फ ले आया। इसके पहले कि वह चीजों को समझे, बात की बात में न जाने किस कोने से व्हिस्की की बॉटल लाकर मेज पर रख दी गई। बैठे लोगों के थके चेहरों पर एकाएक स्फूर्ति आ गई। सिन्हा ने मेज की दराज से ग्लास निकाल लिए।

"एक्सक्यूज मी।" अपर्णा ने कहा और उठ गई।

"अरे, अरे आप क्या अनर्थ करती हैं," सिन्हा ने उसे रोका—"जी नहीं, मैं जाऊँगी।" अपर्णा ने दृढ़ता से कहा और बाहर हॉल में आ गई।

चपरासी और चौकीदार उसे कौतुक से देख रहे थे।

"छि:, यह सब दफ्तर में चलता है और आप लोग रोकते भी नहीं?" अपर्णा ने कहा।

"हम रोकनेवाले कौन होते हैं, जब आप लोग नहीं रोकते।"

"क्या यहाँ अकसर यह सब चलता है?"

"और बैंक में शाम को क्या होता है। कभी सिन्हा साहब, कभी खन्ना साहब।" राष्ट्रीयकृत बैकों का यह इस्तेमाल अपर्णा के लिए एक धक्का था। शाम को जब कभी उसने बैंक की बिजली जली देखी, उसने यही सोचा था कि यहाँ अधिकारी कितने मनोयोग से अपना काम पूरा करते हैं।

रिक्शा स्टैंड तक अपर्णा को खतरा महसूस होता रहा कि कहीं सिन्हा उसके पीछे न आए। जब वह सकुशल रिक्शे पर बैठ गई, उसने चैन की साँस ली।

घर में माँ या पिता को इस घटना की जानकारी देना निरर्थक दुश्चिन्ता बढ़ाना होता। वह चुप रही। आज उसकी अकड़ खंडित होते-होते बची थी।

साल बीतने पर वह भी एल.टी.सी. प्राप्त करनेवालों में हकदार हो गई। माँ ने कहा—"तू छुट्टी ले ले तो हम सब जगन्नाथ पुरी चलें।"

'चलो, माँ की मर्जी ही सही।' अपर्णा ने सोचा, हालाँकि वह खुद कुल्लू-मनाली के सपने देख रही थी। माँ ने सारी तैयारी कर ली। उसने दफ्तर से एडवांस लिया। आरक्षण आसानी से हो गया। लेकिन यात्रा की सुबह एक अप्रत्याशित घटना हो गई। पिता जी को अचानक घबराहट और सीने में दर्द उठा। देखते-देखते वे तीनों स्टेशन की बजाय अस्पताल पहुँच गए, जहाँ शुरू हो गया ई.सी.जी. और अन्य परीक्षणों का एक लम्बा सिलसिला। अपर्णा की दस दिन की छुट्टी इस बीमारी ने निगल ली। पिता जी बच गए लेकिन वे तीनों इस दौरे से बेहद विचलित हो गए।

इस बीच अपर्णा ने दफ्तर फोन कर अपने अधिकारी को इत्तला दे दी थी कि वह छुट्टी में घूमने नहीं जा सकी है। उसने सोचा, वह छुट्टी के बाद जब दफ्तर जाएगी, एडवांस वापस कर देगी।

दस दिन बाद वह दफ्तर गई। चपरासी ने उसे एक रजिस्टर्ड लिफाफा पकड़ाया। पत्र बैंक के क्षेत्रीय कार्यालय से आया था। जिसमें लिखा था—"आपने एल.टी.सी. का झूठा बिल पेश कर बैंक के साथ धोखाधड़ी और धन दुरुपयोग की चेष्टा की है। इस सम्बन्ध में अपना स्पष्टीकरण तत्काल दें, अन्यथा आपके विरुद्ध अनुशासनात्मक कार्रवाई करने को हम बाध्य होंगे।"

अपर्णा पत्र लेकर धड़धड़ाती हुई खन्ना के केबिन में पहुँची—"सर, मैंने तो फोन पर आपको पहले ही सूचित कर दिया था कि..."

शाखा प्रबन्धक ने चश्मे में से उसे घूरकर कहा—"मुझे आपका कोई फोन नहीं मिला। आपको जो भी कहना है, लिखित में कहें।" अपर्णा के लिए यह आरोप न सिर्फ निराधार था, वरन् बचकाना भी, खासकर तब जब कि आज वह अपने पर्स में एडवांस की रकम भी लौटाने की गर्ज से लाई थी।

खन्ना ने सिन्हा को बुलाकर सलाह की। तय यही हुआ कि ये जो नए अपरिपक्व, अनुशासनहीन अधिकारी हैं, उन्हें सबक सिखाया जाए और उनकी लीपापोती कतई मंजूर न की जाए।

सिन्हा ने कहा—"और सर, हमारी फाइल में इनके द्वारा दिया गया बिल भी लगा हुआ है। उस पर तारीख भी उनके हाथ की ही लिखी हुई है।"

अपर्णा अभी भी डरी नहीं। उसे लगा सच्चाई उसके साथ है, उसकी नीयत में कोई खराबी नहीं है, फिर वह क्यों घबराए।

घर में माता-पिता को उसने संक्षेप में थोड़ा-सा समझाया, पर समस्या को बहुत हल्का बनाकर ताकि पिता जी के कलेजे पर बोझ न पड़े।

"तू क्यों चिन्ता करती है। मैं चलूँगा तेरे साथ क्षेत्रीय दफ्तर।" पिता ने कहा।

जाते वक्त पूरे रास्ते पिता उसे समझाते रहे—"तू बिलकुल न डर। सत्य में आज भी बड़ी शक्ति है। मेरी इतनी उम्र हो गई, मैंने आज तक झूठ का सहारा नहीं लिया और मैं कभी घाटे में नहीं रहा।"

क्षेत्रीय कार्यालय कानपुर की एक व्यस्त, स्वच्छ सड़क पर था। भव्य इमारत, भारी सुरक्षा और तामझाम से भरपूर। कार्यालय का हर अधिकारी, कर्मचारी वहाँ व्यस्त नजर आ रहा था।

अपर्णा सम्बन्धित अधिकारी से मिलना चाहती थी। 'पूछताछ' से पता चला कि वे दौरे पर निकले हुए हैं। उनके कनिष्ठ अधिकारी जरूर हैं। इस अधिकारी की केबिन में जाने से पहले विभागीय कर्मचारियों का एक हॉल क्रॉस करना पड़ता था।

जब अपर्णा अपने पिता को साथ लेकर केबिन में जाने को उद्यत हुई, चपरासी ने रोककर कहा—"एक-एक करके जाना, भीड़ की भीड़ क्या करेगी अन्दर।"

"भीड़ नहीं, यह मेरे पिता जी हैं।" अपर्णा ने तैश में कहा।

"ऑर्डर नहीं, एक बार में खाली एक जन जाएगा।" पिता जी को बाहर ठहरने को कह अपर्णा अन्दर गई। कनिष्ठ अधिकारी वरिष्ठ अधिकारी की अकड़ से बैठा अपना कान फोन में और आँख फाइल में लगाए था। उसने अपर्णा के अन्दर आने का कोई नोटिस नहीं लिया। और बड़ी देर तक फोन पर केवल ओ आ ऐं जैसे स्वर में बोलता रहा। थककर अपर्णा सामने पड़ी कुर्सी पर बैठ गई। फोन रखते ही उसने अपर्णा की ओर इतने रूखे और सरसरे ढंग से देखा कि वह अटपटाकर खड़ी हो गई। और न चाहते हुए भी उसने अपनी

बात में 'सर' 'सर' कहना शुरू कर दिया। एक डेढ़ मिनट उस अधिकारी ने अपर्णा की बात ध्यान से सुनी, फिर निरपेक्ष भाव से कहा—"अब आप क्या चाहती हैं?"

"मैं चाहती हूँ कि मेरे स्पष्टीकरण पर आप ध्यान दें और मेरी विश्वसनीयता पर सन्देह न किया जाए।"

"स्पष्टीकरण की पुष्टि करना हमारा फर्ज होगा। शाखा प्रबन्धक और उनके सहयोगी की रिपोर्ट पर आपके विरुद्ध जाँच की कार्रवाई तो करनी ही पड़ेगी।"

"यह सरासर अन्याय है। मैंने अभी अर्ज किया कि वे पैसे मैंने एडवांस बिल के एगेंस्ट लिए थे। छुट्टी के बाद मैं वह धनराशि तुरन्त लौटाने ही आई थी।"

"आपने अपनी यात्रा रद्द करने की कोई सूचना अपने कार्यालय को नहीं दी नम्बर एक, आपके बिल पर कहीं भी एडवांस बिल जैसा शब्द नहीं लिखा हुआ है नम्बर दो और आपके पास अपनी भेजी गई सूचना का कोई लिखित सबूत नहीं है। फिर हम कैसे मानें कि आप सन्देह से परे हैं।"

"आप अपने विवेक से न्याय करें, क्या आपको मैं एक बेईमान लड़की मालूम होती हूँ।"

"व्यक्तिगत प्रतिक्रिया का दफ्तर के रुटीन में कोई अर्थ नहीं होता। फिर इधर हमारे यहाँ नए आए जूनियर्स में इतने अजीब तत्त्व घुस गए हैं कि इनकी पड़ताल होनी जरूरी है। आप जा सकती हैं।"

"पर सर..."

"आप अपना समय बरबाद कर रही हैं।" अधिकारी ने घंटी बजा दी। अपर्णा बौखलाई-सी चपरासी के पीछे-पीछे बाहर आई। उसके पिता डीलिंग क्लर्क के सामने पड़ी कुर्सी पर बैठे हुए थे। क्लर्क के मुँह में ठूँसमठूँस पान भरा था और वह बड़े गौर से अपने चश्मे में से अपर्णा को देख रहा था। 'चलो' अपर्णा ने बिना उससे बात किए पिता से कहा। क्लर्क ने गुस्से में मुँह का पान लहूलुहान कर लिया। उसे केस का पता था। उसे लगा, गले तक मुसीबत में फँसी है लड़की पर अकड़ देखो, डीलिंग क्लर्क से बात करते हेठी होती है। दर्जनों केस उसकी मेहरबानी से इसी दफ्तर की अलमारियों में दफन हुए पड़े हैं। उसने सोचा

था, लड़की आकर उससे ठीक से मुलाकात करेगी, थ्रू प्रॉपर चैनल अन्दर जाएगी और आइन्दा इस मनहूस बूढ़े को लाकर उसके सामने न बैठाने की समझदारी दिखाएगी तो वह मामला दबवा देगा। अभी जाँच की कार्रवाई का कागज डिस्पैच नहीं हुआ था, पर इसके तो मिजाज सातवें आसमान पर टिके हुए हैं।

उसके चले जाने के बाद उसने चपरासी (जो उसका परामर्शदाता भी था) से कहा—"इसी तरह यह अपने पिता जी के साथ आती रहेगी तो दसियों साल इन्क्वायरी चलवाऊँगा, रो न दे तो कहना।"

चपरासी खैनी के लिए श्रीवास्तव का मोहताज रहता था। उसकी किसी बात से असहमत होना उसे कभी ठीक न लगता। उसने सिर हिलाया।

अगला पूरा हफ्ता भागदौड़ में बीता। हालाँकि वह नई थी, सहयोगी उससे हमदर्दी रखते थे। जिसने जिस मददगार का नाम बताया, वह वहीं दौड़ी, लखनऊ और कानपुर उसके लिए कटरा और ममफोर्डगंज बन गए। कभी भी किसी सूचना पर, बिना रेल आरक्षण के वह सफर पर चल देती, घिच-पिच भरे डिब्बों में बोरे पर बैठ, खड़े हो, लटककर। अधिकतर सम्बन्धित व्यक्ति से मुलाकात ही न होती या वह अपनी व्यस्तता बताकर दो दिन बाद का वक्त देता। अनजान शहर में कहीं भी टिकना उसे निरापद न लगता। मजबूरन वह वापस आकर दो दिन बाद फिर दौड़ लगाती।

माँ और पिता लाचार, उसे देखते। उन्हें लगता, उनकी अप्पी वाकई बड़ी हो गई है। अब उसकी मुश्किलों का हल वे नहीं निकाल सकेंगे।

जाँच बैठ चुकी थी।

फाइल मोटी होती जा रही थी, अपर्णा दुबली।

क्षेत्रीय कार्यालय के एक अधिकारी प्रीतमसिंह, यूनियन के एक प्रतिनिधि समीर सक्सेना, और एक अन्य अधिकारी जाँच समिति में शामिल थे।

उसी दफ्तर में जहाँ अपर्णा एक अधिकारी की हैसियत से जाती रही थी, अब एक अभियुक्त की तरह आती और शाखा प्रबन्धक के कमरे के बाहर पड़ी कुर्सी पर बैठी रहती, फाइल गोद में रखे और आँखें दीवार पर टिकाए। जाँच का आतंक कुछ ऐसा था कि दफ्तर के चपरासी तक ने अपर्णा को सलाम करना बन्द कर दिया। कोई इस लफड़े में पड़ना नहीं चाहता था।

जाँच के दौरान बहुधा सवाल इस तरह पूछे जाते जिनका जवाब हाँ या नहीं

में अपेक्षित होता।

अपर्णा अपने को बेहद फँसा हुआ पाती। उसकी शक्ल हर समय रुआँसी रहने लगी थी।

बड़ी मुश्किल से उसे यह पता चला कि समीर सक्सेना कहाँ रुके हुए हैं। उसने सोचा, वह विशेष रूप से उनसे मिलकर अपनी बात समझाने की कोशिश करेगी।

उनसे मिलना आसान नहीं था। अकसर होटल में उनके कमरे में ताला ही पड़ा रहता। जब वे लौटते तो उनके मुलाकाती एक छोटे-मोटे जुलूस की शक्ल में उनका स्वागत करते। वे देर तक लाउंज में लोगों की समस्याओं का समाधान निकालते और उनके प्रार्थना-पत्र प्राप्त करते। इतनी भीड़ के बीच अपर्णा अपना मामला खोलना नहीं चाहती थी। इससे सिर्फ तमाशा बन सकता था लेकिन भीड़ से निपटते ही समीर सक्सेना कमरे में दाखिल हो जाते और वेटर उनके दरवाजे पर 'डू नॉट डिस्टर्ब' की तख्ती लटका देता।

वेटर की काफी मिन्नत, खुशामद और बख्शीशबाजी के बाद एक दिन अपर्णा को सक्सेना जी से मुलाकात का मौका मिला।

उन्होंने काफी गौर से उसकी बात सुनी। अब तक अपर्णा हर एक महत्त्वपूर्ण व्यक्ति को 'सर' कहने की आदी हो चली थी। उन्होंने टोका—"आप तो स्वयं अधिकारी हैं, नई हैं तो क्या। आपको किसी को 'सर' नहीं कहना चाहिए।"

अपर्णा को सक्सेना जी की बातों से राहत मिली। पहली बार उसे किसी ने इनसान की हैसियत से सम्बोधित किया था।

"मैं देखूँगा, वैसे केस उलझ गया है क्योंकि उनके पास सबूत हैं। आपके पास सबूत नहीं।"

"क्या नेकनीयती अपने आप में सबूत नहीं होती?" अपर्णा ने पूछा।

"दफ्तरी मामलों में सबसे जरूरी चीज होती है लिखित सबूत। फिर भी मैं कोशिश करूँगा। यह खन्ना कैसा आदमी है?"

"महाधूर्त!" अपर्णा ने कहा। सक्सेना जी के अधपके बालों की ओर देखकर अपर्णा ने संकोच से कहा—"आपको बताते हुए मुझे संकोच होता है लेकिन दफ्तर में खन्ना साहब और सिन्हा साहब दोनों का व्यवहार महिला कर्मचारियों से उचित नहीं है।"

"इस सिलसिले में हमारे पास कभी कोई शिकायत नहीं आई है।"

"पर मुझे मालूम है। एक नई प्रोबेशनर को रोज अपनी मेज की दराज में कागज पर लिखे अश्लील शेर मिला करते थे, उसने मुझे खुद दिखाये थे, वह लिखावट हूबहू खन्ना साहब की थी। मेरे प्रति भी उनका सख्त रवैया तभी शुरू हुआ, जब मैंने शाम पाँच बजे के बाद दफ्तर में रुकने से इनकार किया।"

"लेकिन यह एक आम शिकायत है कि जब-जब महिला वर्करों की योग्यता पर सवाल उठाए जाते हैं, वे पुरुषों के चरित्र की बात बीच में ले आती हैं।"

"ऐसा नहीं है सर, यह बहुत हद तक ठीक भी होता है।"

"इस वक्त इस पचड़े को उठाने से आपको इस मामले में कुछ वक्त और मिल जाएगा पर इससे क्या हासिल होगा। क्या आपकी सहेली इस बात की पुष्टि करेगी कि उसे खन्ना साहब तंग करते रहे?"

"मैं पूछूँगी, वैसे मैं अब तक काफी तनाव और परेशानी से गुजर चुकी हूँ। मैं भी नहीं चाहती कि मेरा केस अनिश्चित काल तक घिसटता रहे।"

"आप पता कर मुझे बताइए, क्या किसी और महिला को दफ्तर में खन्ना साहब से शिकायत है?"

अगले दिन अपर्णा ने फरीदा जमाल से बात की। फरीदा उससे जूनियर थी और जब उसे लगातार चार दिन अपनी दराज में गन्दे शेर लिखे मिले, उसने अपना दुखड़ा अपर्णा को सुनाया।

शिकायत का प्रस्ताव सुन वह एकदम बिदक गई। वह इस वाकये को पब्लिक नहीं करना चाहती थी। फिर अब तो ये शेर-ओ-शायरी बन्द भी हो चुकी थी।

"ना बाबा, मैं इस लफड़े में नहीं पड़ना चाहती। कितनी फजीहत होगी। मेरे अब्बा तो मुझे जान से मार डालेंगे।"

"पर ऐसी बातों का पर्दाफाश होना चाहिए कि नहीं! यह साहब आने वाली और लड़कियों को भी इसी तरह परेशान करेगा।"

"करेगा तो वे खुद निपटेंगी। मैं मोर्चा नहीं बनाना चाहती। केस आपके झूठे बिल का है। उसका इन सारी बातों से क्या रिश्ता?"

फरीदा के तेवर बदलते देख अपर्णा चुप हो गई।

सक्सेना जी से उसका मिलना तय था।

सब कुछ सुनकर वे बोले—"मैंने आपसे पहले ही कहा था, व्यर्थ के नए प्रसंग उठाने से कोई लाभ नहीं होगा, सिर्फ थोड़ा वक्त मिल जाएगा। आज तो मैं वापस लौट रहा हूँ, अगली बार आऊँगा तो हम आपकी डिफेंस की रूप-रेखा बना लेंगे। आपकी फाइल भी मैं अच्छी तरह देखूँगा।" अपर्णा ने सोचा कि वह दस मिनट में फ्री हो जाएगी। पर सक्सेना साहब ने डेढ़ घंटा लगा दिया।

प्रीतम सिंह घनी दाढ़ी और भारी देहवाले सहृदय-से दिखनेवाले अधिकारी थे। उनके बारे में किसी को ज्यादा जानकारी नहीं थी। वह तो एक दिन उनका एक फोन आने से अपर्णा को यह जानकारी मिली कि वे गेस्ट हाउस में रुके हैं। वह वहाँ गई।

"जब सब बातें दफ्तर में हम सुन रहे हैं, यहाँ आने में कोई सेंस नहीं है मिस जोशी।" सिंह साब ने उसे दरवाजे पर खड़ा देखकर कहा।

"नहीं सर, आपको मेरी बात सुननी पड़ेगी।" अपर्णा ने पूरा प्रकरण उन्हें सुनाया।

सिंह साहब ध्यान से सुनते रहे। फिर बोले—"लेकिन इस बात का सेंस क्या निकलता है!"

"यही कि यह आरोप बेबुनियाद है। मेरी बात पर यकीन किया जाए।"

"टेलीफोन पर दी गई सूचना को हम कैसे आधार बना सकते हैं?"

"जाँच तो आपके विवेक पर हो रही है।"

"तुम अपनी फाइल लाई हो?" सिंह साहब के यकायक तुम सम्बोधन से अपर्णा उत्साहित हो गई। उसे लगा जैसे अँधेरे में कोई चिराग जला हो।

"जी सर।"

सिंह साहब फाइल पलटने लगे।

इस वक्त शाम ढल चुकी थी। अपर्णा सुबह से घर से निकली थी। उसके पैरों में दिन-भर की थकान थी। भूख और प्यास से मुँह एकदम सूख रहा था लेकिन वह एक बार फिर जबरन अपनी आवाज में जान भरकर सिंह साहब को एक-एक कागज समझा रही थी। उसे लग रहा था कि उसकी डूबती नाव को सिंह साहब बचा लेंगे।

"चाय पियोगी।" सिंह साहब ने पूछा। अपर्णा को और भी अच्छा लगा।

अचानक सारी फीलिंग्स और फाइल पर दाढ़ी के ढेर से सफेद बाल छितरा गए। अपर्णा ने दहशत से खुले दरवाजे की ओर देखा, जिसे अब तक वह बहुत बड़ी सुरक्षा मान रही थी। दरवाजे पर मोटा पर्दा पड़ा था जिसे सिंह साहब बहुत बड़ी सुरक्षा मान चुके थे।

फाइल इतनी पेचीदा थी कि एक बार नहीं कई-कई बार देखी गई, कभी सिंह साहब देखते, कभी सक्सेना साहब। जाँच की सुनवाई खिंचती चली जा रही थी। अपर्णा फाइल ढोते-ढोते बेजान हो चली थी। सारा शरीर सफेद पड़ता जा रहा था। रक्तहीन चेहरे पर न पहले-सा नूर था, न नरमी। वह एक ऐसे कुचक्र में पड़ गई थी कि फाइल दिखाने से न तो वह मना कर सकती थी, न विद्रोह। कई बार उसने सोचा, वह सीधे वित्तमंत्री को पत्र लिखे, पर वह जानती थी कि पत्र का नतीजा यही होगा कि एक जाँच और बैठा दी जाएगी। उसकी फाइल और भी पेचीदा होती जाएगी और दर्जनों अधिकारियों के हाथों से गुजरेगी।

इस बिन्दु पर नौकरी छोड़ने का मतलब होता, वह सारे आरोप स्वीकार करते हुए त्याग-पत्र दे रही है। ऐसी स्थिति में अन्य कोई नौकरी मिलनी भी मुश्किल थी। अब तक शहर में जाँच की खबर फैल चुकी थी। जहाँ कोई परिचित सामने पड़ जाता, उसे अजब नजरों से देखता। उनकी निगाहों से लगता, अपर्णा बेहद मक्कार और बेईमान इनसान है और वे खुद एकदम सच्चे-साफ और पवित्र हैं। सहेलियों ने शुरू में कुछ दिन हमदर्दी दिखाई, फिर वे भी इस प्रसंग से ऊबने लगीं। अपर्णा हर स्तर पर अकेली होती गई।

जिन दिनों जाँच की कार्रवाई स्थगित रहती, अपर्णा के मन में बेहद आक्रोश इकट्ठा होता रहता। वह सोचती, उसे खन्ना के केबिन में घुसकर एक दिन उसे ताबड़तोड़ मारना है! सिन्हा के स्कूटर के सामने उसे पत्थर रख देना है। एक दिन कुर्सी पर खड़े होकर वह चीख-चीखकर सबको बताएगी कि इस राष्ट्रीयकृत बैंक में कैसे घपले और सौदेबाजी होती है। झूठे बिलों के जरिये हर आदमी हजारों रुपये डकारता है, चाहे वे मेडिकल बिल हों या यात्रा बिल या स्टेशनरी बिल। इस सबकी कोई शिकायत नहीं होती। इस सब पर जाँच नहीं बैठाई जाती। जाँच उसके अठारह सौ रुपये के बिल पर बैठाई गई है। जिस पर अब तक अट्ठाईस

हजार रुपये खर्च हो चुके होंगे। उसे पता है, इस बैंक में छोटा-बड़ा कोई कर्ज बिना कमीशन के मंजूर नहीं होता। ऊपर से नीचे तक सब का परसेंटेज बँधा है।

सबकुछ समझते हुए भी अपर्णा अपनी आवाज न उठा पाती। उसे पता था, दफ्तर में वह अपनी विश्वसनीयता खो चुकी है।

खोया तो उसने और भी बहुत कुछ। अब उसे लगता, जिस कारण से उसने खन्ना और सिन्हा से अदावत मोल ली, अब तो वह उस कारण की भी हिफाजत नहीं कर सकी।

जाँच अधिकारी उसे लगातार ढाढ़स बँधाते—"तुम बिलकुल बेफिक्र रहो। इस मामले को निपटाकर हम तुम्हारा तबादला और पोस्टिंग ऐसी ब्रांच में करवा देंगे, जहाँ किसी को इस मामले की खबर ही न होगी। तुम नए सिरे से जीवन शुरू कर सकोगी।"

क्या कभी वह नए सिरे से जीवन शुरू कर सकेगी, अपर्णा सोचती और उसकी उदासी गहरी होती जाती।

हालाँकि उसकी फाइल अब तक अच्छी तरह देखी-भाली जा चुकी थी, फाइल देखने का दबाव अभी भी उतना ही था। उसके शनिवार, रविवार सब इस जाँच की बलि चढ़ चुके थे। अब उसे इसका कुछ-कुछ अन्दाजा था कि इसका नतीजा क्या होगा। उसके निर्दोष साबित होने के पूरे आसार थे, पर इस सम्भावना के बावजूद अपर्णा के चेहरे की मनहूसियत घट नहीं, बढ़ रही थी। उसे लग रहा था कि असली सजा तो वह पा चुकी है। दुनिया की नजरों में गुनहगार की हैसियत से जी लेना उसके लिए एक भयंकर अनुभव रहा था, जिसे जाँच अधिकारियों के दिलासे भी कम नहीं कर सके थे। उसे लगता था, इस जाँच की आँच कभी ठंडी नहीं होगी। इसी तरह शुक्रवारों को फोन आते रहेंगे, शनिवार और इतवार उसकी फाइल निगलते रहेंगे। वह इसमें से निकलने की कोशिश में और भी उलझती जाएगी।

बहरहाल, जाँच अभी जारी है।

# सेमिनार

**इस** सेमिनार के लिए बुलावा पाकर उसे हैरानी हुई थी। उसने यह सोचकर जवाब नहीं दिया कि अगर निमंत्रण गलती से उसे भेज दिया गया है तो अगला पत्र नहीं ही आएगा, जिसके द्वारा अकसर आयोजक लिखा करते हैं, 'आप अवश्य आएँ, आपके बिना यह सेमिनार अधूरा रहेगा। विचारोत्तेजक बहस का वातावरण आपके आने से ही बनेगा इत्यादि।' जब यह पत्र भी आ गया तो पाखी को सोचना पड़ गया, वह जाए या नहीं।

दिल्ली में इस वक्त सड़ी गर्मी पड़ रही थी। तापमान लगातार चढ़ रहा था। सेमिनार शिमला में था। शिमला शब्द पत्रोत्तर के लिफाफे पर लिखते समय एक ठंडक-सी महसूस हुई। कमरे में कूलर और पंखा दोनों इस वक्त निष्प्राण, निस्पन्द खड़े थे। बिजली कटौती के अन्तर्गत दिन में चार-चार घंटे बिजली गायब रहती। ऐसे में पढ़ना-लिखना तो दूर चैन से लेटना भी मुहाल था। पाखी के जीवन का नक्शा वैसे भी बड़ा जटिल था। उसमें आराम, सैर, चर्चा और शान्ति जैसी नियामतों की गुंजाइश ही नहीं थी। कई दिनों से उसने एक कहानी शुरू कर रखी थी। तीन-चार पत्रिकाओं के अनुरोध पत्र आए हुए थे कि वह कहानी भेजे। इस एक कहानी की बिना पर वह सबको लिख बैठी थी 'कहानी भेज रही हूँ।' पाखी को हर वक्त उम्मीद रहती थी कि मौसम, बिजली और घरेलू हालात कुछ काबिले बरदाश्त हों तो वह कहानी पूरी करे। शिमला का निमंत्रण उसे कुछ दिनों के लिए इन तीनों से निजात दिला सकता था इसलिए उसने सहमति भेज दी।

सहमति भेजने के बाद उसे हल्का-सा पछतावा महसूस हुआ। उसे

लगा वह असलियत में चंट होती जा रही है। वह जानती है, इस सेमिनार में न उसकी तरह लिखनेवाले लोग होंगे, न उसकी तरह सोचनेवाले साथी। उसे आभास था कि इस सेमिनार में ज्यादा तादाद उन लोगों की होगी जिनका सोचने का ढंग एकदम अलग या उलट होगा। फिर वह वहाँ क्या करने जाएगी? तत्काल एक बेहया समझौतावाद ने उसके अन्दर से अपना काला भोडा सिर उठाकर कहा—"तुमने सहमति इसलिए भेजी है क्योंकि दुश्मन को जानने के लिए उसके करीब जाना जरूरी होता है, अपने विरोधी को जाने बिना उससे लड़ोगी कैसे?" इस दलील से पाखी को थोड़ा सुकून मिला। उसे लगा वह बिना अपनी पहचान नष्ट किए इस सेमिनार में हिस्सा ले सकती है।

जिस गेस्टहाउस में पाखी और अन्य प्रतिनिधियों को ठहराया गया, वह एक ऊँची पहाड़ी पर स्थित था। कमरे में तीन दीवारें काँच की थीं, जिन पर भारी पर्दे लगे हुए थे। कमरा वातानुकूलित था। शीशों के पार शिवालिक पहाड़ियों का वानस्पतिक विस्तार और वैभव नजर आया। देवदार और चीड़ के पेड़ असल होने पर भी एक नकली सौन्दर्य का वातावरण तैयार कर रहे थे। अपने शहर के सुस्त मुहल्लों के पस्त परिवेश में रहते-रहते इस तरह के हरियाले दृश्य के लिए आँखें अनभ्यस्त हो गई थीं। कुछ देर लगातार टकटकी लगाकर देखने के बाद ही आँखों को यह सब विश्वसनीय लगा।

स्नान के बाद पाखी ने सिर को चार बार झटककर घर की चारदीवारी से बाहर निकाला। खूब मन लगाकर वह तैयार हुई और समय पर डाइनिंग हॉल में आ गई। एक नजर में यह जाहिर हो गया कि सेमिनार में बहुतायत उन नफीस अफसानानिगारों की थी जो एक लम्बे अरसे से मौजूदा कहानी को हल्के-हल्के तराश रहे थे और जिनका अफसाना आज भी वहीं था जहाँ से शुरू हुआ था। वे सब जौहरी-सी बारीक नजर और पकड़ रखनेवाले अदीब थे। इनके लिए, अपनी कलात्मकता से बाहर का समस्त साहित्य एक 'कूड़ेदान' से ज्यादा अहमियत नहीं रखता था। कुल जमा बीस प्रतिनिधि थे जो दूर-दूर से आए थे। एक-दो तो विदेश में बसे हुए कलाकार थे जो खास इस सेमिनार के लिए उड़कर यहाँ तक

आए थे। इस जड़ाऊ हार में मंगलसूत्र के काले, देशी मनके जैसी पाखी अपनी बेवकूफी या चालाकीवश आकर अटक गई थी। हाँ, उसके अलावा एक कवि और एक आलोचक भी वहाँ थे जो अकसर दोनों खेमों में नजर आते रहते थे। प्रसिद्धि के शिखर पर पहुँच ये दोनों वर्गातीत व्यक्तित्व बन गए थे। इनकी रचनाएँ पाठ्य-पुस्तकों में जगह पाती थीं और इन्हें सभी की सराहना प्राप्त थी।

सेमिनार में पाखी के अलावा चार लेखिकाएँ और थीं। उनमें से दो युवा और नई थीं जो खींचतान कर लगातार अपनी उम्र से बड़ी दिखने का प्रयत्न कर रही थीं। और दो अधेड़ थीं जो खींचतान कर लगातार अपनी उम्र से छोटी और युवा दिखने के लिए संघर्ष कर रही थीं। पाखी इन दोनों प्रौढ़ाओं को पहचानती थी क्योंकि वे लम्बे अरसे से उसी के विश्वविद्यालय से जुड़ी हुई थीं। राजधानी के कला-जगत की ये जान थीं। शहर में कोई उद्घाटन, विमोचन, आयोजन इनकी शिरकत के बगैर पूरा नहीं हो पाता था। बहस के दौरान अगर ये किसी बात पर असहमत होतीं तो बाघिन-सी उस वक्ता पर टूट पड़तीं। उनके बयान तर्क से परे लेकिन आक्रामक होते। उनकी भाषा बड़ी टकसाली थी, जिनसे किसी भी सेमिनार की कार्रवाई उल्लेखनीय बनती है।

एक थीं सुरेखा जी जो लम्बे अरसे से बड़ी निजी किस्म की कहानियाँ लिख रही थीं। उनकी कहानियों में अकसर उनके निजी जीवन की झलक रहती, अपना प्रेम, अपनी निराशा और अपना सन्त्रास। पाठकों को उनकी कहानियों से पता चलता रहता कि अब सुरेखा जी विदेश जाने वाली हैं, अब किसी एक के प्रेम से निकलकर दूसरे के प्रेम में पड़ने वाली हैं, अब मकान बनवाने वाली हैं और अब एक कुत्ता पालने वाली हैं। प्रारम्भ में सुरेखा जी गीत वगैरह लिखा करती थीं, पर बाद में कुछ विदेशी पत्र-पत्रिकाओं का उन पर ऐसा प्रभाव पड़ा कि वे यकायक आधुनिक हो गईं। उन्होंने न केवल अपने बाल कटा और रँगा लिए, उन्होंने अपने लेखन के साथ भी यही सलूक किया। उनके प्रशंसकों की एक छोटी-सी टुकड़ी थी जो उन्हें अव्वल दर्जे का कला-प्रेमी और बुद्धिजीवी मानती थी। जब कहीं उनकी रचना छपती, यह टुकड़ी प्रशंसा के पत्र लिखकर भेज देती। प्रशंसकों के इस छोटे से दल की बदौलत सुरेखा जी अपने को चोटी का कथाकार मानती थीं।

दूसरी महिला एक प्रमुख अखबार की कला समीक्षक थी, बीना जेटली। उसका गेटअप पाखी को बड़ा दिलचस्प लगा। बीना, छरहरी और सुन्दर महिला

थी। उसकी उम्र पच्चीस से चालीस के बीच कुछ भी हो सकती थी। लिखती वह हिन्दी में थी पर बोलती अँग्रेजी थी। उसकी कहानियाँ फन्तासी और प्रतीक के बीच की धुन्ध में लिपटी रहती थीं। उसके होंठ लगातार सिगरेट पीने से जामुनी रंग के हो चुके थे लेकिन उसकी लम्बी, पतली उँगलियों पर निकोटिन का असर नहीं था। जब वह एक जगह से उठकर दूसरी जगह बैठती तो उसे अपना काफी सामान उठाकर चलना पड़ता। बीना के पास बड़ा-सा हैण्डबैग था लेकिन सिगरेट की डिब्बी और माचिस वह हाथ में ही पकड़ती। दूसरे हाथ में वह अपना जिन का ग्लास थाम लेती और जहाँ बैठती, वहाँ एक और कुर्सी खिसकाकर अपना सामान उस पर बिछा लेती। वह आँखें बन्द कर चर्चा सुनती और जिस समय किसी को उम्मीद न होती, आँखें खोलकर कहती—"नाउ दैट वॉज ए पॉयण्ट।" फिर वह एकदम नपे-तुले शब्दों में शाश्वत मूल्यों पर एक वक्तव्य देती जिसका कोई भी ताल्लुक मौजूदा मसले से न होता।

सेमिनार की दो बैठकों के बाद यह भली-भाँति स्पष्ट हो गया कि रचनाकारों के दिमाग में बेतरह कुहासा है। कई लेखक अभी तक सार्त्र के प्रभाव से उबरे नहीं थे और कई पर जैनेन्द्रियन दर्शनवाद की परत चढ़ी थी। कहानी की व्याख्या वे यों शुरू करते जैसे वह कोई परीलोक की घटना है। वे कुछ विदेशी आलोचकों का हवाला देते, प्रेमचन्द की सीमाओं का उल्लेख करते, प्रसाद की विराटता बताते और समझाते कि कहानी को अखबारीपन, सपाटबयानी और राजनीतिक प्रतिबद्धता से बचाते हुए कैसे सही मानव-मूल्यों से जोड़ा जा सकता है।

शाम का एक सत्र कहानी-पाठ का था। उसमें चार कहानियाँ पढ़ी जाने वाली थीं। एक कहानी बीना जेटली की थी और एक पाखी की। शेष दो कहानियाँ ऐसे लेखकों की थीं जो थे तो हिन्दी के पर अँग्रेजी वालों में वे काफी नाम कमा चुके थे। हिन्दी में प्रकाशित होने से पहले उनकी कहानियाँ अँग्रेजी में चर्चित हो जाती थीं। विदेशी पत्रिकाओं में उनकी रचनाओं के अनुवाद आ जाते थे। उनके बारे में प्रसिद्ध था कि उनका एक-एक शब्द एक-एक डॉलर का होता है। नीली जीन्स और पीला कुरता पहने चन्द्रशेखर ने गोष्ठी आरम्भ करते हुए कहा—"मैं आज सुबह से उठकर बियर पीता रहा हूँ ताकि अपनी कहानी को विश्वसनीय ढंग से आपके सामने पेश कर सकूँ।" फिर उसने कहानी सुनाई, जिसमें पात्र नहीं थे, घटना नहीं थी, एक खाली मैदान के बीचों-बीच पड़े कूड़े के बारे में विचार

थे। कहानी खत्म होने पर ताली बजी।

अध्यक्ष ने कहा—"एक अच्छी कहानी में न पात्र प्रमुख होता है, न विषय, न घटना। कहानी के कहानीपन का चौखटा तोड़ने के लिए जरूरी है कि आज कहानी अपने आचार-शास्त्र को तोड़े।"

अगली कहानी बीना को पढ़नी थी। बीना अपने पूरे सरंजाम के साथ मंच पर गई। उसने सिगरेट सुलगाई, एशट्रे पास खिसकाई और बड़े आकर्षक अन्दाज में कहानी की शुरुआत की। पाखी लगातार उसके व्यक्तित्व की ओर खिंच रही थी पर कहानी उसके बिलकुल पल्ले नहीं पड़ रही थी। चील के पेशाब का प्रतीक लेकर एक काल्पनिक स्थिति बनाई गई थी।

कहानी खत्म होने पर सराहना का तूफान उठा और बीना जी की कला पर काफी पुष्पवर्षा हुई। बीना उठकर अपनी कुर्सी पर आ गई और तटस्थ भाव से सिगरेट पीती रही जैसे वह अपनी नहीं, किसी और की सराहना सुन रही हो।

जब पाखी की बारी आई तो सबसे पहले उसने क्षमा माँगी—"मैं माफी चाहती हूँ आप सब से क्योंकि मेरी कहानी में हाड़-मांस के लोग हैं, उनका एक निश्चित परिवेश है, घटना जैसी घटिया बात भी शायद इसमें है और यह कहानी अपने आचार-शास्त्र को भी शायद नहीं तोड़ती।"

युवा आलोचक बड़ी ऐंठी हुई मुद्रा में पाखी को सुनते रहे। पाखी जानती थी, वह गलत बन्दूक लेकर यहाँ चली आई है। इसलिए उसे जरा भी ताज्जुब नहीं हुआ जब उसकी कहानी पर कोई चर्चा ही नहीं हुई।

ऊँची-नीची सड़कों पर घूमना, घाटियों में उतरना, चट्टानों पर नाम खोदना और कैमरे क्लिक करना इस सेमिनार की भी समापन साँझ के हिस्से रहे। वे सब एक बड़ी टोली में निकले लेकिन कुछ दूर जाकर छोटी-छोटी टोलियों में बँट गए। बीना पाखी के साथ चलने लगी। आगे छोटा-सा बाजार था जिसमें वह सब था जो एक पहाड़ी बाजार में होता है—दो-तीन वाइन शॉप, एक फोटोग्राफर, दो गर्म कपड़ों की दुकानें। कुछ अन्य दुकानें भी थीं जैसे चाय की, किराने की, तेल और अनाज की।

चन्द्रशेखर और विवेक वाइन शॉप पर रुके तो बीना ने उनके पास जाकर कहा—"एक क्वार्टर मेरा भी।"

"ओ.के.।"

तभी बीना की निगाह बराबर की दुकान पर पड़ी। वहाँ बाँस की बनी टोकरियाँ झाड़ू, सुतली और मोटी रस्सी जैसी चीज रखी थी। एक झाड़ू देखकर बीना लपकी—"ओ हाउ ब्यूटीफुल!"

उसने झाड़ू उठाई। निश्चित ही वह कलात्मक दृष्टि से बुनी हुई झाड़ू थी जिसमें सारी तीलियाँ मिलकर ऊपर कंगूरे बनाती थीं। उसका आगे का हिस्सा ठिगना और घना था। झाड़ू एक बारीक धागे से बँधी थी। बीना ने उसे खोलकर फैलाया और अपनी कमर से लगाकर बोली—"कैसी लग रही है?"

"सुभान अल्ला!" विवेक ने कहा और अपना कैमरा क्लिक कर दिया। तब तक अन्य दो लेखिकाएँ भी वहाँ आ गईं। बीना ने उनको झाड़ू दिखाई। सब उसकी प्रशंसा करने लगीं। बीना ने कहा—"मैं इसे खोलकर अपनी बैठक में लगाऊँगी। इसके पीछे काली मखमल की बैकग्राउण्ड दूँगी तब देखना।"

सुरेखा जी ने कहा—"मेरे बेडरूम की एक दीवार बड़ी सूनी और मनहूस है। मैं तो वहीं लगाऊँगी।"

तीसरी बुद्धिजीवी ने दिल पर हाथ रखा—"हाय, मुझे तो दो दे दो, एक से काम कैसे चलेगा।"

सबने पाखी पर बड़ा जोर डाला कि वह भी एक ले ले, पर पाखी ने इनकार कर दिया—"मैं इतनी जल्दी कहानी से झाड़ू पर नहीं आ सकती।"

"ओफ, यह झाड़ू नहीं है पाखी जी, यह तो पिकासो की प्रतीक्षा में खड़ी एक कलाकृति है।" सुरेखा जी को पाखी पर बड़ा तरस आया।

"होगी लेकिन मेरी इसमें दिलचस्पी नहीं है।" पाखी ने लट्ठमार जवाब दिया।

कलेजे से झाड़ू लगाए सभी उत्तर आधुनिक लेखिकाएँ अपने कमरे में पहुँच गईं।

अभी खाने में देर थी।

दो पेग जिन के बाद बीना अपने प्रिय विषय पर बोलने लगी। उसकी आवाज बहुत संवेदनशील थी और वह पहाड़ियों की तरफ मुँह किए खड़ी थी। वह बता रही थी कैसे उसके माँ-बाप ने उसे होस्टल में रखकर बड़ा किया। किन्तु अपने कुत्ते टिक्सी, पिक्सी हमेशा अपने पास रखे। आज भी जब वह अपने बचपन के बारे में सोचती है तो उसके दिमाग में सिर्फ अँधेरा और खाई दिखाई

देते हैं। जिस मर्द से उसे मुहब्बत थी वह एक कार दुर्घटना में मारा गया। अब जिस इलाके में वह कमरा लेकर रहती है, वहाँ एक दिन में औसतन पाँच हत्याएँ होती हैं। वह इन सारे संकटों को बेहतर पहचानने के लिए कहानी लिखती है।

पाखी यह सब सुनते हुए रोमांचित होती रही। उसका अपना जीवन बेहद फीका, सपाट और घटना-विहीन रहा था। बल्कि अपने जीवन की ऊब, एकरसता और थकान से निजात पाने के लिए ही वह लिखती थी।

बीना की बातें मोहक थीं। हो सकता है सच भी हों पर उनका सम्बन्ध उसके लेखन से नहीं था। उसकी कहानियों में ये विकट संकट कहीं नहीं झलकते थे, बल्कि वे इतनी अमूर्त थीं कि फन्तासी की श्रेणी में आती थीं।

सुरेखा जी ने तर्जनी से अपनी कनपटी दबाई—"अतीत, उफ। किसने मुझे इस बन्द गली के छोर पर खड़ा कर दिया, उफ..." सुरेखा जी उठकर बालकनी में चली गईं।

बीना और पाखी दबे पाँव बाहर गईं। उन्होंने पाया, सुरेखा जी कोने की दीवार पर सिर टिकाए खड़ी हैं।

"प्लीज सुरेखा जी, गेट ओवर इट, अन्दर चलिए।" पाखी ने कहा।

"मुझे बहुत टेंशन हो रहा है, लीव मी अलोन।" सुरेखा जी ने कहा।

बीना ने पाखी को अन्दर चलने का इशारा किया—"आज ये जरूर कोई महान रचना लिखेंगी, दिस इज क्रिएटिव टेंशन।"

अनिता जैन, जो अभी बिलकुल नई, युवा कथाकार थी, यह सब एक चमत्कार की तरह देख-सुन रही थी। उसने पाखी से कहा—"पाखी जी, आपको भी इस तरह टेंशन होता है क्या?"

"नहीं," पाखी ने कहा—"मैं एक विचार के तहत लिखती हूँ। टेंशन मेरे लिए एक अनजान बात है।"

"जो रचना बिना टेंशन के लिखी जाती है, अकसर घटिया, फालतू और प्रचारात्मक हुआ करती है..." चन्द्रशेखर ने कहा।

"विचार या विचारधारा किसी भी रचना को सीमित तो जरूर करते हैं।" बीना ने कहा।

"मैं ऐसा नहीं मानती," पाखी बोली—"आपके पास अपनी विचारधारा ही न हुई तो आप समाज को क्या देंगे, सिर्फ अपनी कुंठाएँ और बीमार दृष्टि।"

चन्द्रशेखर को शुरू से पाखी की मौजूदगी बड़ी नागवार लगी थी। उसने कहा—"आपके लिए समाज खाद्य निगम का गोदाम है जिसे भरने के लिए भारी-भरकम विचार और लम्बी-चौड़ी विचारधाराएँ चाहिए। रचना एक निजी और तरल-सी चीज होती है।"

अनिता जैन चकित-सी यह बातचीत सुन रही थी। उसकी रचनात्मक जिन्दगी का वह पहला सेमिनार था। चन्द्रशेखर और विवेक लगातार उसे दीक्षित करने में लगे हुए थे, जबकि वह हर रचनाकार के प्रति अभी एक भक्ति-भाव-सा रखती थी।

"ऐसा है तो आप अपनी रचना प्रकाशित क्यों करवाते हैं, उन्हें अपनी निजी डायरी में रहने दें।" पाखी ने कहा।

"सच, मेरा कोई आग्रह नहीं है कि मेरी रचना छपे, मैं पाठक के लिए नहीं, अपने लिए लिखता हूँ।"

"मैं भी," "मैं भी" के कई नकलची स्वर उठे। तभी सेमिनार के सचिव, वरिष्ठ आलोचक के साथ कमरे में दाखिल हुए।

"माहौल तो काफी गरम है यहाँ।" उन्होंने कहा।

"रात का वक्त है माहौल बनाए रखिए," सुरेखा जी ने कहा। उनका तनाव और डिप्रेशन सब दूर था और अब वे लगातार इठला रही थीं।

बीना ने घंटी दबाई। गेस्टहाउस का वेटर मानसिंह आया।

"ये सोडे की बोतलें हटा दो यहाँ से और ग्लास भी।"

दरवाजे के खुलने के साथ-साथ एक चमगादड़ कमरे में घुस आया था। उसके पंखे जैसे पैरों की छाया बड़ी मनहूस लगी। पहले वह कमरे की छत पर फड़फड़ाता रहा, फिर वह एक छोटे यान की तरह नीचे उतरने लगा। कमरे में उई-उई की चीत्कार और सुरेखाजी के 'आउच, हाउ ओमिनस' जैसे उद्‌गारों के बीच सचिव की आवाज आई—"मानसिंह, इसे बाहर फेंक दो।"

मानसिंह काफी ठिगना था, फिर भी वह अपना सिर ऐसे बचा-बचाकर चमगादड़ को देखता रहा जैसे वह उसे छूने ही वाला हो। आखिरकार थककर चमगादड़ फर्श के एक कोने में उलटा पड़ गया। मानसिंह ने पास रखी झाड़ुओं में से एक उठाकर पूरे जोर से उस पर पटकी।

"मर गया साला" कहते हुए मानसिंह ने अखबार पर चमगादड़ को उठाया

और बालकनी से बाहर फेंक दिया।

'ओ नो' 'ओ नो' करती हुई सुरेखा जी, बीना और विवेक लपके लेकिन उनकी हिम्मत उस झाड़ू को छूने की नहीं हुई, जिससे मानसिंह ने चमगादड़ मारा था। इस बार मानसिंह कमरे में दाखिल हुआ तो कई आवाजें एक साथ उस पर चिल्लाने लगीं—"ए मानसिंह, तुमने हमारा इतना सुन्दर डेकोरेशन पीस खराब कर दिया, हाउ मीन।"

मानसिंह निश्चिन्त हो बोला—"अरे वह तो झाड़ू था। झाड़ू से बिसतुइया, चमगादड़ नहीं मारेंगे तो क्या तेंदुआ मारेंगे।" उसने बाकी झाड़ुएँ ड्रेसिंग टेबिल के ऊपर से गिराते हुए कहा—"झाड़ू की जगह यहाँ है मोरी पर। यहाँ क्या भगवान के माफिक सजाया है।"

"मैं आज खाना नहीं खाऊँगी।" बीना ने आहत स्वर में कहा।

"मैं भी, आय एम वेरी अपसेट।" सुरेखा जी ने कहा। वरिष्ठ आलोचक ने नवाब वाजिदअलीशाह की तरह दोनों लेखिकाओं के कन्धों पर हाथ रखते हुए तसल्ली दी—"नाओ कम ऑन, डोंट बी फसी।"

पाखी ने जोर से कहा—"मुझे बहुत भूख लगी है, आज तो मैं खूब खाऊँगी।"

सभी कलावादी बेजान कदमों से डाइनिंग हॉल की तरफ बढ़े। उनके चेहरों से लग रहा था कि वे कोई गहरा तनाव झेल रहे हैं।

# एक अकेला दुःख

**चिलक,** चोट या झटका। नहीं, इन तीनों से बड़ा अनुभव। यह आज की शाम है उमस और पसीने से भरी। कितने दिन बीते हैं होली को। बस पन्द्रह। होली का अगला रोज था। होली के दिन शहर जितना रंग और मिठास से पगा था, परीवा के रोज उतना ही सन्नाटा खिंचा था हर तरफ। बिलकुल कर्फ्यू का माहौल। पता नहीं लोग घरों में आराम कर रहे थे या दूसरों के घरों को आबाद।

उस दिन का खयाल आज भी नीता को दहला देता है। विचार के पेट में तीखा दर्द उठा था। पत्नी ने सामान्य पेट-दर्द समझ उसे दवा की टिकिया दे दी। दर्द बढ़ता गया। विचार ने पास के डॉक्टर बहल को फोन किया। नौकर ने जवाब दिया—डॉक्टर साब घर पर नहीं हैं। आज दवाखाने की छुट्टी है। कई अन्य डॉक्टरों को फोन करने पर भी यही जवाब मिला। हारकर विचार को वही करना पड़ा जो हर बार करना पड़ता था, पर वह चाहता नहीं था। अपनी छोटी बहन, नीता को फोन।

नीता आनन-फानन जॉर्जटाउन पहुँच गई। पसीने से भीगा उसका सर्वांग देखकर विचार समझ गया कि वह किस स्पीड से स्कूटर दौड़ाकर लाई है। दर्द पेट के गढ़े में शूल चला रहा था। वह किसी तरह स्कूटर की पिछली सीट पर बैठा। उसके शिथिल हाथों का भार नीता के नाजुक कन्धों पर आ गिरा।

आज शाम के इस झुटपुटे में नीता को बेहद मलाल है। उसके कूड़ दिमाग का कब और कैसे इतना सरकारीकरण हो गया कि वह भाई को प्राइवेट नर्सिंग होम की जगह जवाहरलाल नेहरू अस्पताल ले गई। रास्ते में जो स्पीड ब्रेकर पड़े, उन पर विचार कैसे कराहा था। आज भी उन स्पीड ब्रेकरों से गुजरते नीता

को वह कराह सुनाई देती है। उसका मन करता है कुदाल लेकर वह इन सीमेंट के फोड़ों को समतल कर दे।

भाभी मीना दो घंटे बाद हॉस्पिटल पहुँचीं। परीवा के दिन रिक्शे भी तो नहीं चलते। गुड्डू कहीं गया हुआ था। जैसे ही लौटा भाभी उसकी मोपेड पर दौड़ी आईं।

विचार के गॉल ब्लैडर में स्टोन था। ऑपरेशन और वह भी हार्ट पेशेंट का, जिसकी बाइपास सर्जरी को महज दो साल पाँच महीने बीते हों। डॉ. सिपाहा ने कह दिया—"देखिए हम इन्हें 40 प्रतिशत से ज्यादा चांस नहीं देते। लीजिए, ये कागजात साइन कीजिए।"

ओह, डॉक्टर 40 प्रतिशत या कोई भी प्रतिशत आपके पेशे की भाषा है पर जिसका मरीज इस वक्त लाल कम्बल से ढँका ओ.टी. के गलियारे में लेटा है, उसके कलेजे से पूछो, वह कैसे रोके अपनी हिलकियाँ। यह तो शत-प्रतिशत उसका भाई है, पिता के निधन के बाद आधा पिता, आधा भाई। उसका सबसे अच्छा दोस्त जो न सिर्फ उसके सपने समझता है वरन् उसकी हताशाएँ भी।

मीना ने गुड्डू से पेन लेकर कागजात पर हस्ताक्षर कर दिए।

विचार की स्ट्रेचर ट्राली अन्दर गई, उसके पीछे सक्शन मशीन और ऑक्सीजन सिलिण्डर।

बेंच पर बैठे प्राणी देख सकने के सिवा और क्या कर सकते हैं। आस्तिकों का कहना है कि यह समय प्रार्थनाओं का होता है। जब अपना मनोबल समाप्त हो जाए, तब रेंगता हुआ मनुष्य ईश्वर की शरण में जाए। यही भक्ति और आस्था है, इसी में से चमत्कार पैदा होता है।

नीता के लिए वर्तमान एक चुनौती तो अतीत एक शरण-स्थल है। इस पल जब उसे विचार के क्राइसिस के बारे में सोचना चाहिए, उसे क्यों याद आ रहा है वह दिन, जब उसके पैर के पंजे में फोड़ा निकला था और विचार उसे पीठ पर लादकर स्कूल ले गया था या वहवाला दिन जब उसे नींद आ गई थी और आधी रात तक जागकर विचार ने उसका होमवर्क पूरा किया था।

तभी गुड्डू की रुँधी आवाज आई—"बुआ, यह देखो क्या हो रहा है?"

दो वार्ड बॉय आगे-पीछे ओ.टी. से निकले। एक, सक्शन मशीन घसीटकर

ले जा रहा था तो दूसरा ऑक्सीजन सिलिण्डर। कलेजा मुँह को आ गया। खेल खत्म। दोनों उपकरणों की जरूरत समाप्त। गुड्डू को इंगित किया।

वह वार्ड बॉय के पीछे दौड़ा।

लौटते हुए उसके चेहरे पर अद्‌भुत चमक थी, उम्मीदों की हरियाली। उस एक क्षण में गुड्डू विचार का प्रतिरूप हो गया था। वार्ड बॉय कल की सिलिण्डर और सक्शन मशीन ले जा रहे थे।

उसके बाद न कोई आवाज न जुम्बिश। मनहूस सन्नाटा। घड़ी की टिक-टिक के साथ क्या सलूक किया जाए, यह भी काबिले बहस सवाल। जिनके अजीज ओ.टी. में टेबिल पर हों, वे बेंच पर बैठे क्या करें। डॉक्टर की दी हुई 40 प्रतिशत आशा में उछलें या काल की ली हुई 60 प्रतिशत आशंका में गर्क हो जाएँ।

संकट का कोई घोषित पल नहीं होता। भय का मारा खुद ही तय कर लेता है, यह है वह निर्णायक क्षण, इसमें कुछ होना है या नहीं होना है। नीता को अचानक पेट में हौल हुआ। बाकायदा पेट पर ब्लेड की चिलक। आह, भैया को काटा जा रहा है, उसे रुलाई उमड़ आई। उसने देखा गुड्डू भी दीवार पर बाँह टिकाए सुबुक रहा है। एकाएक वह उठी, महामाता की तरह। गुड्डू की पीठ उसका आशीष बिन्दु बन गई।

"तुम एक बहादुर पापा की सन्तान हो। देखा, बाइपास सर्जरी वह कैसे झेल गए। हँसते-हँसते। और होली पर तुम्हारे दोस्तों को कैसे दही की गुझिया सजा-सजाकर खिलाई थी, यह मेरे भैया हैं, इन्हें कुछ होगा थोड़े ही। देखना, अभी घंटे भर में होश में आ जाएँगे।"

बेंच के दूसरे छोर पर मीना चुपचाप बैठी शून्य में ताक रही थी।

"भाभी, तुम क्या सोच रही थीं। तुम उठकर न मुझ तक आईं न गुड्डू तक।"

"मैं दुर्गा सप्तशती का पाठ कर रही थी, देवी माँ जो चाहें करें।"

नीता स्तम्भित देखती रह गई इस स्त्री को, जिसकी माँग में भाई का दिया सिन्दूर और कलाइयों में चूड़ियाँ जगमगा रही थीं। इतनी ठंडी निर्विकारता दुर्गा सप्तशती के पाठ से उपजती है तो वह कल से ऐलान कर देगी कि घर-घर दुर्गा-द्रोही पैदा हों।

नीता को याद आया, बाइपास सर्जरी के बाद भाई का भाभी पर वह झुकना, भाभी का अनखना।

"मीना, तुमने गोली आधी करके नहीं रखी, मैं नहीं खाता।"

"मीना, अनार का जूस कसैला लगता है, चखकर देखो।"

"मीना, मेरे आने के बाद बाजार मत जाया करो, आई वाण्ट यू।"

भाभी मीना हर बात पर अपने पतले होठ कसकर भींच लेतीं। कहती कुछ नहीं पर यन्त्र की तरह आग्रहों का रूपान्तरण कर देतीं।

विचार झुँझलाते—

"यह मेरे आने से पहले ही, जग में पानी, मेज पर दवा और तश्तरी में फल क्यों सजा दिए हैं मीना। यह निपटा देने जैसी बात हुई न। मैं घर का हूँ या आन-गाँव का।"

भाभी मीना कुछ नहीं बोलतीं। उनके पतले होठ कुछ और भिंचकर फैल जाते।

चुप्पी एक चिक की तरह होती है, महीन तीलियों से बुनी। उसके आर-पार दिखाई नहीं देता।

जब विचार घर आ गए, बहुत से परिचितों का आना कम हो गया। उन्होंने सोच लिया, सेवा के लिए पत्नी है, दौड़-भाग के लिए बेटा है, सलाह के लिए बहन है, एक मरीज को इससे अधिक और क्या चाहिए।

घर में अभी होली की गुझिया समाप्त भी नहीं हुई थीं कि मातम मन गया। जाते समय विचार ने कोई नाटक, कोई चीख-पुकार नहीं की। सोते-सोते उनके दिल ने यकायक टिक-टिक करना बन्द कर दिया। उनकी मौत का समय किसी को नहीं पता चला, सिवा उनकी ऑटोमैटिक घड़ी के जो दो चालीस पर जाम हो गई।

वह सुबह विलाप और प्रलाप की थी। एक बदहवास सुबह। मीना का गोरा चेहरा सुतकर सफेद हो गया। गुड्डू ने अभी पूरा कद भी नहीं निकाला था, असमय झुक गए उसके कन्धे।

नीता अलग घर में रहती थी। घर के कपाट खुले छोड़ वह भागी चली भाई के घर। उसके हजार शगुनोंवाला घर नाम-अनाम लोगों की आवाजाही से भरा था। आँगन के पौधे कुचले पड़े थे, बर्फ की सिल्लियों से पानी बह-बहकर कमरे को गलतागल्त कर रहा था। विचार कर्लऑन के गद्दे से उठाकर रखा जा चुका था नीचे, जमीन पर जहाँ अगरबत्तियों से उठता मनहूस धुआँ था और धुन्ध।

अन्तिम संस्कार के बाद ही दृश्य पर भाभी मीना के घरवालों का प्रवेश

हुआ था, माँ, भाई और मामा। अगर शहर में फैला समाज अपनी शोकमग्नता में विचार के परिवार को नश्वरता से जुड़े नैराश्य में ला रहा था जो घरवाले उसे नैरन्तर्य की अनिवार्यता का एक नया पाठ पढ़ाने आ गए। उन्होंने हर समस्या को खड़े से लोक लिया अपनी अंजलि में, श्राद्ध कर्म, मकान की बकाया किस्तें, गुड्डू का एम.बी.ए. में दाखिला और आगामी जीवन की जवाबदेही।

नीता की आँखों के नदी-नाले देखनेवाला यहाँ कोई नहीं था। अकेली बहन का दु:ख भी अकेला। यहाँ तो सब भाभी मीना के पुनरुत्थान में जुटे थे। मामा ने अपनी समस्त काली कमाई की शक्तियों का आह्वान किया—"मैं गुड्डू को एम.बी.ए. कराऊँगा।"

नानी ने अपना संचित धन न्योछावर किया—"मैं मीना के घर की बकाया किस्तें दूँगी।"

भाई ने अपनी व्यवसाय बुद्धि का परिचय दिया—"मीना को हम एक पल भी बेसहारा नहीं छोड़ेंगे।"

नीता बैठी सोचती रही—"क्या इन इन्तजामों से भाभी का जीवन-साथी वापस आएगा। वह तो वहाँ घाट पर, पीपल की डाल पर लटका हुआ है एक भीगी थैली में।" और उसका अपना लुटा हुआ लड़कपन जो भाई के रहते जब-तब ठुनकता था, मचलता था, निहाल होता था। दोनों मिल-बैठकर जब जगजीत सिंह की आवाज में ढूँढ़ निकालते थे अपने-अपने अतीत के पल-प्रतिपल।

सिर्फ उनतीस दिन बाद की बात है, नीता जार्जटाउन के उस घर में पहुँची थी कि आज भाभी को उसकी जरूरत होगी। आज भैया-भाभी की शादी की बाईसवीं सालगिरह थी। कितनी अकेली होंगी वे। वह बैठी रहेगी भाभी को बाँहों में थामे।

घर में नल उसी रफ्तार से बह रहा था। कमरा पुराने सुर में सजा था। टीवी के ऊपर विचार के चित्र पर चन्दन का हार था पर भाभी की आँखें सूखी थीं। वे अलमारी से भैया के कपड़े उठाकर बक्से में रख चुकी थीं। अलमारी के हर हैंगर पर गुड्डू के कपड़े टँगे थे। मेज पर शर्बत के जूठे गिलास थे, कैलेंडर में एक नया दिन था हालाँकि घड़ी अपने पुराने अन्दाज में टिक-टिक कर रही थी। विचार की ऑटोमैटिक घड़ी गुड्डू की कलाई पर चमक रही थी।

मीना बेटे से कह रही थी—"इतने चने भिगो देते हो, खाते नहीं हो, कम भिगोया करो न।"

"मैं तो खाता हूँ, तुम भी खाया करो न माँ। तुम स्ट्राँग हो जाओगी। आई वाण्ट ए स्ट्रांग मम्मा।"

मीना के पतले होठ निश्चय में भिंचकर फैल गए—"मैं पहले ही बहुत स्ट्रांग हूँ गुड्डू।"

नीता को अपनी उपस्थिति मूर्ख और असंगत लगी। क्यों आती है वह लौट-लौटकर शोक मनाने, क्यों पहनती है वह सफेद और सिलेटी साड़ियाँ। क्या वह इस परिवार के दुर्दिनों की दुखद श्रद्धांजलि है?

कुछ देर की निष्क्रिय अवसन्नता के बाद नीता स्वस्थ हुई। अच्छा लग रहा था गुड्डू को इधर-उधर, हर जगह, प्रतियोगी परीक्षाओं के आवेदन-पत्र भरने में व्यस्त देखकर। कौन कहता है भाई घर से अनुपस्थित हैं। वे तो हर कहीं हैं, गुड्डू की आँखों के भूरेपन में, उसके मुड़ने के खम में, उसकी हँसी में। उनकी छुई और सजाई ये तस्वीरें, आँगन में लगे कैक्टस और फर्न, छत पर चढ़ी चमेली, सभी में तो बसे हुए हैं भाई।

लगातार काफी देर तक काम करने पर मीना पसीने से भीग गई। आकर तख्त पर बैठ गई। नीता ने पैडेस्टल पंखा भी चला दिया। याद आया भाई, छत के पंखे के साथ-साथ पैडेस्टल पंखा जरूर चलाते थे। मीना कहती—"बिजली का बिल?" विचार कहते—"अभी मौसम से लड़ने दो, बाद में बिल से लड़ेंगे।"

ये छोटी-छोटी ऐयाशियाँ कितनी अजीज थीं विचार को। इसीलिए हर चीज का दुहरा-तिहरा इन्तजाम किया था उन्होंने। नल में पानी कम आता है, उन्होंने बिजली की मोटर लगवा ली। बार-बार ट्रांसफॉर्मर उड़ जाता है, गर्मी लगती है, उन्होंने इनवर्टर लगवा लिया। एक स्कूटर होने से उनके और गुड्डू के बीच खींचतान मची रहती थी, उसे मोपेड दिलवा दी। मकान की किस्तें वेतन से कट रही थीं। आँगन में उगे बीस-तीस पौधे, दो लतरें और एक पेड़वाले मिनी आँगन को वह अपनी बगिया कहते थे। बस एक काम शेष था। पर उसे वह कभी पूरा करना नहीं चाहते थे। मीना नौकरी करना चाहती थी, वे इस बात के विरुद्ध थे। कहते—"जो मुझे मिलता है, तुम्हारे हाथ पर रख देता हूँ। तुम घर की

रानी हो, बाहर जाकर वेतनभोगी नौकर बनो, इसकी क्या जरूरत है।" दोस्तों से कहते—"यह गर्म नाश्ते का सुख केवल मीना दे सकती है। काम पर जानेवाली बीवियाँ तो ब्रेड और बिस्किट से घर चलाती हैं।"

"भाभी, आज सुबह से मेरी आँखों के सामने एक ही तसवीर बार-बार आ रही है। आप गुड़िया जैसी नन्ही-मुन्नी दुलिहन बनी आज ही के दिन भैया के साथ हमारे घर आई थीं। कैसे सात फेरे लेते ही आप हमारी भाभी बन गईं, पापा-मम्मी की बहू और मुन्नी दाई की बीबीजी।"

"इन यादों को कलेजे से चिपकाना फिजूल है। मेरी शादी खत्म हो गई।" भाभी ने उदास आँखों और खुश्क होंठों से कहा।

"इसका मतलब यह तो नहीं कि आप मेरी भाभी नहीं या गुड्डू मेरा भतीजा नहीं।"

"जो भी समझ लो या न समझो।"

नीता रुआँसी हो गई—"सिर्फ उनतीस दिनों में जीवन के इक्कीस साल नकारने का हक आपको किसने दिया भाभी? भैया ने आपको बहुत प्यार दिया है, उन्हें स्मृति का सम्मान तो दीजिए।"

मीना थोड़ी खिसककर बैठ गई—"क्या उसमें भी तुम्हारा हिस्सा होगा?"

"स्मृति का कोई बैंक एकाउंट तो होता नहीं, न उसका पट्टा लिखवाया जाता है; आपका अकेलापन बाँटने आई थी पर आप तो मुझे बिलकुल काटकर फेंक रही हैं।" नीता का गला रुँध गया।

तभी गुड्डू आया। उसके हाथ में कई आवेदन-पत्र थे—"बुआ चलिए, आपको छोड़ आऊँ, रास्ते में ये चिट्ठियाँ भी डाल दूँगा।"

नीता चुप और सन्न मोपेड के पीछे बैठी रही। हृदय पर भाभी की बातें चीरा लगा रही थीं।

गुड्डू उसके साथ घर के अन्दर तक चला आया। नीता को कुछ राहत मिली। भैया का प्रतिरूप यह गुड्डू किस कदर उसका अपना है।

नीता से रहा नहीं गया। भैया के लगाए गए गुलमोहर की छाया तले वे बैठे ही थे कि उसने कहा—"मीना भाभी ने आज मेरा दिल तोड़कर रख दिया। उनका जैसे हमसे कोई रिश्ता ही नहीं।"

गुड्डू ने अपनी भूरी, गहरी आँखें गुलमोहर की फुनगी की ओर उठाकर

मूँद लीं। नहीं, वह आँखें खोलकर बुआ का बुझा हुआ चेहरा देखेगा तो बोल नहीं पाएगा।

"बुआ, हर एक का टूटने और खड़े होने का अपना ढंग होता है। मैंने सुनीं आप दोनों की बातें।"

"बता, क्या मैं गलत थी? तेरे इतने अच्छे पापा, क्या मीना उनतीस दिन भी नहीं दे सकती याद और अवसाद के?"

"बुआ, आप और माँ दो अलग व्यक्ति हैं, आप प्रोटोटाइप नहीं हो सकते। आपका सुख, दुःख और याद करने का ढंग बिलकुल अलग है। माँ जब पापा को याद करती हैं तो मुझे छोटा-सा पापा बना देती हैं। उसी तरह मुझे एक-एक चीज पकड़ाती जाती हैं, घड़ी, चश्मा, रूमाल। यह नहीं कह सकते कि वे पापा को याद नहीं करतीं। इससे ज्यादा वे यादों में जिएँगी तो भरभरा कर गिर जाएँगी। आप उन्हें गिराना चाहती हैं या उठाना?"

"गुड्डू स्मृति, एक श्रद्धांजलि होती है और सम्मान।"

"जो कर्तव्यों की कड़ी धूप में खड़ा हो उसके लिए स्मृति एक अवरोध है, एक बाधा।"

"तुम्हें अपनी माँ का पक्ष लेना है जस या तस।"

"नहीं बुआ, मैं आपका दुश्मन नहीं हूँ, नन्हा बेटा हूँ आपका। पर आप मृत्यु की बजाय जिन्दगी के पक्ष में सोचिए न। अभी मुझे क्वालिफाय करना है, दूर पढ़ने जाना है, दो साल बाद कोई नौकरी मिलेगी। तब तक आत्मसम्मान से जीने का कोई साधन तो हो उनके सामने...।"

"कितनी बार उन्हें समझाया मैंने, कि मकान किराये पर चढ़ा दें और मेरे पास आकर रहें। हम दोनों एक-दूसरे का अकेलापन बाँट लेंगे।"

"यों कह लीजिए वे बाईस साल बाद एक पराजित जीवन नहीं जीना चाहतीं। वैसे अगर राह निकलनी मुश्किल हुई, तो आप ही के पास आएँगी।"

नीता ने गुड्डू के सिर पर हाथ फेरा—"तू तो रातों-रात बड़ा हो गया है रे। मेरी तो हालत यह है कि टी.वी. पर भी अगर भाई-बहन का सीन आ जाए तो रो पड़ती हूँ।"

"बुआ, मुझे लगता है आपकी पीढ़ी अवसाद और शोक के प्रति भी उत्सवधर्मी है। आप साल भर शोक मनाने को कहेंगी तो मेरे लिए तो जीवन के

सारे दरवाजे बन्द हो जाएँगे।"

नीता ने ग्लानि और रुलाई अपने गले में भींचकर कहा—"तुम्हारी बात समझ रही हूँ, तुम मेरी बात समझो न समझो। तुम प्रशस्त राह चलो। भगवान् करे भैया की याद एक मशाल की तरह तुम्हारे आगे-आगे रहे।"

लेकिन रात भैया की तसवीर पर निगाह पड़ने पर नीता सिसक पड़ी—"भैया, लो मेरी श्रद्धांजलि। इस घर में तुम्हें याद करने की किसी को फुर्सत नहीं है।"

# दूसरा देवदास

**हर** की पौड़ी पर साँझ कुछ अलग रंग में उतरती है। दीया-बाती का समय या कह लो आरती की वेला। पाँच बजे जो फूलों के दोने एक-एक रुपये के बिक रहे थे, इस वक्त दो-दो के हो गए हैं। भक्तों को इससे कोई शिकायत नहीं। इतनी बड़ी-बड़ी मनोकामना लेकर आए हुए हैं। एक-दो रुपये का मुँह थोड़े ही देखना है। गंगा सभा के स्वयंसेवक खाकी वर्दी में मुस्तैदी से घूम रहे हैं। वे सबको सीढ़ियों पर बैठने की प्रार्थना कर रहे हैं। शान्त होकर बैठिए, आरती शुरू होने वाली है। कुछ भक्तों ने स्पेशल आरती बोल रखी है। स्पेशल आरती यानी एक सौ एक या एक सौ इक्यावन रुपये वाली। गंगातट पर हर छोटे-बड़े मन्दिर पर लिखा है—'गंगा जी का प्राचीन मन्दिर।' पंडितगण आरती के इन्तजाम में व्यस्त हैं। पीतल की नीलांजलि में सहस्त्र बत्तियाँ घी में भिगोकर रखी हुई हैं। सबने देशी घी के डिब्बे अपनी ईमानदारी के प्रतीक-स्वरूप सजा रखे हैं। गंगा की मूर्ति के साथ-साथ चामुण्डा, बालकृष्ण, राधा-कृष्ण, हनुमान, सीताराम की मूर्तियों की श्रृंगारपूर्ण स्थापना है। जो भी आपका आराध्य हो, चुन लें।

आरती से पहले स्नान! हर-हर बहता गंगाजल, निर्मल, नीला, निष्पाप। औरतें डुबकी लगा रही हैं। बस उन्होंने तट पर लगे कुण्डों से बँधी जंजीरें पकड़ रखी हैं। पास ही कोई-न-कोई पंडा जजमानों के कपड़े-लत्तों की सुरक्षा कर रहा है। हर एक के पास चन्दन और सिन्दूर की कटोरी है। मर्दों के माथे पर चन्दन तिलक और औरतों के माथे पर सिन्दूर का टीका लगा देते हैं पंडे। कहीं कोई दादी-बाबा पहला पोता होने की खुशी में आरती करवा रहे हैं, कहीं कोई नई बहू

आने की खुशी में। अभी पूरा अँधेरा नहीं घिरा है। गोधूलि वेला है।

यकायक सहस्त्रदीप जल उठते हैं। पंडित अपने आसन से उठ खड़े होते हैं। हाथ में अँगोछा लपेट के पंचमंजिली नीलांजलि पकड़ते हैं और शुरू हो जाती है आरती। पहले पुजारियों के भर्राए गले से समवेत स्वर उठता है। जय गंगे माता, जो कोई तुझको ध्याता, सारे सुख पाता, जय गंगे माता। घंटे-घड़ियाल बजते हैं। मनौतियों के दीये लिये हुए फूलों की छोटी-छोटी किश्तियाँ गंगा की लहरों पर इठलाती हुई आगे बढ़ती हैं। गोताखोर दोने पकड़, उनमें रखा चढ़ावे का पैसा उठाकर मुँह में दबा लेते हैं। एक औरत ने इक्कीस दोने तैराये हैं। गंगापुत्र जैसे ही एक दोने से पैसा उठाता है, औरत अगला दोना सरका देती है। गंगापुत्र उस पर लपकता है कि पहले दोने के दीपक से उसके लँगोट में आग की लपट लग जाती है। पास खड़े लोग हँसने लगते हैं। पर गंगापुत्र हतप्रभ नहीं होता। वह झट गंगाजी में बैठ जाता है। गंगा मैया ही उसकी जीविका और जीवन हैं। इनके रहते वह बीस चक्कर मुँह भर-भर रेजगारी बटोरता है। उसकी बीवी और बहन कुशाघाट पर रेजगारी बेचकर नोट कमाती हैं। एक रुपये के पचासी पैसे। कभी-कभी अस्सी भी देती हैं। जैसा दिन हो।

पुजारियों का स्वर थकने लगता है तो लता मंगेशकर की सुरीली आवाज लाउडस्पीकरों के साथ सहयोग करने लगती है। और आरती में यकायक एक स्निग्ध सौन्दर्य की रचना हो जाती है। 'ओम जय जगदीश हरे' से हर की पौड़ी गुंजायमान हो जाती है।

औरतें ज्यादातर नहाकर वस्त्र नहीं बदलतीं। गीले कपड़ों में ही खड़ी-खड़ी आरती में शामिल हो जाती हैं। पीतल की पंचमंजिली नीलांजलि गरम हो उठी है। पुजारी नीलांजलि को गंगाजल से स्पर्श कर, हाथ में लपेटे अँगोछे को नामालूम ढंग से गीला कर लेते हैं। दूर से यह दृश्य देखने पर मालूम होता है वे अपना सम्बोधन गंगा जी के गर्भ तक पहुँचा रहे हैं। पानी पर सहस्त्र बातीवाले दीपकों की प्रतिच्छवियाँ झिलमिला रही हैं। पूरे वातावरण में अगरु-चन्दन की दिव्य सुगन्ध है। आरती के बाद बारी है संकल्प और मंत्रोच्चार की। भक्त आरती लेते हैं, चढ़ावा चढ़ाते हैं। स्पेशल भक्तों से पुजारी ब्राह्मण-भोज, दान, मिष्टान्न की धनराशि कबूलवाते हैं। आरती के क्षण इतने भव्य और दिव्य रहे हैं कि भक्त हुज्जत नहीं करते। खुशी-खुशी दक्षिणा देते हैं। पंडित जी प्रसन्न होकर भगवान

के गले से माला उतार-उतारकर यजमान के गले में डालते हैं। फिर जी खोलकर देते हैं प्रसाद, इतना कि अपना हिस्सा खाकर भी ढेर-सा बच रहता है बाँटने के लिए, मुरमुरे, इलायचीदाना, केले और पुष्प।

खर्च हुआ पर भक्तों के चेहरे पर कोई मलाल नहीं। कई खर्च सुखदाई होते हैं।

कुछ पंडे अभी भी अपने तख्त पर जमे हैं। देर से आनेवाले भक्तों का स्नान-ध्यान अभी जारी है। आरती के दोने फिर एक-एक रुपये में बिकने लगे हैं। गंगाजल आकाश के साथ रंग बदल रहा है।

सम्भव काफी देर से नहा रहा था। जब घाट पर आया तो मंगल पंडा बोले—"का हो जजमान, बड़ी देर लगाय दी। हम तो डर गए थे।"

सम्भव हँसा। उसके एक सार खूबसूरत दाँत साँवले चेहरे पर फब उठे। उसने लापरवाही से कपड़े पहने और जाँघिया निचोड़कर थैले में डाला। जब वह कुरते से पोंछकर चश्मा लगा रहा था, पंडे ने उसके माथे पर चन्दन-तिलक लगाने को हाथ बढ़ाया।

"उ हूँ!" उसने चेहरा हटा लिया तो मंगल पंडा ने कहा—"चन्दन-तिलक के बगैर अस्नान अधूरा होता है बेटा!"

सम्भव ने चुपचाप तिलक लगवा लिया। वह वापस सीढ़ियाँ चढ़ ही रहा था कि पौड़ी पर बने एक छोटे से मन्दिर के पुजारी ने आवाज लगाई—"अरे दर्शन तो करते जाओ।"

सम्भव ठिठक गया।

उसकी इन चीजों में नियमित आस्था तो नहीं थी पर नानी ने कहा था—"मन्दिर में बीस आने चढ़ाकर आना।"

सम्भव ने कुरते की जेब में हाथ डाला। एक रुपये का नोट तो मिल गया, चवन्नी के लिए उसे कुछ प्रयत्न करना पड़ा। चवन्नी जेब में नहीं थी। सम्भव ने थैला खखोरा। पुजारी ने उसकी परेशानी ताड़ ली।

"इधर आओ, हम दें रेजगारी।"

सम्भव ने झेंपते हुए एक का नोट जेब में रखकर दो का नोट निकाला। पुजारी

जी ने चरणामृत दिया और लाल रंग का कलावा बाँधने के लिए हाथ बढ़ाया।

सम्भव का ध्यान कलावे की तरफ नहीं था। वह गंगा जी की छटा निहार रहा था। तभी एक और दुबली नाजुक-सी कलाई पुजारी की तरफ बढ़ आई। पुजारी ने उस पर कलावा बाँध दिया। उस हाथ ने थाली में सवा पाँच रुपये रखे।

लड़की अब बिलकुल बराबर में खड़ी, आँख मूँदकर अर्चन कर रही थी। सम्भव ने यकायक मुड़कर उसकी ओर गौर किया। उसके कपड़े एकदम भीगे हुए थे, यहाँ तक कि उसके गुलाबी आँचल से सम्भव के कुर्ते का एक कोना भी गीला हो रहा था। लड़की के लम्बे गीले बाल पीठ पर काले चमकीले शॉल की तरह लग रहे थे। दीपकों के नीम उजाले में आकाश और जल की साँवली सन्धि-वेला में लड़की बेहद सौम्य लगभग कांस्य प्रतिमा लग रही थी।

लड़की ने कहा—"पंडित जी, आज तो आरती हो चुकी। क्या करें हमें देर हो गई।"

पुजारी ने उत्साह से कहा—"इससे क्या, हम हिंया कराय दें। का कराना है संकल्प, कल्याण-मंत्र, आरती, जो कहो!"

"नहीं, हम कल आरती की वेला आएँगे।" लड़की ने कहा।

सम्भव इन्तजार में खड़ा था कि पुजारी उसे पचहत्तर पैसे लौटाये। लेकिन पुजारी भूल चुका था। जाने कैसे पुजारी ने लड़की के 'हम' को युगल अर्थ में लिया कि उसके मुँह से अनायास आशीष निकली—"सुखी रहो, फूलो-फलो, जब भी आओ साथ ही आना, गंगा मैया सारे मनोरथ पूरे करें।"

लड़की और लड़का दोनों अकबका गए।

लड़की छिटककर दूर खड़ी हो गई।

लड़के को तुरन्त वहाँ से चल पड़ने की जल्दी हो गई।

शायद उनकी चप्पलें एक ही रखवाले के यहाँ रखी हुई थीं। टोकन देकर चप्पलें लेते समय दोनों की निगाहें एक बार फिर टकरा गईं। आँखों की चकाचौंध अभी मिटी नहीं थी।

सम्भव आगे बढ़कर कहना चाहता था, 'देखिए, इसमें मेरी कोई गलती नहीं थी। पुजारी ने गलत अर्थ ले लिया।'

लड़की कहना चाहती थी, 'आपको इतने पास नहीं खड़ा होना चाहिए था।'

लड़की ने अपना होठ दाँतों से दबाकर छोड़ दिया। भूल तो उसी की थी। बाद में तो वही आई थी। अँधेरे से घबराकर कहाँ, कितनी पास खड़ी हुई, उसे कुछ खबर नहीं थी। लेकिन बातचीत के लायक दोनों की मन:स्थिति नहीं थी। पहचान भी नहीं। दोनों ने नजरें बचाते हुए चप्पलें पहनीं।

लड़की घबराहट में ठीक से चप्पल पहन नहीं पाई। थोड़ी-सी अँगूठे में अटकाकर ही आगे बढ़ गई।

सम्भव ने आगे लपककर देखना चाहा कि लड़की किस तरफ गई। वह घाट की भीड़ को काटता हुआ सब्जी मंडी पहुँच गया। हर की पौड़ी और सब्जी मंडी के बीच अनेक घुमावदार गलियाँ थीं। लड़का देख नहीं पाया, लड़की कहाँ ओझल हो गई।

नानी का घर करीब आ गया था लेकिन लड़का घर नहीं गया। वह वापस अनदेखी गलियों में चक्कर लगाता रहा। उसने चूड़ी की समस्त दुकानों पर नजर दौड़ाई। हर दुकान पर भीड़ थी पर एक भीगी, गुलाबी आकृति नहीं थी। आखिर भटकते-भटकते सम्भव हार गया। पस्त कदमों से वह घर की ओर मुड़ा।

नानी ने द्वार खोलते हुए कहा—"कहाँ रह गए थे लल्ला! मैं तो जी में बड़ी काँप रही थी। तुझे तो तैरना भी ना आवे। कहीं पैर फिसल जाता तो मैं तेरी माँ को कौन मुँह दिखाती।"

सम्भव कुछ नहीं बोला। थैला तख्त पर पटक, पैर धोने नल के पास चला गया।

नानी बोली—"ब्यालू कर ले।"

सम्भव फिर भी नहीं बोला।

नानी की आदत थी एक बात को कई-कई बार कहतीं। सम्भव तख्त पर लेट गया।

नानी ने कहा—"थक गया न! अरे तुझे मेले-ठेले में चलने की आदत थोड़ेई है। कल बैसाखी है, इसलिए भीड़ बढ़ गई है। अभी तो कल देखना, तिल धरने की जगह नहीं मिलेगी पौड़ी पर। चल उठ, खायबे को खा ले।"

"मुझे भूख नहीं है।" सम्भव ने कहा और करवट बदल ली।

"अरे क्या हो गया। अस्नान के बाद भी भूख नायँ चमकी। तभी न इतनी

सींक सलाई देही है। मैंने सबिता से पहले ही कही थी, इसे अकेले ना भेज। यहाँ जी ना लगे इसका।" नानी पास खड़े खटोले पर अधलेटी हो गई। उम्र के साथ-साथ नानी की काया इतनी संक्षिप्त हो गई थी कि वे फैल-पसर कर सोतीं तो भी उनके लिए खटोला पर्याप्त था। पर उन्हें सिकुड़कर, गठरी बनकर सोने की आदत थी।

गंगा को छूकर आती हवा से आँगन काफी शीतल था। ऊपर से नानी ने रोज की तरह शाम को चौक धो डाला था।

नींद और स्वप्न के बीच सम्भव की आँखों में घाट की पूरी बात उतर आई। लड़की का आँख मूँदकर अर्चना करना, माथे पर भीगे बालों की लट, कुर्ते को छूता उसका गुलाबी आँचल और पुजारी से कहता उसका सौम्य स्वर 'हम कल आएँगे।'

सम्भव की आँख खुल गई। यह तो वह भूल ही गया था। लड़की ने कल वहाँ आने का वचन दिया था। सम्भव आशा और उत्साह से उठ बैठा।

नानी को झकझोरते हुए बोला—"नानी, नानी, चलो खा लें, मुझे भूख लगी है।"

नानी की नींद झूले के समान थी, कभी गहरी, कभी उथली। उथले झोटे में उन्हें धेवते की सुध आई। वे रसोई से थाली उठा लाईं।

सम्भव ने बहुत मगन होकर खाना शुरू किया—"वाह नानी, क्या आलू टमाटर बनाया है, माँ तो ऐसा बिलकुल नहीं बना सकतीं। ककड़ी का रायता मुझे बहुत पसन्द है।"

खाते-खाते सम्भव को याद आया आशीर्वचन की दुर्घटना तो बाद में घटी थी। वह कौर हाथ में लिये बैठा रह गया। उसकी आँखों के आगे कुछ घंटे पहले का सारा दृश्य घूम गया। पुजारी का वह मंत्रोच्चार जैसा पवित्र उद्गार 'सुखी रहो, फलो-फूलो, सारे मनोरथ पूरे हों। जब भी आओ, साथ ही आना।' लड़की का चिहुँकना, छिटककर दूर खड़े होना, घबराहट में चप्पल भी ठीक से न पहन पाना और आगे बढ़ जाना।

सम्भव ने विचलित स्वर में कहा—"मुझे भूख नाँय। मैं तो यों ही उठ बैठा था।"

सारी रात सम्भव की आँखों में शाम मँडराती रही। उसकी ज्यादा

उम्र नहीं थी। इसी साल एम.ए. पूरा किया था। अब वह सिविल सर्विसेज प्रतियोगिताओं में बैठनेवाला था। माता-पिता का खयाल था, वह हरिद्वार जाकर गंगा जी के दर्शन कर ले तो बेखटके सिविल सेवा में चुन लिया जाएगा। लड़का इन टोटकों को नहीं मानता था पर घूमना और नानी से मिलना उसे पसन्द था।

अभी तक उसके जीवन में कोई लड़की किसी अहम भूमिका में नहीं आई थी। लड़कियाँ या तो क्लास में बाईं तरफ की बेंचों पर बैठनेवाली एक कतार थी या फिर ताई-चाची की लड़कियाँ, जिनके साथ खेलते-खाते वह बड़ा हुआ था। इस तरह बिलकुल अकेली, अनजान जगह पर, एक अनाम लड़की का सद्य:स्नात दशा में सामने आना, पुजारी का गलत समझना, आशीर्वाद देना, लड़की का घबराना और चल देना सब मिलाकर एक नई निराली अनुभूति थी, जिसमें उसे कुछ सुख और ज्यादा बेचैनी लग रही थी। उसने मन-ही-मन तय किया कि कल शाम पाँच बजे से ही वह घाट पर जाकर बैठ जाएगा। पौड़ी पर इस तरह बैठेगा कि कलवाले पुजारी के देवालय पर सीधी आँख पड़े।

उसने तो लड़की का नाम भी नहीं पूछा। वैसे वह हरिद्वार की नहीं लगती थी। कैसी लगती थी, सम्भव ने याद करने की कोशिश की। उसे सिर्फ उसकी दुबली-पतली काया, गुलाबी साड़ी, और भीगी-भीगी श्याम-सलोनी आँखें दिखीं। उसे अफसोस था, वह उसे ठीक से देख भी नहीं पाया, पर यह तय था कि वह उसे हजारों की भीड़ में भी पहचान लेगा।

अभी चिड़ियों ने आँगन में लगे अमरूद के पेड़ पर चहचहाना शुरू ही किया था कि नानी ने आवाज दी—"लल्ला, चलेगा गंगाजी, आज बैसाखी है।"

सम्भव को लगा वह रात-भर सोया नहीं है। नानी की मौजूदगी में उसे जैसे संकोच हो रहा था।

उसने कहा—"तुम मेरे भी नाम की डुबकी लगा लेना नानी, मैं तो अभी सोऊँगा।"

नानी द्वार उढ़काकर चली गईं, तो लड़के ने अपनी कल्पना को निर्द्वन्द्व छोड़ दिया। आज जब वह सलोनी उसे दिखेगी, वह उसके पास जाकर कहेगा, 'पुजारी जी की नादानी का मुझे बेहद अफसोस है। यकीन मानिए, पंडित जी मेरे

लिए भी उतने ही अनजान हैं जितने आपके लिए।'

लड़की कहेगी, 'कोई बात नहीं।'

वह पूछेगा, 'आप दिल्ली से आई हैं?'

लड़की कहेगी, 'नहीं, हम तो...के हैं।'

बस उसके हाथ पते की बात लग जाएगी। अगर उसने रुख दिखाया तो वह कहेगा, 'मेरा नाम सम्भव है और आपका?'

वह क्या कहेगी? उसका नाम क्या होगा। वह बी.ए. में पढ़ रही होगी या एम.ए. में? इन सवालों के जवाब वह अभी ढूँढ़ भी नहीं पाया था कि नानी वापस आ गईं।

"ले, तू अभी तक सुपने ले रहा है, वहाँ लाखन लाख लोग नहान कर लिए। अरे कभी तो बड़ों का कहा कर लो।" लड़के की तन्द्रा भंग हो गई। नानी उवाच के बीच सपने नौ दो ग्यारह हो गए।

लड़के ने उठते-उठते तय किया कि इस वक्त वह घाट तक चला तो जाएगा, पर नहाएगा नहीं। हाथ-मुँह धोकर प्रार्थना कर लेगा। कुछ देर पौड़ी पर बैठ गंगा की जलराशि निहारेगा। लौटते हुए मथुरा जी की प्राचीन दुकान से गरम जलेबी खरीदेगा और वापस आ जाएगा। उसने कुरते की जेब में बीस का नोट डाला और चल दिया।

पौड़ी पर आज अद्‌भुत भीड़ थी। गंगा के घाट से भी चौड़ा मानव-रेला दिखाई दे रहा था। भोर की आरती हो चुकी थी। लेकिन भजन जोर-शोर से चल रहे थे। नारियल, फूल और प्रसाद की घनघोर बिक्री थी।

भीड़ लड़के ने दिल्ली में भी देखी थी, बल्कि रोज देखता था। दफ्तर जाती भीड़, खरीद-फरोख्त करती भीड़, तमाशा देखती भीड़, सड़क क्रॉस करती भीड़। लेकिन इस भीड़ का अन्दाज निराला था। इस भीड़ में एकसूत्रता थी। न यहाँ जाति का महत्त्व था न भाषा का, महत्त्व उद्‌देश्य का था और वह सबका समान था, जीवन के प्रति कल्याण की कामना। इस भीड़ में दौड़ नहीं थी, संघर्ष नहीं था, अतिक्रमण नहीं था। और भी अनोखी बात यह थी कि कोई भी स्नानार्थी किसी सैलानी आनन्द में डुबकी नहीं लगा रहा था। बल्कि

स्नान से ज्यादा समय ध्यान ले रहा था। दूर जलधारा के बीच एक आदमी सूर्य की ओर उन्मुख हाथ जोड़े खड़ा था। उसके चेहरे पर इतना विभोर, विनीत भाव था मानो उसने अपना सारा अहम त्याग दिया है, उसके अन्दर 'स्व' से जनित कोई कुंठा शेष नहीं है, वह शुद्ध रूप से चेतन स्वरूप, आत्माराम और निर्मलानन्द है।

एक छोटे से लड़के ने लगभग हँसते हुए उसका ध्यान भंग किया—"भैया, आप नहीं नहाएँगे।"

सम्भव ने गौर किया। जाने कब पौड़ी पर उसके नजदीक यह बच्चा आ बैठा था। उसका भाल चन्दन-चर्चित था। चेहरे पर चमकीली ताजगी थी।

"अकेले हो?"

"नहीं, बुआ साथ हैं।"

"कहाँ से आए हो?"

"रोहतक से।"

"अब वापस जाओगे?"

"नहीं," बच्चे ने चमकीली आँखों से बताया—"अभी तो मंसा देवी जाना है, वह उधर।" बच्चा सामने पहाड़ी पर बना एक मन्दिर इंगित से दिखाने लगा।

यह स्थल सम्भव को पहले दिन से ही अपनी ओर खींच रहा था। लेकिन नानी ने उसे बरज दिया था—"ना लल्ला, मंसा देवी जाना है तो क्या वह झूलागाड़ी में तो बैठियो न। रस्सी से चलती है, क्या पता कब टूट जाए। एक बार टूटी थी, हजारन गिरे-मरे थे। जाना है तो चढ़कर जाना, उसका महातम अलग है।"

सम्भव बहुत शारीरिक मेहनत में यकीन नहीं करता था। बरसों से कुर्सी पर बैठ पढ़ते-पढ़ते उसे सक्रियता के नाम पर हमेशा किसी दिमागी हरकत का ही ध्यान आता था। उसे यहाँ सुबह-सुबह नानी का झाड़ू लगाना, चक्की चलाना, पानी भरना, रात के माँजे बर्तन फिर से धो-धोकर लगाना, सब कष्ट दे रहा था। वह एतराज नहीं कर रहा था तो सिर्फ इसलिए कि महज चार दिन रुककर वह नानी की दिनचर्या में हस्तक्षेप करने का अधिकारी नहीं बन सकता।

सम्भव ने बच्चे से कहा—"अगर गिर गए तो?"

बच्चा हँसा—"इतने बड़े होकर डरते हो भैया? गिरेंगे कैसे, इतने लोग जो चढ़ रहे हैं।"

शहर के इतिहास के साथ-साथ सम्भव उसका भूगोल भी आत्मसात् करना चाहता था। इसलिए थोड़ी देर बाद वह अटकता-भटकता, उस जगह पहुँच गया जहाँ से रोपवे शुरू होती थी।

रोपवे के नाम में कोई धर्माडम्बर नहीं था। 'उषा ब्रेको सर्विस' की खिड़की के आगे लम्बा क्यू था। वहीं मंसा देवी पर चढ़नेवाली चुनरी और प्रसाद की थैलियाँ बिक रही थीं। पाँच, सात और ग्यारह रुपये की। कई बच्चे बिन्दी-पाउडर और उसके साँचे बेच रहे थे, तीन-तीन रुपये। उन्होंने अपनी हथेली पर कलात्मक बिन्दियाँ बना रखी थीं। नमूने की खातिर। उससे पहले सम्भव ने कभी बिन्दी जैसे शृंगार प्रसाधन पर ध्यान नहीं दिया था। अब यकायक उसे ये बिन्दियाँ बहुत आकर्षक लगीं। मन-ही-मन उसने एक बिन्दी उस अज्ञात-यौवना के माथे पर सजा दी। माँग में तारे भर देने जैसे कई गाने उसे आधे-अधूरे याद आकर रह गए। उसका नम्बर बहुत जल्द आ गया। अब वह दूसरी कतार में था जहाँ से केबिल कार में बैठना था। सभी काम बड़ी तत्परता से हो रहे थे।

जल्दी ही वह उस विशाल परिसर में पहुँच गया जहाँ लाल, पीली, नीली, गुलाबी केबिल कार बारी-बारी से आकर रुकतीं, चार यात्री बैठातीं और रवाना हो जातीं। केबिल कार का द्वार खोलने और बन्द करने की चाबी ऑपरेटर के नियन्त्रण में थी। सम्भव एक गुलाबी केबिल कार में बैठ गया। कल से उसे गुलाबी के सिवा और कोई रंग सुहा ही नहीं रहा था। उसके सामने की सीट पर एक नवविवाहिता दम्पती चढ़ावे की बड़ी थैली और एक वृद्ध चढ़ावे की छोटी थैली लिये बैठे थे।

सम्भव को अफसोस हुआ कि वह चढ़ावा खरीदकर नहीं लाया। इस वक्त जहाँ से केबिल कार गुजर रही थी, नीचे कतारबद्ध फूल खिले हुए थे। लगता था रंग-बिरंगी वादियों से कोई हिंडोला उड़ा जा रहा है।

एक बार चारों ओर के विहंगम दृश्य में मन रम गया तो न मोटे-मोटे फौलाद के खम्भे नजर आए और न भारी केबिल वाली रोप-वे। पूरा हरिद्वार सामने खुला था। जगह-जगह मन्दिरों के बुर्ज, गंगा मैया की धवल धार और सड़कों के खूबसूरत घुमाव। नीचे सड़क के रास्ते चढ़ते, हाँफते लोग। लिमका की दुकानें और नाम-अनाम पेड़।

बहुत जल्द उनकी केबिल कार मंसा के द्वार पर पहुँच गई। यहाँ फिर चढ़ावा बेचनेवाले बच्चे नजर आए।

सम्भव ने एक थैली खरीद ली और सीढ़ियाँ चढ़कर प्रांगण में पहुँच गया।

नाम मंसा देवी का था पर वर्चस्व सभी देवी-देवताओं का मिला-जुला था।

एकदम अन्दर के प्रकोष्ठ में चामुण्डा रूप धारिणी मंसा देवी स्थापित थीं। व्यापार यहाँ भी था।

मनोकामना के हेतुक लाल-पीले धागे सवा रुपये में बिक रहे थे। लोग पहले धागा बाँधते, फिर देवी के आगे शीश नवाते।

सम्भव ने भी पूरी श्रद्धा के साथ मनोकामना की गाँठ लगाई, सिर झुकाया, नैवेद्य चढ़ाया और वहाँ से बाहर आ गया।

आँगन में रुद्राक्ष मालाओं की अनेक गुमटियाँ थीं, जहाँ दस रुपये से लेकर तीन हजार तक की मालाओं पर लिखा था, 'असली रुद्राक्ष', नकली साबित करनेवाले को पाँच सौ रुपये इनाम।

एक तरफ हलवाई गरम जलेबी, पूरी, कचौड़ी छान रहे थे। मेले का माहौल था।

सम्भव वापस केबिल कार की कतार में लग गया।

वापसी का रास्ता ढलवाँ था। कार और भी जल्द नीचे पहुँच रही थी।

इस बार सम्भव के साथ तीन समवयस्क लड़के बैठे हुए थे। वह केबिल कार की ढलवाँ दौड़ देख रहा था कि यकायक दो आश्चर्य एक साथ घटित हुए।

वह बच्चा जो पौड़ी पर उसके करीब आकर बैठ गया था, दूर पीली केबिल कार में नजर आया। बच्चे की लाल कमीज उसे अच्छी तरह याद थी। हालाँकि इतनी दूर से उसका चेहरा स्पष्ट नजर नहीं आ रहा था।

और बच्चे से सटी हुई जो दुबली-पतली, श्याम-सलोनी आकृति बैठी थी, वह थी वह लड़की जो कल शाम को, झुटपुटे में हर की पौड़ी पर उससे टकराई थी।

सम्भव बेहद बेचैन हो गया। वह दाएँ-बाएँ झुक-झुककर चीन्हने की कोशिश करने लगा। उसका मन हुआ पंछी की तरह उड़कर पीली केबिल कार पर पहुँच जाए।

बहुत जल्दी केबिल कार वापस नीचे पहुँच गई।

सम्भव ने आगे-आगे जाते बच्चे को लपककर कन्धे से थाम लिया और बोला—"कहो दोस्त।"

बच्चे ने अचकचाकर उसकी ओर देखा—"अरे भैया!"

रुककर बोला—"हमने सोचा, जब हमारा दोस्त नहीं डरता तो हो जाए एक ट्रिप।"

तभी आगे से एक महीन-सी आवाज ने कहा—"मन्नू, घर नहीं चलना है?"

बालक मन्नू ने कहा—"अभी आया बुआ!"

सम्भव ने अस्फुट स्वर में पूछा—"ये तुम्हारी बुआ हैं?"

"और क्या!" मन्नू ने साश्चर्य जवाब दिया।

"हमें नहीं मिलाओगे, हम तो तुम्हारे दोस्त हैं।"

मन्नू वाकई उसका हाथ खींचता हुआ चल दिया—"बुआ, बुआ, इनसे मिलो, ये हैं हमारे नए दोस्त...।"

उसने प्रश्नवाचक नजरों से सम्भव को देखा—"अपना नाम खुद बताइए।" वह अपना नाम बताता, इससे पहले उसी महीन मीठी आवाज ने कहा—"ऐसे कैसे दोस्त हैं, तुम्हारे, तुम्हें उनका नाम भी नहीं पता?"

अब सम्भव ने गौर किया, बिलकुल वही कंठ, वही उलाहना, वही अन्दाज। पुलक से उसका रोम-रोम हिल उठा। हे ईश्वर! उसने कब सोचा था, मनोकामना का मौन उद्‌गार इतना शीघ्र शुभ परिणाम दिखाएगा।

लड़की ने आज गुलाबी परिधान नहीं पहना था पर सफेद साड़ी में लाज से गुलाबी होते हुए उसने मंसा देवी पर एक और चुनरी चढ़ाने का संकल्प लेते हुए सोचा—'मनोकामना की गाँठ भी अद्‌भुत, अनूठी है, इधर बाँधो उधर लग जाती है...'

"पारो बुआ, पारो बुआ, इनका नाम है..." मन्नू ने बुआ का आँचल खींचते हुए कहा।

"सम्भव देवदास!" सम्भव ने हँसते हुए वाक्य पूरा किया। उसे भी मनोकामना का पीला-लाल धागा और उसमें पड़ी गिठान का मधुर स्मरण हो आया।

# तोहमत

**दुनिया-**जहान की बातें। एक-दूसरे से अलग मन न लेक्चर में लगता न लाइब्रेरी में। पढ़ाई का वक्त तब शुरू होता जब घर में सब सो चुके होते। बाकायदा चाय बनाकर थर्मस में रख ली जाती और एक-एक कर पुस्तकों का प्रतिद्वन्द्वियों की तरह सफाया किया जाता। सोने से पहले सुधा झाँककर देखती। अगर आशा के कमरे की बत्ती बन्द होती तो वह भी बत्ती गुल कर सो जाती, वरना तब तक पढ़ती जब तक साथवाले मकान में आशा के कमरे की बत्ती बन्द न होती। एक बार इसी चक्कर में सुधा सारी रात पढ़ती रही। सुबह उनींदी आँखों से कॉलेज आई और आशा पर बरस पड़ी—"तेरी वजह से मुझे सारी रात पढ़ना पड़ा। तूने बत्ती बन्द क्यों नहीं की?"

"अरे, पढ़ते-पढ़ते मेरी आँख लग गई थी। मैं तो सवेरे उठी हूँ, बत्ती बन्द करने का होश किसे था।"

शाम को दोनों घूमने निकलतीं। टहलती-टहलती खूब दूर निकल जातीं। आपस की दोस्ती इतनी घनी कि किसी तीसरे का साथ बरदाश्त न होता, अपने भाई-बहनों का भी नहीं। साथ-साथ गप्प करते, साहित्य पढ़ते, कविता लिखते, ड्रामे में भाग लेते, डिबेट में बोलते वे अभिन्न होती गई थीं। कॉलेज के प्रोफेसरों की सराहना व छात्र-छात्राओं की ईर्ष्या ने उन्हें एक दल का-सा संगठन दे डाला। जब प्रोफेसर कहते—"इन दो के आगे, लड़के भी भागे।" तो आशा-सुधा गर्व से फूल जातीं। परोक्ष रूप से आत्मनिर्भरता सीखने का, लड़कियों का यह पहला पाठ था। इतने वर्ष पढ़ाई में लगातार प्रथम श्रेणी लाते-लाते उन्हें यह अच्छी तरह समझ में आ गया था कि लड़कियों को यों ही दुर्बल, नाजुक और सामान्य कहा

जाता है। जब वे लड़कों को इम्तहान में पछाड़ सकती हैं, डिबेट में पछाड़ सकती हैं, ड्रामे में पछाड़ सकती हैं तो क्या जिन्दगी के मंच पर नहीं पछाड़ सकतीं? स्पर्धा एक नशे की तरह उन दोनों पर हावी थी।

जब वे दोनों साथ होतीं, कॉलेज के लड़कों की प्राय: हिम्मत न होती कि उन पर आवाज कसें या ठिठोली करें। नहीं तो यह आम बात थी कि छुट्टी की घंटी पर जब लड़कियाँ घर जाने को फाटक से बाहर निकलतीं तो आशिक लड़कों का एक बड़ा झुंड दूर तक उनका पीछा करता। लड़कियाँ पसीना-पसीना होती, बचती-बचाती किसी तरह घर तक पहुँचतीं। यह आग का दरिया रोज पार करना पड़ता। पार करते-करते कई लड़कियों को आग अच्छी लगने लगती और वे आँख लड़ाकर बदनाम हो जातीं, विजयी लड़कों का परिश्रम सार्थक हो जाता। कलेजा दूना।

फिलहाल आशा-सुधा ने तय किया था कि एम.ए. के बाद न तो उन्हें शादी करनी है न घर बैठना है। वे आई.ए.एस. की तैयारी करेंगी और साथ-ही-साथ रिसर्च। उनकी महत्त्वाकांक्षाएँ सपनों का रूप लिये जा रही थीं। उनके बेहतरीन क्षण वही होते जब वे इन सपनों में मशगूल होतीं। इन सपनों का अन्वेषण स्वयं उन्होंने किया था, अपनी शिक्षा के बूते, अत: इन पर उन्हें नाज था। इन सपनों में घर-परिवार का कोई योगदान नहीं था। घर-परिवार, घर-परिवार की तरह नागवार था, वहाँ सुरक्षा के सिवा और कोई सकून नहीं था। आशा के माता-पिता जब उसकी सरगर्मियाँ देखते तो यही सोचकर तसल्ली कर लेते, अच्छा है, जवान लड़की पढ़ाई-लिखाई में लगी है, नहीं तो ठाली बैठी लड़की शैतान की खाला। जब आशा कहती कि उसे पढ़-लिखकर यह करना है और वह करना है, पिता बड़े धैर्य से सुन लेते और उसकी माँ से कहते—"सभी लड़कियाँ शादी के पहले बड़ी ऊँची हाँकती हैं, सुधा भी तो ऐसे ही बेपर की उड़ाती है। शादी होते ही सब ठिकाने बैठ जाती हैं।"

हर बार की तरह इस बार भी कॉलेज में सत्र समाप्त था लेकिन परीक्षा की कोई सूरत नजर नहीं आ रही थी। इसका मतलब था, गर्मी भर पढ़ो और शहर में सड़ो। इम्तहान किसी भी वक्त हो सकते थे। आशा और सुधा ने अपनी छुट्टियों का टाइम-टेबल कुछ ऐसा बनाया कि वे दोपहर में दो घंटे तब पढ़ें जब घर के सभी लोग ऊँघते पड़े हों और तीन घंटे रात को। रात की पढ़ाई के नियम पर

कड़ाई से पालन होना आजकल मुश्किल था क्योंकि अकसर जैसे ही वे पढ़ने बैठतीं, बिजली गोल। कई-कई घंटे बिजली आने का नाम न लेती। इसलिए दोपहर को पढ़ाई करना निहायत जरूरी था। इसी पढ़ाई के कारण शाम को घूमने जाने की मोहलत मिल जाती।

उस दिन बातें करते-करते वे न जाने कितनी दूर निकल गईं। मम्फोर्डगंज से चलते-चलते कैंटोनमेंट क्षेत्र आ जाता था। वहाँ सड़कें इतनी साफ थीं कि चलने का मजा ही कुछ और था। न धोती की पटली उठाने का झंझट, न दुपट्टा घिसटकर गन्दा हो जाने का डर। आशा-सुधा को भय तो वैसे भी कभी न था, फिर जब साथ हों तो बिलकुल ही नहीं। जाते हुए एक रिक्शे को देखकर आशा ने कहा—"यह देख सुधी, यह मूर्खा कितनी भारी साड़ी पहने, तीखा मेकअप किये चली जा रही है।"

"सच मोटी औरतें इसलिए और भी ज्यादा मोटी लगती हैं क्योंकि उनमें विवेक नहीं होता। अब इसे इतने मोटे प्रिण्ट की ऑरगेंजा पहनने की क्या सूझी। और गहने भी कितने।"

"लगता है यह अखबार नहीं पढ़ती। ऐसी औरतों को देखकर तो मेरी भी इच्छा चेन-स्नैचिंग की होती है।"

"सब नकली होगा।"

"नहीं यार, सब असली है। असली की चमक ही कुछ और होती है।"

"आज यह सकुशल घर नहीं पहुँच सकती।"

"इसके पति को चाहिए इसके साथ-साथ दुनाली बन्दूक और कारतूस से लैस सिपाही भी भेजे।"

सुधा हँस पड़ी। "अब से शादी में लड़केवाले न सिर्फ स्कूटर और टी.वी. वरन् बन्दूक और दरबान की भी माँग करेंगे।"

"और मिट्टी का तेल?"

"वह क्यों?"

"बहू को जलाने के लिए।"

"तुम्हारी तरफ तो सुनते हैं रोज एक दुष्काण्ड होता है, सँभलकर रहना। शादी के बाद सबसे पहले घर से स्टोव और मिट्टी का तेल निकाल बाहर करना।"

"तुम तो ऐसे कह रही हो जैसे तुम्हारी तरफ यह सब नहीं होता।"

"होता क्यों नहीं पर इस प्रकार नहीं जैसे तुम्हारी तरफ। तुम्हारे पंजाब में तो बहुओं को एक ही बार जलाकर खाक कर डालते हैं। हमारे उत्तर प्रदेश की बनिया बिरादरी में तो बहुओं को बाकायदा धीरे-धीरे तिल-तिलकर जलाया जाता है। सारी उम्र सुलगो, न बुझो, न भभको।"

कैंटोनमेंट क्षेत्र भी पीछे छूट गया। आगे इंजीनियरिंग कॉलेज था,उसके आगे शिवकुटी। आशा बोली—"लो, इतनी दूर निकल आए, अब वापस भी लौटना है कि नहीं।"

"अब तो शंकरघाट पर दो घड़ी बैठकर मुड़ेंगे।"

झुटपुटा होने लगा था। सड़क पर बत्ती का अभाव था। पास ही गंगा का पुल धड़धड़ा रहा था। सात पैंतीस की गाड़ी गुजर रही थी। कहीं पीपल, कहीं बरगद के पेड़ पर पंछियों की इस कदर चहचहट थी जैसे उनकी क्लासटीचर आज न आई हो और शोर मचाने की पूरी आजादी हो। नारायण आश्रम में आरती का घंटा टनटनाया और पेड़ों पर से झुंड-के-झुंड पंछी उड़े, उनकी घर की छुट्टी हो गई थी।

शंकरघाट को जानेवाली कच्ची सड़क सुनसान थी। आशा आगे नहीं जाना चाहती थी। एक तो उसे थकान आ रही थी, दूसरे माँ के बारे में चिन्ता हो रही थी। चिन्ता होते ही माँ रोने लगती थीं और फिर रात-रात रोती रहतीं। तब सारा काम आशा को करना पड़ता, साथ ही माँ को बच्चों की तरह समझाना पड़ता। लेकिन सुधा ने ठान लिया था कि घाट तक जरूर जाएँगे। दरअसल, कई बार गंगा का पानी अविस्मरणीय दृश्य-बिम्ब छोड़ जाता था। घाट पर पीपल का एक पुराना पेड़ था, जिसकी जड़ें पानी में डूबी थीं, और टहनियाँ घाट पर शामियाना-सा छा देती थीं। कई बार जब पानी घाट की पक्की मुँडेर से टकराता तो पानी के छींटे न केवल पत्तों को, वरन् आसपास खड़े लोगों को भी भिगो देते। जगह-जगह लताओं के झुरमुट थे—अनाम लताएँ जो पेड़ों से लिपट-लिपट अपने अबला होने का प्रमाण प्रतिदिन देतीं। कई लताएँ और वृक्ष मिल-जुलकर एक हरी गुफा का रूप लिये हुए थे। दो-चार उपेक्षित-से मन्दिर थे, जिन्हें बनानेवाले भी उनके अस्तित्व से निरपेक्ष हो चुके थे। एक ओर पुल सुधार का काम करनेवाले कर्मचारियों के तम्बू लगे हुए थे और उनका लोहे का भारी सामान पड़ा था।

अल्प वस्त्रों में लिपटी एक स्त्री कलसा भरकर अभी-अभी गई थी। उस स्थल पर कुछ पल पानी पगलाया था, अब शान्त था। साँझ की अन्तिम आभा में दूर पानी का विस्तार ऐसे चमक रहा था मानो उस पर किसी ने पन्नी चिपका दी हो। पास का जल अँधियारा था। रहस्य से भरा।

"यहाँ बैठ तुझे कविता लिखनी है तो लिख, मैं तो चली।" आशा ने सुधा को झकझोरा।

"रुक तो। देर तो हो ही गई है। माँ पाँच नहीं तो दस मिनट डाँट लेंगी, यही न। पर यह नजारा फिर नहीं मिलेगा। कहाँ घर में हर घड़ी की चख-चख और कहाँ यह तापसबाला गंगा।"

आशा ने मुँह बनाया—"मुझे तो यह इस वक्त पृथुला, प्रौढ़ा नायिका-सी लग रही है, दुष्टता, दुराव और दुराग्रह से भरी।"

"तेरा मूड बिगड़ा हुआ है, तू जा।"

"यहाँ तक घसीट लाई, अब कह रही है जा। और तू यहाँ क्या धूनी रमाएगी?"

सन्नाटा और अँधेरा एक साजिश लग रहे थे। पत्तों का हरापन क्या ढका, उनका खड़खड़ाना भी रुक गया। मानो प्रकृति का यह जीरो आवर हो। आशा और सुधा वहाँ से चलने ही वाली थीं कि दूर, बहुत दूर कुछ सुलगा। पहले लपट-सी दिखी, फिर लाल और नारंगी अग्निपुंज। जगह बहुत दूर नहीं लग रही थी।

सुधा चल पड़ी—"बस उस आग के कगार से वापस घर। वहीं से घर की ओर जाने वाली पक्की सड़क पकड़ लेंगे।"

"वहाँ तो श्मशान पड़ता है। कोई चिता सुलग रही होगी, मैं नहीं जाती।"

"चिता नहीं है, श्मशान तो बीच अँधेरे तक खत्म हो जाता है। यह तो अँगीठी लग रही है।" आशा बेमन से पीछे-पीछे चल दी।

झाड़-झाड़ी लाँघतीं, मेढकों से बचतीं-टकरातीं वे काफी दूर निकल आईं। जैसे-जैसे वे आगे बढ़तीं, अंगारे कुछ और खिसक जाते। अब आशा को भी जिज्ञासा होने लगी थी। उसे यह भी तसल्ली थी कि बढ़ वे घर की दिशा में रहे हैं। साहित्यकार संसद की उपेक्षित इमारत को पार कर वे रसूलाबाद घाट तक आ गईं। लेकिन आग का मुकाम नहीं मिला। रेत में पंडों के तख्त निष्प्रयोजन-से

पड़े थे। सुबह के वक्त की सक्रियता का उन पर कोई चिह्न बाकी न था। मल्लाहों के लड़के जाल घसीटकर घर की ओर जा रहे थे।

चलते-चलते वे एक बार फिर झाड़-झंखाड़ में पहुँच गईं। अन्ततः वह जगह आई, जिसे झाड़ियों की बाड़ से घेरा हुआ था। झाड़ियाँ काफी घनी थीं और काँटेदार। लड़कियों ने बाड़े की दूसरी दिशा ढूँढ़नी चाही, पर सफल नहीं हुईं। बाड़ पीछे तक जाते-जाते एक मकान के पक्के अहाते से जुड़ गई थी। पानी के किनारे की तरफ एक जगह बाड़ कुछ कम घनी थी, उसी में से वे दोनों अन्दर झाँकने लगीं। अँधेरे में चिनगारी की दमक के सिवा कुछ नजर न आया। दुपट्टा बचाती हुई पहले सुधा अन्दर दाखिल हुई, फिर आशा। अहाते को देखकर बस्ती का अहसास हुआ लेकिन सन्नाटे को देखकर हट गया। चलते-चलते वे कई बार लड़खड़ाईं। पगडंडी तक पहुँचना काफी कष्टकर रहा। घुमावदार पगडंडी पर चलते हुए उस लम्बे-चौड़े बाड़े का समूचा चक्कर ही लग गया। एक जगह जंग लगा, लोहे का टूटा त्रिशूल रास्ते के बीचोंबीच गड़ा था, जिसे कुछ इस तरह से मोड़ दिया गया था कि अनजाने में उधर से गुजरनेवाले के सीधे सिर पर वार करे। जहाँ पगडंडी खत्म हुई, एक बड़ा-सा फाटक आया। फाटक लोहे के तारों से जकड़ा हुआ था। अब कौतूहल की जगह आतंक ने ले ली थी। आशा, सुधा लौटना चाहती थीं, पर अँधेरे में कुछ सूझ नहीं रहा था। किसी तरह हिम्मत करके वे फाटक फलाँग गईं। तभी अंगारों की चमक चलने-फिरने लगी। उसकी भयभीत दृष्टि में केवल इतना समाया—जमीन पर दहकते अंगारों का एक ढेर, उसके करीब रखा नरमुण्ड, कुछ लकड़ियाँ और मिट्टी का एक पात्र। तभी भयानक मुखाकृति वाला एक साधु न जाने कहाँ से प्रकट हुआ। उसके एक हाथ में चिलम, दूसरे में तमंचा था। नितान्त निर्वस्त्र, तान्त्रिक-सा लगनेवाला वह साधु चरम चिड़चिड़ाहट से उन्हें घूर रहा था, मानो दृष्टि-ही-दृष्टि में उन्हें भस्म कर डालेगा। क्रुद्ध, कड़कती हुई आवाज में वह गरजा—"कौन हो तुम, यहाँ क्यों आईं?"

आतंक से लड़कियों की जुबान जड़ हो गई। क्रोध से काँपता हुआ साधु उनकी ओर बढ़ा। लड़कियों ने उसकी लाल-लाल आँखें देखीं और देखी उसकी निर्वस्त्रता। उसके बदन पर लंगोट तक नहीं था। आतंक से चीखकर वे भागीं। लम्बा-तगड़ा, दाढ़ीवाला साधु दाँत किटकिटाते हुए उनके पीछे भागा—"ठहर

जाओ दुष्टाओ, मैं अभी तुम्हें दण्डित करता हूँ। गोपालस्वामी, ये कन्याएँ अन्दर कैसे आईं?"

फिर पीछे भागना छोड़ वह जोरों से चिल्लाया—"प्राणों की चिन्ता है तो भाग जाओ दुष्टाओ, खबरदार कभी इस क्षेत्र में फिर प्रवेश किया।"

गिरती-पड़ती आशा-सुधा भागीं, भागती गईं। उन्हें पूरा होश भी नहीं, उन्होंने कैसे बन्द फाटक फलाँदा, काँटों वाली झाड़ियाँ पार कीं, हड्डियों की ढेरियों से टकराती, लड़खड़ाती कैसे मुख्य सड़क तक पहुँचीं। दोनों को एक-दूसरे के कलेजे की धड़धड़ाहट तक साफ सुनाई दे रही थी। पसीने से सराबोर चेहरा, बाँहें खरोचों से भरी थीं। आशा का दुपट्टा काँटों में उलझकर तार-तार हो गया था। सुधा के गले में दुपट्टा ही न था, बदहवासी में कहीं खिसक गया। कूदने-फाँदने में सलवारों की सीवन भी जगह-जगह से उधड़ गई। झाड़-झंखाड़ की तरह ही बिखरे बाल, कुचले हाल, लगभग भागते-भागते उन्होंने घर की राह पकड़ी। कटरा बाजार इस वक्त भी रोशन था। लोगों ने कौतुक से उनके परेशान चेहरे देखे लेकिन लड़कियों को दाएँ-बाएँ का इल्म न था। वे एक साँस में घर की गली तक पहुँच गईं। कुंडी खटखटाने से पहले उन्होंने हाँफते हुए संयत होने की नाकामयाब कोशिश की। दरवाजा तुरन्त खुल गया।

सात बजे शाम तक तो आशा-सुधा के घरवालों ने लड़कियों की खास चिन्ता नहीं की। छह बजे तक पढ़ाई करने के बाद तो वे निकली थीं। रोज ही घंटे भर में लौट आती थीं। लेकिन आठ बजने को हुए तो आशा के छोटे भाई को सुधा के घर भेजा गया। पता चला दोनों ही नहीं लौटी हैं। कुछ देर और इन्तजार किया गया, जिसके अन्तर्गत दोनों घरों की माताओं ने लड़कियों की निर्द्वन्द्वता पर खिन्न होकर एक-दूसरे पर दोषारोपण किया। आकाशवाणी से समाचार खत्म होते-होते चिन्ता खीज में बदल गई। माना कि बड़ी हैं, पढ़ी-लिखी हैं, पर हैं तो लड़कियाँ। ऐसा भी क्या घूमना, न दिन देखती हैं न रात, बस मुँह उठाया और चल दीं।

आशा के माता-पिता वैसे भी चाहते थे कि आशा अब सँभलकर बाहर निकला करे। उसके रिश्ते के लिए बात चल रही थी। दो-एक बार दोनों परिवारों में प्रारम्भिक मुलाकात हो चुकी थी। प्रस्तावित लड़का दिल्ली में अच्छे ओहदे पर काम करता था और उसकी फोटो देखकर आशा ने वैसे मुँह नहीं बिचकाया था जैसे कि वह प्राय: लड़कों के जिक्र पर बिचकाया करती थी। आजकल

लेन-देन तय हो रहा था। इस पृष्ठभूमि में आशा के माता-पिता का दृष्टिकोण सुधा के माता-पिता के प्रति आलोचनात्मक था कि वे सुधा को एकदम आजाद किए हुए हैं। न शादी की चिन्ता, न सगाई की फिक्र। उनके हाय-तौबा मचाने पर सुधा का भाई साइकिल पर विश्वविद्यालय लाइब्रेरी की ओर चला गया कि शायद वे वहाँ मिलें।

फटेहाल, बिखरे बाल और पसीने से नहाये चेहरे लिये जब लड़कियाँ आशा के घर में दाखिल हुईं तो उन्हें देखकर सबसे पहले आशा की माँ ने चीख मारी, 'हाय-हाय, यह तुझे क्या हो गया?' माँ की चीख के साथ-साथ सारा परिवार इकट्ठा हो गया। ऊपरी मंजिल के किरायेदार भी छज्जे से झाँकने के बाद इधर-उधर दुबककर दिलचस्पी लेने लगे।

सुधा ने हाँफते हुए कहा—"कुछ नहीं चाची जी, हम जरा ज्यादा दूर निकल गई थीं। बातों-बातों में।" अपने घर-परिवार की गन्ध पाकर घबराई हुई आशा की रुलाई फूट पड़ी।

"यह क्या हालत बनाई है? दुपट्टे की दशा देखो, इतनी बड़ी हो गई। कपड़े सँभालने तक का शऊर नहीं।"

"अम्मा, उस आदमी को देखते ही हम इस कदर डरकर भागीं कि अपनी सुध-बुध ही भूल गईं...।"

"कौन आदमी?" इस बार आशा के पिता गरजे—"बता कौन आदमी? बता कहाँ से आ रही है?" फिर स्वयं ही लज्जित होकर पिता परे हो गए। लेकिन जल्दी ही वे दूने क्रोध में वापस आए और प्रचंड स्वर में चीखे, मानो दूसरे कमरे में अभी-अभी उन्होंने अपने गले में बैटरी का नया सेल डाला हो—"बता, कहाँ गई थी? तुझे कितनी बार मना किया है, जान-अनजान जगहों में न जाया कर। उन लोगों को पता चलेगा तो क्या सोचेंगे। रख दी इज्जत धूल में मिलाकर।"

सुधा डर, आतंक और आक्रोश से काँपने लगी—"चाचा जी, आपकी इज्जत कोई धूल में नहीं मिली है, हमारे साथ कुछ भी नहीं हुआ है।"

"तुम चुप रहो, तुम्हीं ने इसे चौपट किया है।" आशा की माँ गरजी—"हम किसी को मुँह दिखाने के काबिल नहीं रहे।"

"पर अम्मा, कुछ हुआ भी तो हो, तुम क्यों हाय-तौबा मचा रही हो?" आशा ने रुआँसी होकर कहा।

"अब और क्या होने को बाकी बचा है। हमारा मुँह काला करा दिया, अपना मुँह काला करा लिया, जनमी थी औलाद।"

यहाँ की लानत-मलामत से बौखलाकर सुधा अपने घर चल दी। उसके घर पर सभी मुँह बनाए बैठे थे। इसी सुधा की खातिर उन्हें आज आशा की माँ से बहुत कुछ सुनना पड़ा था। सुधा की माँ एकदम बिफरी हुई थीं—"आ गई बाप की लाड़ली। बहुत जानो जो घर आने की सुध आई।"

"अम्मा, तुम किसी की परेशानी समझने की कोशिश किया करो।"

"क्या परेशानी, जरा मैं भी तो सुनूँ।" भैया चीखा—"कहाँ गई थीं तुम लोग? मैं लाइब्रेरी तक होकर आया, सारा बाजार छान माना। यह घर से बाहर रहने का टाइम है?"

"सारे कपड़ों का सत्यानाश कर मारा। दुपट्टा कहाँ फेंक आई? तुझे हुआ क्या है?"

"कुछ नहीं अम्मा, हम जरा काँटों में गिर पड़ी थीं।"

"गिरने से तो कपड़े ऐसे नहीं फटते।" माँ ने मुँह बनाया।

सुधा की सहनशक्ति समाप्त हो गई। वह किचकिचा पड़ी—"तो कैसे फटते हैं, मैं भी तो सुनूँ, बताओ, कैसे फटते हैं?"

"निर्लज्ज कहीं की, बेहया!" माँ सिर पर हाथ मार-मार कर रोने लगीं। "यह लड़की मेरी जान लेकर जाएगी। इससे तो पैदा होते ही मर जाती, आज यह थुक्का-फजीहत तो न होती।"

बाप पीले मुँह से कभी अपनी बेटी को देख रहा था, कभी बीवी को। उसकी संज्ञा पूरी तरह उसके वश में न थी। बहुत नाज था उन्हें अपनी इस बिटिया पर। हमेशा बेटा माना था। आज उन्हें लग रहा था वे लुट गए हैं।

सुधा ने सारी घटना बताने की कोशिश की लेकिन उसे महसूस हुआ उसके सामने तीन बहरे बैठे हैं। वे ठूँठ बने उसे घूर रहे थे।

रात-भर आशा और सुधा अपमान से छटपटाती रहीं। दोनों को सख्त ताकीद कर दी गई कि एक-दूसरे से बात की तो अच्छा न होगा।

सुधा के बाप ने हारे हुए सिपाही की तरह कन्धे झुकाकर सुधा से अस्फुट स्वर में कहा—"जो हो गया हो गया। अब तुम एम.ए. छोड़कर एल.टी. कर लो। कहीं टीचर ही बन जाओगी।"

"मेरे साथ कुछ भी नहीं हुआ बाबूजी, आप समझते क्यों नहीं। न मैं एम.ए. छोड़ूँगी, न एल.टी. करूँगी।"

"इसे किसी ने चुड़ैल चढ़ा दी है," भैया ने कहा और अपने बिस्तर पर चले गए।

उस रात घर में किसी ने खाना नहीं खाया। माँ घुटनों में सिर दिए सारी रात रोती अपनी कोख को कोसती रही। सुबह पिता ने ऐलान कर दिया कि आज से सुधा का कॉलेज जाना बन्द। हिमाकत से भरी सुधा जबरदस्ती तैयार होकर कॉलेज के लिए निकली।

क्लास में उसने देखा आशा पहले से पहुँची हुई है और पिछली बेंच पर बैठी है। उसकी आँखें बेहद सूजी हुई थीं। बिना कुछ कहे, सुधा उसके पास बैठ गई। सुधा ने लेक्चर में मन लगाने का प्रयत्न किया, पर उसने पाया क्लास में कोई शरारत चल रही है। उसने आसपास देखा। बगल में बैटे एक लड़के ने उसे बड़ी दिलेरी से आँख मारी। अचकचाकर सुधा ने नजर हटा ली। दोनों लड़कियों ने पाया कई लड़के उनकी ओर भद्दे इशारे कर रहे थे।

आशा ने सहायता के लिए प्रोफेसर की ओर देखा। उसे लगा सहायता करने के बजाय प्रोफेसर उन दोनों को बड़े रसिक अन्दाज से देख रहा है। आँधी में किवाड़ भड़भड़ाते हैं, कुछ ऐसे सुधा का मन भड़भड़ाया। वह लपककर उठी और पास में बैठे एक सक्रिय लड़के को उसने तड़ातड़ तमाचे जमा दिए।

गुलगपाड़ा मच गया, लड़के लड़कों की मदद को भागे और लड़कियाँ बाहर। सुधा की मदद करते हुए आशा ने देखा कि प्रोफेसर अपना रजिस्टर सँभाल बिल्ले की तरह दबे पाँव क्लास से जा रहा था।

लड़कियों की अतिरिक्त उत्तेजना, आक्रोश और आक्रामकता देख लड़के सकपका गए। वे खिसक लिए। लड़कियों के चेहरे तमतमा रहे थे, वे अभी भी हाँफ रही थीं।

# खानपान

**पत्रकार** मीनाक्षी को अपने चतुर्वेदी होने पर गर्व था हालाँकि चार की कौन कहे, एक भी वेद उसने नहीं पढ़ा था। अलबत्ता हनुमान चालीसा इम्तहान के दिनों में रट ली थी और घर में जब-जब सुन्दरकाण्ड का पाठ रखा जाता, वह उसमें एकाध घंटा बैठकर दादी को खुश कर देती।

उनके घर में दो गाय और तीन बछड़े थे। दूध-दही की भरमार रहती पर मीनाक्षी को दफ्तर में चाय की लत पड़ चुकी थी। खबरों का अनुवाद करते समय, छोटे ग्लास में ढाबा-मार्का चाय प्रेरणा और स्याही दोनों का काम करती।

इधर कई दिनों से उसकी तबीयत गिरी-गिरी-सी थी। घर में उसने बताया तो माँ ने दूध में बादाम और छुहारा उबालकर पीने को दिया। दूध देखकर उसे उबकाई आती। पैर हर समय टूटते रहते। कभी जुकाम हो जाता, कभी खाँसी। हारकर वह डॉक्टर के पास गई। डॉक्टर ने कुछ दवाएँ लिख दीं। और कहा—"अपना खानपान थोड़ा बदलो। तली-भुनी चीजें और चाय कम करो, रोज फल और अंडे जरूर खाने चाहिए।" अंडा खाने की बात उसे रोमांचक लगी। उसने देखा था, उसके साथी कई बार उबले अंडे खाया करते जबकि वह जरा-सी भूख लगने पर हमेशा समोसे या कचौरी कैंटीन से मँगाती। मीनाक्षी को लगा, हो न हो सेहत का राज इस अंडे में ही है।

वैसे केक और पेस्ट्री वह कई बार चख चुकी थी। पर इसे इल्म नहीं था कि इनमें अंडा पड़ता है। एक दिन जब वह सगर्व कह रही थी कि वह शुद्ध शाकाहारी है, आज तक कभी उसने प्याज-लहसुन भी नहीं खाया, उसके साथियों ने कहा—"वाह मीनाक्षी, वह जो केक-पेस्ट्री आपके उदर में समा चुकी है, काहे

से बनती है, अरे शुद्ध अंडे से।"

उसे लगा, अंडा काफी लजीज चीज है जिससे इतने अच्छे व्यंजन बनते हैं। खूबसूरती यह कि पता भी नहीं चलता इनमें क्या पड़ा है।

डॉक्टर की हिदायत से अंडे का रुतबा उसके जेहन में और भी बढ़ गया।

दिक्कत यह थी कि मीनाक्षी चतुर्वेदी विशुद्ध रूप में अंडा कैसे और कहाँ खाए। घर में दादी का साम्राज्य था। उनके चौके में दाल-चावल, रोटी, तरोई, परवल, भिण्डी, लौकी, करेला सब था, पर प्याज तक निषिद्ध थी। पिता जी को एक-दो बार प्याज खाने का शौक चर्राया तो दादी ने एक जंग लगा चाकू और अलमूनियम की तश्तरी चौके से बाहर रखकर कहा—"बहू, ये किसन के कमरे में ताक पर रख दे। जब उसे प्याज खानी हो, वहीं काटकर खा ले। मेरे चौके में प्याज का छिलका भी उड़कर आया तो मैं उस दिन अन्न नहीं छुऊँगी।"

प्याज के अलावा कुछ और तरकारियाँ भी उनके यहाँ निषिद्ध थीं। गोभी और बैंगन उनके यहाँ नहीं बन सकते थे। दादी का कहना था कि गोभी मल की खाद से पनपता है और बैंगन भुन जाने पर रंगरूप में कुछ और ही लगता है। गोभी के मौसम में इतने बड़े-बड़े गोभी के फूल बाजार में मिलते कि लगता जैसे हँस रहे हैं—"आओ, हमें खरीदो।" बैंगन बारहों माह मिलते, पर दादी की अवज्ञा करना किसी के वश में नहीं था। माँ उन्हीं के मार्ग-निर्देशन में खाना बनातीं।

दादी शुरू में अपनी बहू से भी छूत मानती थीं। वे अपना खाना खुद बनातीं। उनके चौके का दृश्य यह होता कि एक कोने में माँ बनाती तो दूसरे कोने में दादी। एक दिन कोठे पर से अचार का मर्तबान लाते दादी गिर पड़ीं और उनकी टाँग की हड्डी टूट गई। छह हफ्ते के लिए उनकी टाँग पर प्लास्टर चढ़ गया। तब समस्या उठी, दादी क्या खाएँगी।

पिता ने लाख समझाया—"तुम्हारी बहू है, उसके हाथ का खाने से तुम भ्रष्ट नहीं हो जाओगी।" पर दादी ने तीन दिन दूध पर गुजारे। चौथे दिन हारकर बोलीं—"बहू, पराँठा-पूरी बना दिया कर, किसी तरह निगल लूँगी। आखिरीपन में यह भी बदा था।" माँ ने मुँह-ही-मुँह में बड़बड़ाते हुए उनका सँकरा खाना बनाया। दादी ने पराँठे स्टील की तश्तरी में रखकर उन पर लोटा-भर पानी उँड़ेला। दही

की कटोरी में भी पानी डालकर दही निथार लिया, तब कहीं वे खाने बैठीं। दादी के शुचितावाद से सारा घर त्रस्त था। कभी उन्हें वहम हो जाता कि किसी बच्चे ने उनकी रामायण छू ली है तो वे रामायण धो डालतीं। दादी के हाथ हमेशा कुछ-न-कुछ धोते-पोंछते रहते। उनकी धोती का आगे का हिस्सा हमेशा सीला रहता।

माँ कहतीं—"हमें तो ये म्लेच्छ मानती हैं। सबसे सुच्ची तो बस ये हैं।"

पिता कहते—"तुम क्यों बुरा मानती हो। वे हम लोगों के साथ भी ऐसा ही करती हैं। देखा नहीं, हम खड़े हो उनसे बात करते हैं, कभी उनके तख्त पर बैठ नहीं सकते।"

ऐसे घर में अंडे का जिक्र कितना विस्फोटक होगा, यह मीनाक्षी जानती थी।

इस बीच मीनाक्षी ने अंडे के गुणों की काफी जानकारी इकट्ठा कर ली। पत्र-पत्रिकाओं से इतना पता चल गया कि सन्तुलित भोजन में अंडे का स्थान काफी ऊँचा है। जब-जब उसके पाँव कमजोरी से टूटते, उसे लगता काश, वह अंडा खा सकती तो स्वास्थ्य सम्बन्धी उसकी सभी परेशानियाँ खत्म हो जातीं।

खाली वक्त में वह बैठकर उन सभी घरों की फेहरिस्त बनाती जहाँ जाकर अंडा खाया जा सकता था। पर एक तो दफ्तर के बाद उसके पास इतना वक्त नहीं बचता कि वह कहीं जाए, दूसरे वे सब परिवार उसके माता-पिता के भी परिचित थे।

मुश्किल यह थी कि अखबार के पन्नों पर तूफान उठाने के बाद उसमें हिम्मत न बचती कि घर में अपनी बातों से तूफान खड़े किए जाएँ। इन दिनों जब महिलाओं को संसद में तीस फीसदी आरक्षण दिलाने के लिए नया विधेयक प्रस्तावित था, दहेज-उत्पीड़न के निराकरण के लिए नए सुझाव प्रस्तुत किए जा रहे थे, यौन-शोषण के खिलाफ आवाज बुलन्द की जा रही थी, मीनाक्षी चतुर्वेदी की समस्त चेतना एक छोटी-सी क्रान्ति से उलझ रही थी। आसपास के कई घरों में खानपान की विधि और विन्यास में परिवर्तन आते गए थे, खुल्लम-खुल्ला नहीं तो दबे-ढँके तरीके से। उनके नौजवान बेटे-बेटियाँ रेस्तराँ में जाकर सामिष भोजन का स्वाद चख चुके थे। मालविका मिश्रा ने एक बार कहा—"कबाब कोई अजूबा नहीं है, बस चने की दाल में आलू की जगह थोड़ा इधर-उधर कुछ होता है, एक बार चखकर देख, आलू की टिकिया भूल जाएगी।" उसके भैया-भाभी दोनों मांसाहारी भोजन के शौकीन थे, पर

मीनाक्षी की भीरुता तो अभी अंडे की चौखट पर अटकी हुई थी। उससे आगे के तजुर्बे तो वह सोच भी नहीं सकती थी। उसके खानदान को अपने खानपान के खालिसपन पर बड़ा गुरुर था।

इसी शुद्धतावाद के चक्कर में दो-एक बार मीनाक्षी के प्रस्तावित विवाह की बात कुछ दूर चलकर लड़खड़ा गई थी। प्रतापगढ़ के एक चतुर्वेदी परिवार के बड़े लड़के का रिश्ता उसके लिए आया पर जाने किन स्रोतों से छानबीन कर दादी ने घोषित किया कि लड़का बम्बई में रहकर मीट-मछली किसी चीज से परहेज नहीं करता। ऐसे पतित परिवार से उनका खानदान कैसे जुड़ सकता है। दूसरा रिश्ता बनारस का था। वहाँ मुश्किल यह थी कि लड़के को अमेरिका में नौकरी मिल गई थी। माँ-बाप अपनी लाड़ली बेटी को सात समुन्दर पार कैसे कर दें जबकि वे तो उसे सरयू पार भी भेजने को तैयार न थे। घबराकर बोले—"घर से इत्ती दूर जाकर वह मांस-मदिरा सब चीज का परहेज त्याग देगा तब हमारी बेटी क्या करेगी।"

मीनाक्षी ने बहनों के सामने कहा भी—"सिर्फ गंगाजल पीनेवाला दामाद कहाँ से ढूँढ़ेंगे पिता जी?" एक चौखटा था जिससे बाहर निकलने को वह छटपटा रही थी पर उसके मन में निजी क्रान्ति का संकोच भी था फिर यहाँ उसके पास छह साल पुरानी पक्की नौकरी थी, इसका मोह भी कम नहीं था। अनजान डगर उस के लिए आकर्षक तो थी, निरापद नहीं। उसकी इच्छा थी, इसी शहर में उसे एक अच्छा-सा पत्रकार पति मिल जाए ताकि नौकरी और विवाह साथ निभ जाएँ। दो-एक सहयोगियों से उसकी मित्रता भी हुई पर पता नहीं उनकी तपिश में कमी थी या उसकी कशिश में। विवाह का प्रस्ताव किसी ने भी नहीं रखा।

उसकी सहेली विभा उसे छेड़ती—"तुम्हारे म्मी-पापा शाकाहारी के चक्कर में तुम्हें संन्यासी बना देंगे। कह नहीं सकती हो उनसे कि शादी सिर्फ शाकाहार पर टिकी नहीं रह सकती। इतनी शाकाहारी शादी करेगी तो बाल-बच्चे कहाँ से आएँगे।"

मीनाक्षी को भी लगने लगा था कि जातिगत शुद्धतावाद भी एक किस्म का कारावास है लेकिन उपयुक्त पात्र के अभाव में वह इस कारा को तोड़ भी नहीं पा रही थी। प्रेस कान्फ्रेंसों में उसके पुरुष साथी शान से शराब-कबाब उड़ाते जबकि

महिला साथी बस ठंडी बोतल पीकर नोट्स लेकर आ जातीं।

उस दिन वह एलनगंज जा रही थी कि रास्ते में उसे विनीता चोपड़ा मिली। विनीता विमेन्स हॉस्टल में रहती थी और भूगोल से एम.ए. कर रही थी। यूनिवर्सिटी का सत्र ढाई साल पीछे चल रहा था इसलिए लगता यही था कि युगों-युगों से यहाँ रह रही है। विनीता आए दिन उससे इसरार करती—"एक खबर हमारे हॉस्टल के रद्दी मेस पर भी छापो न। इतना खराब खाना मिलता है कि मेस में चूहे तक मर जाते हैं।"

"और सुनाओ तुम्हारा मेस कैसा है?" मीनाक्षी ने खैरियत पूछी।

"मत पूछो," विनीता ने कहा—"आजकल मेस बन्द चल रहा है। मैगी खा-खाकर जान निकल गई। कभी खिचड़ी डाल लेते हैं, कभी दूध-ब्रेड पर ही दिन बिता देते हैं।"

"ठीक है, इतवार को मैं आऊँगी, तब मिलकर खाना बनाएँगे।" मीनाक्षी ने कहा।

इतवार आया। मीनाक्षी स्नान-ध्यान-पूजा के बाद घर से निकली। उसने सोचा डाट के पुल से वह चार अंडे ले चले। विनीता के कमरे में हीटर पर कुछ भी बनाया जा सकता है।

लेकिन अंडे की दुकान तक पहुँचकर मीनाक्षी का हौसला जवाब दे गया। वहाँ एक तरफ दड़बे में मुर्गियाँ कुड़कुड़ा रही थीं और दड़बे से बहुत दुर्गन्ध आ रही थी। दुकानदार लुंगी-बनियान पहने बैठा था और एक पत्थर पर छुरी तेज कर रहा था। उसे देखकर बोला—"कहो बहन जी, मुर्गी चलेगी या अंडा।"

घबराकर मीनाक्षी वहाँ से हटकर रिक्शा ढूँढ़ने लगी। होस्टल के गेट पर उतरते समय उसने देखा, सामने दुकान पर अंडे रखे हुए थे। उसका मन खुशी से नाच उठा। यहाँ परिचितों द्वारा देखे जाने का खतरा भी कम था। उसने दुकान पर जाकर ससंकोच कहा—"चार।"

यह ऐसी दुकान थी जहाँ बिस्किट, ब्रेड, अंडे के साथ-साथ विद्यार्थियों की जरूरत की सभी चीजें मिलती थीं। पता नहीं दुकानदार ने क्या समझा, बोला—"एक ले लीजिए, चार क्या करेंगी।" और उसने सेनिटरी नेपकिंस का एक पैकेट पेश कर दिया।

मीनाक्षी घबरा गई। शर्म और गुस्से से उसने कहा—"समझ में नहीं आता, अंडे माँग रहे हैं।"

दुकानदार ने फौरन गलती सुधारी—"माफ कीजिए, लड़कियाँ ज्यादातर यही खरीदने आती हैं।"

उसने कागज के लिफाफे में चार अंडे डालकर काउंटर पर रख दिए।

मीनाक्षी ने पैसे अदा किए पर अण्डों का लिफाफा उठाते समय उसका चतुर्वेदीपन फिर सजग हो गया। अण्डों को हाथ कैसे लगाया जाए।

"इन्हें एक और लिफाफे में पैक करो।"

दुकानदार ने एक और लिफाफे में अण्डों का पैकेट डाल दिया।

"प्लास्टिक की थैली दो।"

अब तक दुकानदार को मीनाक्षी के सिड़ीपन का अन्दाजा लग चुका था। उसने आज्ञा का पालन किया और उसकी तरफ पीठ कर टी.वी. पर नजर गड़ा दी।

मीनाक्षी बी-18 तक जाते हुए मन-ही-मन बातचीत का नक्शा बनाती गई। वह विनीता से कहेगी—"चलो आज अंडे खाये जाएँ।"

विनीता कहेगी—"ऐसा करते हैं, खिचड़ी बना लेते हैं, अंडे लेने कौन जाए।"

मीनाक्षी कहेगी—"मैं खिचड़ी बना देती हूँ। तुम आमलेट बनाओ, ये मैं चलते-चलते खरीद लाई थी।"

विनीता तीन अंडे भी खा ले तो कोई बात नहीं। एक उसे मिलेगा न।

बी-18 पर पहुँचकर मीनाक्षी का कलेजा डूब गया। दरवाजे पर मरियल-सा ताला लटक रहा था। ताले में चिट फँसी थी—"सॉरी मीना, रायबरेली से भैया-भाभी आए हैं, उनके साथ दो दिन को घर जा रही हूँ।"

मीनाक्षी ने अपने को एक बेवकूफ स्थिति में फँसा पाया। हॉस्टल के गलियारे में रोज से ज्यादा सन्नाटा था। अण्डों का पैकेट लिये-लिये वह फाटक तक आई पर दुकानदार की बदतमीजी याद कर उसकी, अंडे वापस करने की इच्छा न हुई, उसने वहीं लिफाफा फेंक दिया। अंडे फूटने की हल्की-सी आवाज आई, 'चट'।

हालाँकि साढ़े दस ही बजे थे, धूप चटक थी। सड़क के परली पार एक

रिक्शा दिखा तो मीनाक्षी हड़बड़ी में सड़क क्रॉस करने लगी। उसके पास से दन्नाती हुई एक जीप निकली जिसका ड्राइवर बाहर मुँह निकालकर चिल्लाया—"मैडम, होश में चला करो।"

मीनाक्षी बाल-बाल बचने के एहसास के साथ जब रिक्शे में सवार हुई, उसने सोचा, अगर वह आज दब जाती तो अपने अखबार के तीसरे पेज की न्यूज तो अवश्य बन जाती। यानी भाग्य में आज न अंडा था न मौत।

दोपहर के भोजन में वही मरियल खाना था जो प्रतिदिन हुआ करता था पर मीनाक्षी माँ पर भड़क गई—"सुबह छह बजे से चौके में घुसी रहकर यह बनाया है आपने। इतने अखबार, मैगजीन आते हैं, कभी पलट लिया करो, नए तरीके से कुछ पका लिया करो, पर नहीं, पकेगा वही जो 1940 से पकता आया है।"

माँ तिनतिना गईं—"सुबह अपना हुक्म सुना दिया करो, क्या खाना है। मैं अकेली चौके में मरूँ। यह तो नहीं होता कि इतवार को मेरा हाथ बँटाए। सारी उमर गुजर गई चूल्हे के आगे।"

मीनाक्षी खाने का नाम कर उठ गई। उसने पढ़ने के लिए उपन्यास उठाया, मन नहीं लगा। उसे याद आया वह बहुत दिनों से मिसेज सहाय से नहीं मिली। उनके घर जाया जा सकता है। उसने तय किया, शाम की चाय उनके साथ पी जाए।

चार बजे वह फिर घर से निकली। सुबह पहनी साड़ी मुचड़ी हुई लग रही थी। दूसरी पहनी और सोचा, आज बिना बात दो साड़ियों का कलफ खराब हो गया।

मिसेज सहाय का घर दूर नहीं था पर मीनाक्षी चलते-चलते हाँफ गई। उसने सोचा, वहाँ पहुँचकर सबसे पहले ठंडा पानी पिएगी। फिर उनसे पूछेगी, आज क्या खाना बना था। मिसेज सहाय बड़ी स्नेही और उदार हैं, कभी उसे खाली पेट नहीं भेजतीं। उनसे वह इतनी बेतकल्लुफ है कि फ्रिज खोलकर देख सकती है, क्या है, क्या नहीं। वह उनसे कह देगी—"आंटी, आज आमलेट खिला दो।"

दरवाजा खोला घर के छोटे लड़के बंटू ने, जो काफी बड़ा था पर घर में उससे छोटा और कोई बच्चा न होने के कारण उसे छोटा ही माना जाता था। उसने तुरन्त बताया—"ममी तो कॉलेज गई हैं। पापा हैं।"

"आज इतवार को?"

"हाँ, आज कॉलेज में आई.आई.टी. की प्रवेश-परीक्षा है।"

सहाय साहब सोकर अभी-अभी उठे थे। उन्होंने निंदासी आवाज में कहा—"आज कैसे रास्ता भूल पड़ीं। क्या किसी खबर का पीछा करती आई हो?"

"नहीं अंकल। आज सिर्फ आप लोगों से मिलने आई हूँ और अपने बदमाश भाइयों को देखने।"

घर की चहल-पहल में काफी मन लगा। बंटू ने साबुनदानी में नाइट लैम्प बनाया था, फुटरूलर में डांसिंग लाइट्स और अब जूते के खाली डिब्बे में ट्रांजिस्टर बनाने के चक्कर में था। बड़ा लड़का मण्टू अपने क्लास के साथियों के साथ सारनाथ घूमने गया हुआ था।

दोनों उत्पाती बच्चे उसके राखी-बाँध भाई थे। अभी कुछ साल पहले तक हालत यह थी कि उन्हें राखी बाँधने उसे पूरे घर में दौड़-दौड़कर पकड़ना पड़ता था। अपनी-अपनी नौकरी में व्यस्त माता-पिता का इन बच्चों पर कोई नियन्त्रण नहीं था।

तभी चाय की ट्रे लिये मालती कमरे में आई। मालती इस घर की पुरानी मुँहजोर सेविका थी जो घर में आने-जाने वालों को बड़ी हिकारत से देखती थी। उसका खयाल था कि ये सब लोग उसका काम बढ़ाने के लिए ही आते हैं।

मालती ने बड़ी बेदिली से एक और खाली प्याला लाकर खट से मेज पर रखा और कहा—"हम जा रहे हैं, बहन जी आएँ तो बता देना खाना रसोई में रखा है।"

"हम इतनी दूर से आए हैं मालती, कुछ खिलाओगी नहीं।" मीनाक्षी ने मालती की खुशामद की।

"मठरी है, खा लो।"

"नहीं, हमारे लिए ऑमलेट बना दो, हमें डॉक्टर ने बताया है।"

मालती ने फ्रिज खोलकर देखा और घोषणा की—"आज एक भी अंडा नहीं है, तुम मठरी खा लो, अभी कल ही बनाई थी।"

सहाय साहब ने कहा—"मालती, तुम जल्दी से नीचे जाकर अंडे ले आओ।"

बंटू ने कहा—"हम ला देते हैं, हमें नीचे जाना है।"

बंटू को गए पन्द्रह मिनट बीत गए, उसका कोई पता नहीं लगा। मालती बिगड़ने लगी—"तुम्हारे अंडे के चक्कर में हमें तो कैद हो गई। हम जा रही हैं, अपने आप बनाओ, खाओ।"

मीनाक्षी को मिसेज सहाय पर खीझ आई। उसे लगा उनका गृह-संचालन काफी खराब है। उन्हें इसका कोई अहसास नहीं कि घर में क्या है क्या नहीं। बस सुबह तैयार होकर कॉलेज चल देंगी। बंटू को देखो, उसे खयाल ही नहीं कि दीदी इन्तजार कर रही होंगी।

थोड़ी देर बाद बंटू अंडे लेकर लौटा।

सहाय साहब ने डाँटा—"कहाँ रह गए थे तुम? इतनी देर लगती है नीचे से अंडे लाने में।"

"पापा, अंडेवाले नक्कन भाई का ट्रांजिस्टर खराब हो गया था, उन्होंने कहा, बंटू भैया, जरा देख दो।"

"इसे तो मरम्मत के लिए कोई कबाड़ मिल जाए सही।"

"अब मालती चली गई है, अंडा कौन बनाएगा!"

"पापा, मैं बना दूँ। दीदी, आप बैठो मैं अभी लाया।"

मीनाक्षी बंटू की मदद करने रसोई में आ गई।

सिंक का नल बह रहा था, एक तरफ जूठे बर्तनों का बेतरतीब ढेर पड़ा था। मालती ने खाना बनाने के बाद चकला-बेलन तक नहीं धोया था। महरी के इन्तजार में पूरी रसोई बिखरी लग रही थी।

मीनाक्षी को अपने घर का चौका याद आया, साफ-सुथरा। क्या मजाल कि कोई चीज इधर की उधर पड़ी रह जाए।

पर बंटू की नजर इस सब पर नहीं थी। वह प्याज छीलने की कोशिश में लग गया। जल्द ही उसकी आँखों में पानी आ गया। मीनाक्षी ने कहा—"लाओ, मुझे दो।"

बंटू ने एक-एक कर तीन ऑमलेट बनाए। पहला कुछ टूट गया था पर बाकी दो एकदम सही आकार के थे।

टोमेटो सॉस और ब्रेड के साथ अन्तत: जब वे तीनों ऑमलेट खाने बैठे, मीनाक्षी का मन हुआ अपने इस नटखट भाई को वह गले लगा ले।

लेकिन पहला ग्रास खाते ही उसका जोश काफूर हो गया। पता नहीं यह बंटू के हाथ का कमाल था या अंडे का स्वभाव, ऑमलेट निहायत फीका, सादा और लिबलिबा लग रहा था। उसमें उतना कुरकुरापन भी नहीं था जितना बेसन या आटे के चीले में होता है।

वह दो कौर खाकर अपनी प्लेट सिंक में रख आई।

सहाय साहब ने पूछा—"कहो, कैसा लगा ऑमलेट?"

मीनाक्षी ने पछतावे के साथ जवाब दिया—"अंकल, यह तो गुनाह बेलज्जत हो गया।"

"यह बताओ गुनाह ज्यादा रहा या लज्जत? और तुम कब से पाप-पुण्य की पंडिताऊ भाषा में बोलने लगीं।"

"मेरा खयाल है अंकल, अंडे की भी कैपसूल आनी चाहिए। मुझे याद है हमें बचपन में माँ कैसे कॉडलिवर ऑयल चम्मच भर-भरकर पिलाया करती थीं। उसमें उनका ब्राह्मणत्व खंडित नहीं होता था। दादी भी उसे दवा मानती थीं। दवा के नाम पर हम लोग शेर का कलेजा भी खा सकते हैं। पर सच्ची अंकल, हैं हम सब गीदड़ ही।"

मीनाक्षी की सारी तलखी फूट पड़ी। वह कैसे सुनाती कि सुबह से इस अंडे ने उसे क्या-क्या नाच नचाए जबकि आज दिन भर का उसका स्कोर बस अंडा ही रहा।

# बीमारी

**टैक्सी** की आवाज सुनते ही मैं समझ गई थी कि वे हैं। उन्होंने पैसे चुकाकर सामान खींचकर नीचे डाला और ऊपर आए। भाई तथा पर्स और हैण्डबैग से लदी दिखने वाली उसकी पत्नी। भाई ने अटैची मेज पर टिकाते हुए कहा—"कैसी तबीयत है? कोई नौकर होगा सामान लाने के लिए?"

मैंने कमरे में नजरें घुमाकर देखा—"नौकर तो नहीं है। वैसे जीना बहुत चौड़ा और नीचा है।"

भाई जाने लगा। उसकी पत्नी मेरे माथे पर हाथ रखते हुए बोली—"बड़ा लम्बा सफर है, रास्ते में तकलीफ भी बहुत हुई। तुम्हारे भाई तो कुछ करते नहीं न। मुसाफिरों से जगह भी मुझे माँगनी पड़ी।"

मैं मुसकुराई।

भाई होल्डाल घसीट कर लाने में सफल हो गया था। उसने पत्नी से कहा—"बस, वह बड़ा ट्रंक ही लाना रहा है न अब?"

उसकी पत्नी हड़बड़ाकर बोली—"उसमें किसी का हाथ न लगवाना, जैसे भी हो, धीरे-धीरे ले आओ।"

भाई परेशानी जताता हुआ फिर चल दिया।

उसकी पत्नी ने एक हाथ से ब्रेसियर की तनी कसते हुए पूछा—"तुमने पुराना मकान बदल क्यों लिया? कितना दूर है यह स्टेशन से। टैक्सी-ही-टैक्सी में पैंतीस मिनट लगे हैं।"

मैंने कहा—"पहले मकान से ऑफिस पहुँचने के लिए मुझे बस में पचास मिनट लग जाते थे।"

"तुम्हें ट्रेन से आना-जाना चाहिए न!" उसने कहा।

जब से मैं लोकल ट्रेन से भीड़ में गिर पड़ी थी, मुझे ट्रेन से नफरत हो गई थी। वैसे भी मुझे लगता था कि तीस सेकेंड का समय गाड़ी में चढ़ने के लिए नाकाफी होता है और लोकल ट्रेन हर स्टेशन पर तीस सेकेंड खड़ी होती थी।

भाई मोटा काला ट्रंक लिये कमरे में आ गया था। मैं सोचती थी कि इस बार मुझे काफी बड़ा कमरा मिल गया है। पर भाई के सामान के बाद कमरे का फर्श एकदम ढक गया था। अब कमरे में सिर्फ पलंग, दो कुर्सियाँ और सामान नजर आ रहा था।

भाई ने बैठकर कहा—"चाय का इन्तजाम तो है न?"

मैंने कहा—"हाँ, हाँ, मेरे पास गैस भी है और बिजली की केतली भी।"

भाई की पत्नी बोली—"तुम कैसे गुजारा करती थीं। कम-से-कम एक नौकर तो रखना चाहिए था।"

मैं चुप रही। उन्हें बताना मुश्किल था कि अकेली लड़की के घर नौकर के साथ क्या-क्या अफवाहें जुड़ जाती हैं। नौकरानियों से मेरी बहुत जल्द लड़ाई हो जाया करती थी। वे चोर होती थीं और झूठी। आजकल सामने बनती एक बिल्डिंग का चौकीदार आकर चाय के बर्तन माँज जाया करता था और झाड़ू भी लगा देता था। इससे ज्यादा काम के लिए उसमें अक्ल नहीं थी। डॉक्टर ने अब तक दवा भी खुद मँगवाकर दी थी।

भाई की पत्नी अपना बदन सँभालते हुए उठी और रसोई में पहुँची। मैंने भाई को आज का अखबार थमाकर आँखें बन्द कर लीं। मैं बातों से बहुत थक गई थी। मैं थोड़ी-सी बात करने से ही थक जाती और साँस तेज चलने लगती थी। बल्कि डॉक्टर को यह बात बार-बार कहकर मैंने इतना डरा दिया कि उसने मुझे कार्डियोग्राम कराने की सलाह दी। कार्डियोलॉजिस्ट की रिपोर्ट में ऐसा कुछ डिटेक्ट नहीं हुआ। पर मैं अस्पताल जाकर कार्डियोग्राम कराने में इतनी थक गई कि मुझे कई दिनों तक लगता रहा कि रिपोर्ट गलत है।

भाई की पत्नी रसोई से परेशान होती हुई आई और झुनझुनाते स्वर में उसने पति से कहा—"मैं सारी रसोई ढूँढ़ चुकी हूँ न तो चीनी मिली है, न चाय की पत्ती।"

मैंने कहा—"सब चीजें पलंग के नीचे रखी हैं।"

"दूध भी?"

"हाँ, उसका डिब्बा भी नीचे ही रखा है।"

वह फिर रसोई में घुस गई और थोड़ी देर में ट्रे लेकर आई। वह पलंग पर बैठती हुई बोली—"लो भाई, बना लो अपनी-अपनी, मैं तो बहुत थक गई।"

भाई ने चाय के प्याले बना-बनाकर थमाये।

मैंने कहा—"मेरे बीमार होने से आपको बहुत तकलीफ हो रही है न। मेरा बदन बिलकुल टूट चुका है, नहीं तो खुद उठती।"

भाई जल्दी-जल्दी बोला—"नहीं-नहीं, यह तो सफर की थकान है, वरना दूसरों को तकलीफ देने की तो इसे जरा भी आदत नहीं।"

भाई ने रैक पर से मेरी एक्सरे की रिपोर्ट और ब्लड-यूरिन और स्टूल टेस्ट की रिपोर्टें उठा ली थीं।

मैंने कहा—"कुछ रिपोर्टें आनी बाकी हैं। कोई लानेवाला नहीं था।"

भाई ने कहा—"सिर्फ यूरिन-रिपोर्ट में शिकायत है।"

उसकी बीवी ने पूछा—"शक्कर तो नहीं है?"

भाई ने कहा—"नहीं, शक्कर नहीं है, 'पस' है।"

मैंने उसकी पत्नी से कहा—"रसोई में डबल रोटी, मक्खन और जैम रखा है। आप चाहें तो ले सकती हैं।"

उसने कहा—"अचार हो तो बता दो। मठरियाँ हैण्डबैग में पड़ी हैं।"

मैंने कहा—"मुझे खुद अचार खाये पाँच-एक साल हो गए हैं।"

उस दिन मैं सारे समय उसे खाना बनाते और परेशान होते देखती रही। मुझे सिर्फ यह अफसोस हो रहा था कि शादी के बाद से लेकर अब तक वह वैसी ही रही, वैसी ही बे-सलीका और बे-अक्ल। बल्कि भाई भी उसके साथ-साथ उसी अनुपात में बेवकूफ होता जा रहा था। वह उसके साथ रसोई में ऐसे लगा था जैसे पत्नी ऑपरेशन कर रही हो।

मेरी समझ में नहीं आ रहा था कि ये लोग मेरा क्या खयाल रख पाएँगे। मुझे स्वयं पर गुस्सा आ रहा था। भावुकता के एक बचकाने क्षण में मैंने भाई को बहननुमा चिट्ठी लिख दी थी कि मैं कितनी बीमार और कितनी अकेली हूँ। भाई ने लिखा था कि "यह बहुत अच्छा हुआ कि इस साल मैंने अपनी कैजुअल खत्म नहीं की। हम लोग आ जाएँगे।"

भाई ने अगले दिन बाकी रिपोर्ट ला दीं। किडनी में इन्फेक्शन था जिसकी ऑपरेशन वाली स्थिति नहीं आई थी पर लम्बा इलाज चलना था। डॉक्टर ने दवाइयों और इंजेक्शनों की लम्बी फेहरिस्त लिख दी और बिस्तर पर रहने की ताकीद की। डॉक्टर ने कहा कि जैसे-जैसे इन्फेक्शन दूर होगा, बुखार अपने आप हटता जाएगा।

भाई की बीवी ने पूछा—"99 के आगे तो नहीं बढ़ता बुखार।"

मैंने कहा—"नहीं, पिछले 33 दिनों से 99 ही है।"

उसने कहा—"तुम्हारे भाई कहते हैं कि 99 बुखार नहीं होता, हरारत होती है। हम तो इतने बुखार में घर पर खाना बनाते हैं। कपड़े धो लेते हैं।"

उसे कभी बुखार आ सकता है, यह कल्पना भी मुझे हास्यास्पद लगी। मैं जितनी भी बार बिस्तर से उठती, मुझे लगता कि कमरे का फर्श और नीचे चला गया है। मुझे आश्चर्य होता था कि कैसे बीमार होते ही मैं सबसे पहले चलना भूल गई।

भाई सुबह-शाम रसोई में पत्नी की मदद करता था। बीच के वक्त में उसे समझ नहीं आता था कि वह क्या करे। मैं उसे अखबार देती तो वह उसे पढ़ने के बजाय ओढ़कर सो जाया करता, जैसे वह सिर्फ खाने और सोने के लिए ही इतनी दूर चलकर आया हो। मुझे विश्वास नहीं होता था कि इस आदमी ने कभी दफ्तर की फाइलें भी पढ़ी होंगी। एक दिन उन लोगों को मैंने घूमने भेजा था, वे लोग डेढ़ घंटे के अन्दर फिर घर में थे। भाई ने बताया कि ये लोग स्टेशन से चार नम्बर बस में बैठ गए थे और उसी बस में बैठे-बैठे वापस आ गए थे। उसकी पत्नी ने पूछा—"क्या तुम्हारे दफ्तर के लोग तुम्हें देखने भी नहीं आ सकते?"

मैंने कहा—"जो लोग मुझे जानते हैं, एक-एक बार आ चुके हैं।"

उसने कहा—"तुम्हारे भाई तो एक दिन की भी छुट्टी ले लें तो घर में दफ्तरवालों की भीड़ जमा हो जाती है।"

मैंने भाई की तरफ देखकर कहा—"सरकारी दफ्तरों में लोग ऐसे मौके तलाशते ही रहते हैं।"

पर भाई विरोध के लिए उत्तेजित नहीं हुआ, उस पर पत्नी के हाँफने के सिवा और किसी बात का असर नहीं होता था।

बीमारी के शुरू के दिनों में मुझे दफ्तर के पाँच लोग एक साथ देखने आ गए थे, पाँच आदमियों के बैठने की जगह कमरे में नहीं थी। वे सब विवाहित थे, इसलिए पलंग के किनारे बैठना उनके विचार में अनैतिक था। आखिर उन लोगों ने मेज से दवाइयों की शीशियाँ उठाकर मेज खाली की और दो आदमी उस पर पैर लटकाकर बैठ गए। वे सब दफ्तर से सीधे आ गए थे, अपना-अपना बैग और छाता उठाए। उन्हें बराबर चाय की तलब होती रही थी, जिसे वे कमरे की खूबसूरती की बातें करके टालते रहे थे। उन्होंने रेडियो चलाया था और डिसूजा रसोई से सबके लिए पानी लाया था। मुझे बराबर बुरा लगता रहा था कि उन लोगों ने मेरी बीमारी की बाबत पर्याप्त पूछताछ नहीं की। वे आपस में ही बातचीत करते रहे थे। बिस्तर पर पड़े-पड़े और डॉक्टर के नुस्खे ले-लेकर मुझे अपनी बीमारी खासी महत्त्वपूर्ण लगने लगी थी। मैं चाहती थी कि विस्तार से बताऊँ कि बीमारी कैसे शुरू हुई और इस बीमारी में सुधार की रफ्तार कितनी धीमी होती है, बावजूद इसके कि अब तक 155 रुपये की दवाइयाँ आ चुकी हैं और 125 रुपये एक्सरे में लग गए।

भाई की छुट्टियाँ खत्म होनेवाली थीं और वह हर बार डॉक्टर से यह जान लेना चाहता था कि मैं पूरी तरह ठीक कब तक होऊँगी। वह मेरी बीमारी के प्रति काफी जिम्मेदारी महसूस कर रहा था। उसने कहा—"अच्छा हो, तुम हमारे ही साथ अहमदाबाद चलो। वहाँ इसके साथ तुम्हारा मन भी लग जाएगा।" वह अपनी बीवी को हमेशा सर्वनाम से ही सम्बोधित करता था।

मैंने कहा—"मन लगाना मेरे लिए कोई समस्या नहीं है और सफर के लायक ताकत मेरे अन्दर है भी नहीं।"

वास्तव में मैं उसकी पत्नी के साथ मन लगाने के सुझाव से ही घबरा गई थी। मुझे यह भी पता था कि मेरी इस बीमारी को वह सन्दिग्ध समझ रही है। उसके खयाल में कुँआरेपन में किसी भी प्रकार का इन्फेक्शन होना, चाहे किडनी ही में सही, सरासर दुश्चरित्र होने की निशानी थी। भाई की अपनी समझ शायद ऐसे मौकों पर काम नहीं करती थी, वह चुप ही रहा करता था।

भाई को अचानक एक मौलिक विचार आया। उसने कहा—"सुनो, ऐसी तकलीफ में अस्पताल अच्छा रहता है। बल्कि तुम्हें बहुत पहले अस्पताल चले

जाना चाहिए था। यहाँ कोई टहल-फिक्र करनेवाला भी तो नहीं है।"

मैंने कहा—"हाँ, अस्पताल में काफी आराम मिलता है।"

भाई ऐसे कामों में खूब मुस्तैद था। उसने तीन घंटा बेतहाशा दौड़-धूप की और शाम को पसीना पोंछते हुए सफल आदमी की तरह घर लौटा, उसकी पत्नी उसकी कामयाबी से प्रसन्न होकर फौरन चाय बनाने रसोई में चली गई।

मैंने अलमारी से कुछ कपड़े और जरूरी चीजें निकालीं और भाई की पत्नी से कहा कि उन्हें अटैची में रख दे। भाई मेरे सारे डॉक्टरी कागज बटोर रहा था। बिस्तर पर लेटे-लेटे मैंने देखा कि उसकी पत्नी कपड़ों के बीच बैठी मेरी ब्रेसियर का नम्बर पढ़ने की कोशिश कर रही थी।

मैंने भाई से पूछा—"तुम्हारे अपने पैसे तो नहीं लगे किसी चीज में!"

भाई ने झेंपते हुए अपनी जेब से पर्स निकाला और कई कागज उलट-पलट कर एक कागज मुझे थमा दिया। उसमें उन पैसों का हिसाब था, जो इधर-उधर मेरे सिलसिले में आने-जाने में खर्च हुए थे और जो फल मेरे लिए लाए गए थे।

मैंने भाई से कहा—"कैश मैं अपने पास ही रख रही हूँ। जरूरत पड़ सकती है। तुम चेक ले लोगे?"

उसकी पत्नी ने तुरन्त सिर हिला दिया—"हाँ, हाँ, बैंक में एकाउंट है इनका।"

मैंने एक चेक अस्पताल के नाम काटकर पर्स में रखा और एक भाई को थमाया। फिर टैक्सी का इन्तजार करने लगी।

# खिड़की

**तीसरे** प्लेटफॉर्म से आठ नम्बर प्लेटफॉर्म तक चलते-चलते शिवचरण बाबू हाँफ गए। उनकी सीट थी एस-3 में, यानी पूरी रेल की लम्बाई नापनी थी। इंजन से चौथा कोच जो हुआ। उन्हें अपने पर क्रोध आया। कुली ने जब दो अटैची देखते ही कहा—"दस रुपये।" वे तुरन्त ऐंठ गए—"हम तो दो रुपये देंगे।" कुली भाग खड़ा हुआ। उन्होंने कंचन से कहा—"जरा हिम्मत कर लो बेटी, तो दस रुपये की बचत हो जाए।" कंचन ने बड़ी अटैची खुद उठा ली और छोटी उन्हें थमा दी। पहली बीस सीढ़ियाँ वे उत्तेजना में चढ़ गए लेकिन अगली एक-एक सीढ़ी उन्हें भारी लगने लगी। ऊपर आते-आते तक घुटने बिलकुल जवाब दे गए। पुल पर एक मिनट सुस्ताकर उन्होंने स्वगत कथन किया—"तीन-तीन बेटियों का बाप कुलियों पर पैसे लुटाए, यह भी तो नहीं बनता!" फिर वे लश्टम-पश्टम पुल पार कर ही गए।

जितनी बार कंचन आगे बढ़ जाती, रुककर उनका इन्तजार करती। आखिर उसने दुपट्टा कमर से लपेटकर दोनों अटैचियाँ उठा लीं और इस तरह वे एस-3 तक पहुँच गए। पूरी गाड़ी में अभी अँधेरा था। कंचन ने बेंच खाली देख, वहीं अटैचियाँ रखीं और कहा—"बैठ जाओ बाओजी।" "यहाँ कैसे बैठ जाऊँ, कोई लूट ले तो?" शिवचरण बाबू एकदम भड़क गए। फिर वे बड़ी अटैची उठाकर डिब्बे तक चले। दरवाजा अभी खुला न था। वहाँ एक और मुसाफिर भी इन्तजार में खड़ा था। उन्होंने रुककर उससे रेल-विभाग की कार्य-शिथिलता पर बात की, फिर अपनी चुस्ती और कार्य-क्षमता पर मन-ही-मन मुदित होते हुए वापस बेंच पर लौट आए, जहाँ कंचन बैठी थी। उसका चेहरा पसीने से भीगा हुआ था और

वह दुपट्टे के छोर से हवा कर रही थी।

धीरे-धीरे प्लेटफॉर्म भरने लगा। गलत-सलत उच्चारण और रोनी आवाज में एनाउंसर आने-जाने वाली गाड़ियों के समय की उद्घोषणा कर रहा था। तकरीबन हर गाड़ी के देर से आने की सम्भावना थी।

"अजब बात है, इतनी धाँधली है पर किसी को कोई फर्क नहीं पड़ता।" शिवचरण बाबू ने कहा।

फर्क तो कंचन को भी नहीं पड़ रहा था पिता की बड़बड़ाहट या बदमिजाजी का।

यथासमय गाड़ी के डिब्बों पर नम्बर पड़ गए, आरक्षण सूची लग गई और बिजली भी आ गई। वे लपककर 39 और 40 नम्बर बर्थ पर आए। वे साइड की बर्थ थीं, ऊपर-नीचे की। देखते ही शिवचरण बाबू असन्तुष्ट हो गए—"कितना कहा था छगन से कि देखकर रिजर्वेशन कराना पर आजकल कहे मुताबिक न करने की तो कसम खाई हैं लोगों ने।"

"कित्ती सड़ी गर्मी है," शिवचरण बाबू कहते हुए खिड़की खोलने का प्रयत्न करने लगे। चिटखनी खिसकाने और जोर लगाने पर भी खिड़की का पल्ला नहीं सरका। एक बार फिर वे रेलवे की अकर्मण्यता पर आ गए। उन्होंने आसपास के मुसाफिरों को जैसे सम्बोधित करते हुए कहा—"किराया बढ़ाते जा रहे हैं, सुविधाएँ घटाते जा रहे हैं, जनता को आप उल्लू समझते हैं?"

लोग अपना-अपना असबाब जमाने में लगे थे, किसी ने जवाब नहीं दिया। एक बुजुर्ग अपने थैले और सन्दूक में लम्बी-सी स्टील की जंजीर अटकाकर उसका दूसरा छोर बाँधने का ठौर ढूँढ़ रहे थे। उनके पास बैठे युवक ने उन्हें खिड़की का सरिया दिखाकर कहा—"इसमें बाँध दीजिए।"

"ऐसे कैसे बाँध दें जी, सारी चोरियाँ खिड़की से ही होती हैं।" उन्होंने तमककर कहा और फिर किसी कुन्दे की तलाश में लग गए। एक महिला बैठते ही अपने बच्चे की फीड के लिए दूध का डब्बा खोलने लग गई। एक और युवक सिर्फ हैण्डबैग सहित दाखिल हुआ और सबसे पहले उसने पैंट-शर्ट उतारकर कुर्ता-पाजामा पहन लिया।

गर्मी इतनी ज्यादा थी कि बन्द खिड़की सबकी आँखों को खटक रही थी। खुद कंचन ने कई बार खोलने का प्रयत्न किया पर उससे खिड़की नहीं खुली।

तभी सामने की सीट का युवक उठा—"ठहरिए, मैं खोल देता हूँ।"

युवक ने चिटखनियाँ सरकाईं, दाएँ-बाएँ हाथ से ठोंका और खिड़की के पल्ले को उठाने के लिए जोर लगाया। पल्ला टस-से-मस न हुआ।

"ओफ, यह भारतीय रेल!" कहता और झेंपता हुआ वह अपनी जगह चला गया। शिवचरण बाबू के मन में अचानक यह विचार उठा कि यह खिड़की का पल्ला नहीं शिव-धनुष है। वे ए.जी. दफ्तर के बड़े बाबू नहीं जनकपुर के राजा जनक हैं और यह बगल में बैठी कंचन जानकी है।

शिवचरण बाबू रोज सवेरे स्नान के बाद थोड़ी देर रामचरितमानस का पाठ करते थे। और गृहस्थी में किचकिच, कतरब्योंत और कंजूसी के बाद जो भी समय शेष रहता, उसमें अपने जीवन के सवालों के जवाब मानस में ही ढूँढ़ने का प्रयत्न करते।

गर्मी के कारण डिब्बा भट्ठी की तरह दहक रहा था। गाड़ी चल चुकी थी। बीच की बर्थ वालों ने अपने बिस्तर फैला लिए थे। बुजुर्ग सज्जन, सामान में अटकी जंजीर अपने पैरों में बाँध निश्चिन्त होकर लेट गए थे और सोने का उपक्रम कर रहे थे।

ऊपर की सीट से उतरकर एक लड़का बोला—"इतनी गर्मी में आप खिड़की बन्द किए बैठे हैं, हद होती है।"

"आप खोलकर देख लीजिए।" शिवचरण बाबू ने मुँह-ही-मुँह में मुस्कराते हुए कहा।

लड़का बड़े आत्मविश्वास से खिड़की पर झुका। उसने प्रोलाइन की टीशर्ट और बफलो की जीन्स पहनी हुई थी। वह लम्बा और स्वस्थ युवक था। खिड़की से जूझते समय उसकी बाँहों की मांसपेशियाँ मचलती, उछलती साफ दिख रही थीं। खिड़की के पल्ले पर यथाशक्ति जोर लगाने की गरज से वह पिता-पुत्री के बीच में जरा-सी जगह में टिक गया और बड़े मनोयोग से संघर्ष में लगा रहा। खिड़की अपनी जगह से नहीं हिली।

युवक ने झेंपकर कंचन की तरफ देखा। वह बदस्तूर दुपट्टे से अपने को हवा कर रही थी। क्षण-भर को युवक को यह गर्मी, यह उमस अच्छी-सी लगी।

शिवचरण बाबू ने कहा—"अपनी जगह जाइए, यह आपसे नहीं खुलेगी।"

मन-ही-मन तो वह कह रहे थे 'अब जनि कोउ माखै भटमानी। वीर विहीन मही मैं जानी। तजहु आस निज निज गृह जाहू। लिखा न बिधि बैदेहि बिबाहू।'

अब जब समाज में दहेज दिन-दूनी, रात-चौगुनी छटा दिखा रही थी, शिवचरण बाबू को स्वयंवर जैसी प्रथा के बारे में सोचना अच्छा लग रहा था। कभी-कभी वे कहते भी—"मैं तो अपनी बेटियों को फूलों के गहनों में विदा करूँगा। इन्हें मैंने पढ़ा-लिखा दिया, अब जो इनकी कद्र करे वह मेरे सामने याचना कर इन्हें ले जाए।"

इतने उच्च आदर्शवाला कोई भी वर अभी तक न मिला, न मिलने की सूरत नजर आ रही थी। उनकी बेटियों की उम्र 25, 23 और 22 हो चुकी थी और तीनों एम.ए., एल.टी. करने के बाद इधर-उधर प्राइवेट स्कूलों में अस्थायी नौकरियों में दुखी थीं। इससे राहत महज इतनी थी कि दिन के कुछ घंटे माँ-बाप के सीने से बोझ हटा रहता और लड़कियों को पिता से जेब-खर्च माँगने की जरूरत न रहती।

बावजूद गर्मी और परेशानी के कंचन को इस बन्द खिड़की में खेल का मजा आने लगा। उसने पिता से कहा—"बाओजी, आप ऊपर जाकर सो जाओ। कम-से-कम पंखे की हवा तो लगेगी।"

शिवचरण बाबू काफी थके हुए थे। बिना प्रतिवाद के बेटी की बात मान गए। ऊपर की बर्थ पर लेटकर उन्हें चैन मिला और आँख मुँदने लगीं। नींद तारतम्य में नहीं थी फिर भी थी तो। हिचकोले से आँख खुलती तो एक बार झाँककर नीचे देख लेते, बिटिया अपने निरापद एकान्त में सजग बैठी है यानी सामान की रखवाली हो रही है।

अलीगढ़ स्टेशन पर दो-तीन सवारियाँ चढ़ीं। यह छात्रों की टोली लगती थी। एक लड़के की पीठ पर लाल रंग का रकसैक था और हाथ में वाटर बॉटल, देखकर कंचन को प्यास महसूस हुई। उसे अपने पर झुँझलाहट हुई कि कन्धे के थैले में गिलास तो दो हैं पर वाटर बॉटल लेकर चलना वह भूल गई। उसकी बर्थ पर एक युवक बैठा तो उसने संकोच से कहा—"थोड़ा पानी देंगे।"

"जरूर!" युवक ने अपनी वाटर बॉटल उसकी ओर बढ़ा दी।

युवक ने बन्द खिड़की की तरफ देखकर उससे कहा—"आपकी इजाजत हो तो इसे खोल लें।" कंचन से सिर हिला दिया।

युवक काफी देर खिड़की के पल्ले से जूझता रहा। उसके साँवले माथे

पर पसीने के मोती चमकने लगे। पानी बड़ा शीतल था। वाटर बॉटल के स्टिकर पर नाम लिखा था, ए.के.ए.एम.यू. कंचन ने बॉटल लौटाई। युवक ने वहीं खूँटी पर बॉटल लटका दी—"आपको एतराज न हो तो मैं यहाँ कुछ देर बैठ जाऊँ। कानपुर तक जाना है।"

कंचन ने फिर सिर हिला दिया।

युवक ने आसपास के दृश्य पर नजर घुमाई। नीचे की बर्थ पर सोये बुजुर्ग के पाँव में बँधी जंजीर देखकर वह हँस पड़ा। कंचन भी मुस्कराई।

"रेशमी पाजेब।" उसने कहा।

कंचन शरमाई।

"आप पढ़ती हैं?"

"पढ़ाती हूँ।"

"माफ कीजिए, मैं अभी पढ़ता हूँ, इसलिए सारी कायनात मुझे स्टूडेण्ट ही लगती है।"

कंचन को अफसोस हुआ उसकी पढ़ाई इतनी जल्दी खत्म क्यों हो गई।

उस युवक के साथी अभी खड़े ही थे।

"बड़ी गर्मी है।" एक ने कहा।

"बाहर तो कुछ सुहावना था," दूसरे ने कहा।

शिवचरण बाबू की नींद उचट गई थी। उन्होंने सिर पर खड़े लड़कों का संवाद सुना तो कटखने अन्दाज में बोले—"फिर बाहर ही जाओ, यहाँ क्यों खड़े हो।"

"बाहर खड़े रहने से कानपुर नहीं पहुँचा जा सकता।" दूसरे ने फौरन जवाब दिया। शिवचरण बाबू को हँसी आ गई। 'बड़े तेज लड़के हैं भई', उन्होंने सोचा, 'चलो अच्छा है, सामान की चौकसी रहेगी!'

लड़के बारी-बारी से खिड़की से जूझे।

शिवचरण बाबू उन्हें चुनौती की मुद्रा में देख रहे थे। एक लड़का बहुत लम्बा-चौड़ा था, उसका रंग गेहुँआ था और उसके चेहरे पर मूँछें फब रही थीं। देखने से वह किसी बैंक का मैनेजर या आर्मी का अफसर लग रहा था। बल्कि वह इस वक्त शिवचरण बाबू को बाणासुर लग रहा था। उसके पास खड़ा लड़का रावण प्रतीत हो रहा था। उनमें से कोई भी खिड़की खोल नहीं पाया। ऐसा लग

रहा था 'तमकि तमकि तकि सिवधनु धरहीं। उठइ न कोटि भाँति बलु करहीं।'

कुछ ही पल में लड़के हवा की तलाश में अगली खिड़की तक बढ़ गए। ए.के. वहीं बैठा रहा।

शिवचरण बाबू की आँख फिर लग गई। ए.के. इस बीच विस्तार से कंचन को बता रहा था कि वह अलीगढ़ मुस्लिम यूनिवर्सिटी में 'थीम ऑफ एलियनेशन इन रामायण' पर अँग्रेजी में रिसर्च कर रहा है।

इस कोण में राम-कथा का विश्लेषण कंचन के लिए एक नई चीज थी।

ए.के. ने बताया, रामकथा का हर पात्र एकाकी है। राम पत्नी के बिना वन में, सीता राम के बिना लंका में, भरत स्थानापन्न राजा के रूप में अयोध्या में, लक्ष्मण उर्मिला के बिना वन में और उर्मिला पति के बिना राजमहल में। कौशल्या बेटे के बिना एकाकी है। यहाँ तक कि दशरथ भी अजनबी की मौत मरते हैं। कैकेई पूरे समाज से तिरस्कृत अकेली हैं। यहाँ तक कि रावण भी अपने एकपक्षीय सम्मोहन में एकाकी है। एलियनेशन के सूत्र पाश्चात्य साहित्य में ढूँढ़ने के बजाय भारतीय साहित्य में ढूँढ़े जा सकते हैं। रामकथा में विनय और भक्ति के अलावा बड़ी गहरी और बहुस्तरीय अन्त:कथा है जिस पर लोगों का ध्यान नहीं जाता। कथा-वाचकों ने उसको एक सरलीकृत रूप दे दिया है जबकि यह एक जटिल कथा है। कंचन चकित, प्रभावित इस शोध-छात्र की व्याख्या सुन रही थी। वह एक बहुत नए, अछूते, अद्‌भुत अनुभव से गुजर रही थी।

रेल की खिड़की तो ज्यों-की-त्यों बन्द थी पर कंचन को लगा ए.के. की बातों से उसके दिमाग की बन्द खिड़कियाँ एक-एक कर खुल रही हैं। इतने दिनों की जड़ता जैसे चरमराकर खत्म हो रही है।

कानपुर आनेवाला था। ए.के. ने अपना पता कंचन को दिया। कंचन से उसका पता लिया।

"आप पढ़ाना छोड़कर फिर से पढ़ना शुरू कीजिए। मैं आपका सिनॉप्सिस तैयार करवा दूँगा। बल्कि स्कॉलरशिप दिलवाने में भी दौड़भाग कर लूँगा।"

कंचन पुलकित हो गई। उसे लगा गाड़ी एक नई दिशा में नए मुकाम की ओर बढ़ रही है।

इस वक्त उन दोनों को न गर्मी सता रही थी न भीड़।

ए.के. को लगा यह प्रयागराज एक्सप्रेस कुछ ज्यादा ही तेज चल रही है।

इतनी जल्दी कानपुर नहीं आना चाहिए था।

चलते-चलते उसने कहा—"रामायण पर लाख शोध कर लूँ पर यह खिड़की तो मुझसे नहीं खुली। पता नहीं आप क्या सोचें।"

"मुझे तो ऐसा नहीं लगा कि खिड़की नहीं खुली।" कंचन ने संकोच से कहा। उसका मुख शर्म से झुक गया। उसे अपने भविष्य की खिड़की खुलती नजर आ रही थी। उसने तय किया, वह घर जाकर सबसे पहले अपनी किताबों पर पड़ी धूल साफ करेगी।

# अकेलियाँ-दुकेलियाँ

**वह** एक बहुत बड़ी इमारत थी, कावसजी मैन्शन। तीन सौ छत्तीस तो मेरे ही फ्लैट का नम्बर था और इसके भी ऊपर दो माले थे। कुल पाँच माले का यह मैन्शन शहर के दस मालेवाले भवनों से भी ऊँचा लगता था। आजकल के फैशन के माचिस की डिबिया जैसे फ्लैट नहीं थे इसमें। बहुत ऊँचा, विक्टोरियन पटाव था इनका और लम्बे-लम्बे गलियारे। हरेक फ्लैट में शीशेदार दरवाजे थे बड़े-बड़े और दरवाजों में थीं लम्बी-लम्बी चिटखनियाँ, नीचे तक आई हुई। कई नए किरायेदार इस बात का रोना रोते थे कि इतने भीमकाय दरवाजों के पर्दे बनवाने में उनका दिवाला पिट जाता है। कुछ किफायत- पसन्द लोगों ने इसका यह विकल्प ढूँढ़ निकाला था कि केवल शीशेवाले हिस्सों को अन्दर की ओर से पर्दों से ढँक दिया था, नन्ही कीलों और तार के सहारे। पुराने किरायेदारों के मकानों में मैलखोर रंग के लम्बे-लम्बे पर्दे थे जिनसे उनके पूरे मकान का माहौल बड़ा मनहूस लगता। जो ये सब नहीं कर पाए थे वे अपने यहाँ आने वालों को सबसे पहले यही बताते कि उन्हें प्रकृति से कितना प्रेम है, खासतौर पर खुली हवा और मुक्त आकाश से। वे कहते कि पर्दे लगने से मकान बड़ा सन्दिग्ध लगता है; उसमें दम घुटने लगता है, रहनेवालों और आनेवालों का।

अग्रवाल साहब कन्धे उचकाकर कहते—'पर्दे लगाए वह जिसके यहाँ कोई छुपाव हो। मेरी जिन्दगी तो एक खुली किताब है। मैं पर्दे को समाज का दुश्मन मानता हूँ।' लेकिन जल्द ही उनकी पत्नी ने पाया कि दोपहर में जब वे आराम करती हैं तब पड़ोस के कई नौजवान अग्रवाल साहब की खुली किताब ध्यान से पढ़ने की कोशिश किया करते हैं। घबराकर मिसेज अग्रवाल ने शीशों

पर अखबार का कागज चिपका दिया।

तरह-तरह के रख-रखाव से मैन्शन की शक्ल बदशक्ल हो गई थी और कोलाबा जैसी केन्द्रीय जगह पर स्थित होने पर भी इस इमारत की वैसी प्रतिष्ठा न थी जैसी कफ परेड के मकानों की या कम्बाला हिल की। इसके बावजूद यहाँ रहनेवाले टस-से-मस होने का नाम नहीं लेते थे। किरायेदार यहाँ की असुविधाओं का रोना रोते, लिफ्ट के आए दिन खराब रहने पर झींकते, चेम्बूर में ली जमीन की धमकी देते फिर भी साल-दर-साल यहीं जमे रहते। कुछ किरायेदारों को देखकर लगता था जैसे वे इस इमारत के साथ ही उगे थे।

यहाँ से न जाने की कई वजहें थीं। एक तो यह इमारत लबे सड़क थी, दूसरे यहाँ जगह की इफरात थी। बड़े-बड़े कमरे थे, फर्श चिकना लाल और बाथरूम में टाइल्स। शुरू-शुरू में पन्द्रह हजार पगड़ी दे देने पर कुल एक सौ पैंतालीस रुपये महीना किराया पड़ता, उसमें भी बिजली-पानी शामिल। कई घरों में तो गृहणियाँ किराये से ज्यादा की बिजली खर्च करके ही दम लेतीं। उन्हें लगता यह उनके हक का सही इस्तेमाल है। दिन-रात पंखे चालू रखना, सभी कमरों की बिजली जलाकर सोना, गैस की बचत करते हुए हीटर पर सारा खाना पकाना, आधी रात तक ओवन ऑन रखना आम बात थी। बिजली का बिल क्योंकि शामिल आता, और मकान मालिक के मत्थे पड़ता इसलिए कोई किसी को न रोकता, न टोकता। बल्कि हरेक को शक रहता कि दूसरा उसकी अपेक्षा ज्यादा फायदा उठा रहा है, लिहाजा वह बिजली बरतने में और भी चुस्ती दिखाता।

कावसजी मकान बनाकर दिवंगत हो चुके थे। उनके लड़के-बच्चे कारोबार के सिलसिले में आबूधाबी चले गए थे, अपनी जायदाद एक बूढ़े पारसी मुन्शी के सुपुर्द कर। हम सब किरायेदार तहेदिल से बूढ़े मुंशी की मौत मनाया करते। हमारी उससे कोई निजी दुश्मनी नहीं थी। सिर्फ हमें शक था कि मैन्शन से निकलनेवाला सारा किराया वह रेस में हार जाता है और बिजली-पानी के खर्च का रोना लिख-लिखकर मालिकों को भेजता रहता है। जब बम्बई में रेस खत्म हो जाती तो कम्बख्त एस्पी पूना चला जाता फिर बैंगलोर और अन्त में कलकत्ता। घोड़ों का पीछा करते-करते उसने तीन-चौथाई जिन्दगी गुजार दी। एस्पी अविवाहित था और मैन्शन के सबसे निचले माले में पानी की मशीन वाली कोठरी से सटे हुए

फ्लैट में रहता था। वह न चाय पीता था, न कॉफी, हर समय वह कैम्पा-कोला पीता रहता। जब उसके पास अपने पवित्र कुएँ के पानी का स्टॉक खत्म हो जाता, वह कैम्पा कोला का क्रेट मँगा लेता और पानी की जगह बोतलें निकालकर काम चलाता। बच्चों ने इसीलिए एस्पी का नाम पेप्सी कोला रखा था। जब उससे कोई पूछता—"एस्पी, तुमने शादी क्यों नहीं की, घर क्यों नहीं बसाया?" वह कहता—"माय ट्रेजडी वाज फास्ट विमेन ऐंड स्लो हार्सेस।" (मेरा दुर्भाग्य कि मुझे तेज औरतें और सुस्त घोड़े नसीब हुए।)

मकान मालिक साल-दो साल में कभी एक बार बम्बई आते। एक फ्लैट उनके लिए हमेशा सुरक्षित रखा जाता था। उनके आने से पहले उस फ्लैट का रंग-रोगन, सफाई और सजावट कुछ इस अन्दाज से शुरू हो जाती कि सबको तत्काल पता चल जाता, मालिक आनेवाले हैं। एस्पी के लिए वह इंस्पेक्शन से गुजरने जैसा था। सारे मैन्शन के नौकरों को वह धमकाना शुरू कर देता—"तुमने जीने में कचरा डाला, हम तुमको कचरा में डाल देगा।" दोपहर में जब नौकर काम-काज से फारिग होकर अहाते में बीड़ी पीने के लिए इकट्ठे होते, एस्पी अपनी टोपी सँभालता हुआ आ खड़ा होता—"सालो, सफाई रखो अपने-अपने फ्लैट की, नहीं तो साहब रातों-रात गिरवा देंगे आक्खा बिल्डिंग।" मकान मालिक की योजना थी कि इस मैन्शन को गिराकर इसकी जगह एकदम आधुनिक, बढ़िया, पाँच सितारावाला होटल खोला जाए। इस तरह रिहायशी फ्लैटों की इमारत में कमाई कुछ नहीं थी, पचड़ा ज्यादा। उनकी ओर से सभी किरायेदारों को हर दूसरे साल नोटिस मिलता था कि वे अपने रहने के लिए किसी दूसरी जगह का प्रबन्ध कर लें क्योंकि मालिक चाहते हैं कि काम साफ-सुथरे, शोभनीय ढंग से निपटे, वरना कानून का रास्ता तो उन्हें भी मालूम है।

लेकिन मकान मालिक के पास अपनी योजनाओं को अंजाम देने का कभी वक्त नहीं होता। वे इसी तरह दो-चार दिन को आते, और चेतावनी देकर चले जाते। उनके आगमन से विचलित किरायेदार फिर धीरे-धीरे आश्वस्त होने लगते। चतुर किरायेदार बैठकर आपस में बहस करते कि यदि उनसे मकान खाली कराया गया तो वे मकान मालिक से कितना हरजाना वसूल करेंगे। भले और भोले बाशिन्दे खैर मनाते कि फिलहाल साल-दो साल मामला और टला,

अल्ला-अल्ला खैर सल्ला।

मैं यहाँ तीसरे माले पर रहती थी। लम्बा-चौड़ा गलियारा था और गलियारे में कई मोड़। हर मोड़ के पहले लाइन से आमने-सामने सत्ताईस-सत्ताईस फ्लैटों की कतार थी। दोनों तरफ दीवार उठी होने के कारण गलियारे में काफी अँधेरा था। गलियारे के शुरू और आखीर में दो बल्ब दिन-रात जला करते फिर भी उनसे अँधेरा घटने की बजाय और बढ़ जाता। एक तरफ से गलियारा मुड़कर आगे बढ़ जाता, दूसरी तरफ थोड़ा-सा खुला हिस्सा था जो एक तरह से इमारत का मौसम-विभाग था। गलियारे का इस्तेमाल तरह-तरह से होता। छोटे बच्चे अपनी ट्राइसिकिल निकालकर इसमें चलाते-फिरते। अन्य बच्चे दो-पहिया साइकिल चलाने का प्रशिक्षण इसी गलियारे में प्राप्त करते। लेकिन वे लड़के-लड़कियाँ जो न बच्चे थे न बड़े, इसे प्रेमगली मानते। गलियारे के मोड़ या लिफ्ट तक जाते-जाते यकायक कोई दिलचस्प दृश्य दिख जाता—पाँचवें माले की बानो, दूसरे माले के खुर्रम दाजी के साथ आलिंगनबद्ध तीसरे माले की दीवार से सटी खड़ी है; निचले माले का राजेश पहले माले के केकी को विदेशी सिगरेटों के कार्टन बेच रहा है या पूजा बेबी की आया जोजफीन के बालों में सचदेव का रसोइया क्लिप लगा रहा है।

हर फ्लैट में कमरे कुल दो थे, हालाँकि बड़े-बड़े। जहाँ परिवार बड़े थे, वहाँ स्वाधीनता, गोपनीयता और भावनाओं के ज्वार-भाटे के लिए कोई सहूलियत न थी। नौकर-नौकरानियों के लिए तो बिलकुल भी नहीं। उन्हें या तो घर की रसोई में रात को डेरा जमाना पड़ता अथवा वे उस घुटन भरे गलियारे में मन मारकर सोते। दोनों ही जगहें रात में कॉक्रोचों से भर जातीं। रसोई में नल के पास, गैस के ऊपर, दरवाजे के पीछे झुंड-के-झुंड कॉक्रोच इकट्ठे हो जाते। इस मैन्शन में कॉक्रोचों की संख्या किरायेदारों से कई गुना ज्यादा थी। भाँति-भाँति के जन्तु थे वे, रेंगनेवाले, उड़नेवाले, दुबककर रहनेवाले, नल की टोंटी में घुसकर बैठनेवाले, सिल के नीचे सोनेवाले, मसालों में मूतनेवाले। रात में कभी रसोई में जाने की जरूरत पड़ जाती तो मैं इन कॉक्रोचों की दुनिया देखकर विस्मित हो जाती। एक पल चैन नहीं था इन्हें। जैसे इन्होंने पाली बाँध रखी

थी। दिन भर हम दौड़ते, भागते, खटते, थकते। रातभर ये दौड़ लगाते। एक-दूसरे से गले मिलते, हगते, मूतते, ब्रेड का बचा हुआ चूरा खाते, वॉशबेसिन की गन्दगी चाटते, अपने बारीक अंडे जहाँ-तहाँ बिखेरते, एक महानगरीय व्यस्तता जीते। सुबह होते ही ये शान्त हो जाते, अनुपस्थित। जैसे काम पर चले गए हों या आराम पर। दिन में अनुपस्थित रहना इनके लिए अच्छा ही था। क्योंकि गलियारे में कॉक्रोच नजर आते ही शरारती बच्चे उसके पीछे लग जाते। बाकायदा टोलियाँ बन जातीं और मैच होता कि कौन अपना बल्ला या स्लीपर कॉक्रोच पर पहले रखता है। खेल-ही-खेल में चिकन रोल की शर्त लग जाती, शेखी के क्षणों में बच्चे पॉकेट ट्रांजिस्टर तक कॉक्रोच पर हार या जीत जाते। जब किसी फ्लैट के अन्दर दिन में कॉक्रोच नजर आ जाता, उस घर की मालकिन नाक सिकोड़कर कहती—"मैं तो अपना घर बेहद साफ रखती हूँ, जरूर यह पड़ोस से आया है।"

हर घर का विश्वास था कि कॉक्रोच पड़ोस से ही आते हैं। कुक्कू, बाबा और पुतुल जैसे स्मार्ट बच्चों ने कॉक्रोच की इस नई बिरादरी का नामकरण किया था, गेस्ट-कॉक्रोच। गलियारे में कॉक्रोच देखते ही वे उस पर पिल पड़ते—"मारो, मारो, गेस्ट कॉक्रोच, गेस्ट कॉक्रोच।" आनन-फानन कॉक्रोच का काम तमाम हो जाता।

वैसे अपनी-अपनी हबड़-तबड़ में, नितान्त अपने लिए, जीते-जीते, हम सभी का अपने अतिथियों के लिए यही रवैया बनता जा रहा था जो कॉक्रोच के लिए। बिना सूचना दिए आनेवाले मेहमानों का स्वागत-सत्कार तो ताला ही कर लेता। मुश्किल वहाँ थी जहाँ अतिथि खबर देकर आते। वे बहाने तक की मोहलत न देते और चिट्ठी के साथ-साथ आ धमकते। तब उन्हें रिसीव करना ही पड़ता, मय सामान और सन्तान के। अब फ्लैट का भूगोल कुछ ऐसा था कि इसमें किसी के आते ही कमरे बहुत छोटे लगने लगते। आनेवाले का ट्रंक कहाँ सरकाएँ, डोलची कहाँ टिकाएँ, उनके मैले कपड़ों का क्या किया जाए और उनकी चप्पलें, उफ। नौकर अलग मुँह बना लेते। उनका काम बढ़ जाता। लाल चिकने फर्श पर कस्बाई धूल के धब्बे पड़ जाते, सोफे की शान परेशान होने लगती और दो-चार दिन को सारा रुटीन बिगड़ जाता। फिर जो आता बम्बई देखने के नदीदे चाव में ही। बिना यह देखे कि उसके पीछे बीवी-बच्चों की

कितनी लम्बी कतार है, वह रटा-रटाया कार्यक्रम दोहरा देता—"बस लल्ली हमें चौपाटी घुमाय दो, सिनेमा की शूटिंग दिखाय दो। बच्चे जूतेवाला मकान देखेंगे और ये कह रही थीं कि बम्बई में क्या नाम बरतन बड़े बढ़िया मिलते हैं। हाँ, पांडे जी ने छतरी मँगाई है, उन्होंने कहा था कि बम्बई की छतरी सबसे पक्की होती है।"

मेरी आत्मा अपनी पूरी तेजस्विता के बावजूद यह टोह न लगा पाती कि अतिथि महोदय की वापसी कब की है। मेहमानों को घर पर छोड़कर दफ्तर जाने में कई अड़चनें थीं। मेरी अनुपस्थिति में उनका जिज्ञासा-शमन अभियान आरम्भ हो जाता। वे मेरी अलमारी, दराजें, कागजात, चिट्ठियाँ सबकी पड़ताल कर डालते मानो उन्हें इसी काम के लिए किसी ने भेजा हो। हालाँकि हर चीज वापस अपनी जगह पर रखी मिलती, कहीं कुछ गलत होता जिसका मुझे फौरन अहसास हो जाता। कई बार महिला मेहमान आते ही सफाई अभियान शुरू कर देतीं। सामान्यत: साफ चीजों को भी घिस-रगड़कर वे अपनी ऊब मिटातीं और सिद्ध करतीं कि वे मुझसे कितनी श्रेष्ठ हैं। एक उत्साही मेहमान ने तो निर्लेप फ्राइपैन का सारा इनैमिल खुरच-खुरचकर बरबाद कर डाला, मिक्सी का ब्लैड टेढ़ा कर दिया और कूड़े के साथ-साथ मेरे कई जरूरी कागजात फेंक दिए।

मेहमानों के आने पर सबसे बड़ा डर तो यह था कि कहीं पाखाने का फ्लश न रुक जाए। पानी की कमी ने मैन्शन की सारी फ्लश पद्धति चौपट कर दी थी। कमोड इस्तेमाल करने के बाद उसमें करीब तीन-चौथाई बाल्टी पानी डाल देने से उसके रुकने की नौबत न आती। कभी-कभी टंकी में पानी होता और फ्लश काम में लिया जा सकता। लेकिन फ्लश की जंजीर एक निहायत निजी कोण से खींची जाने पर ही सहयोग करती अन्यथा जूझते रहने पर भी फ्लश काम न करता। मेहमानों के अजनबी हाथों से तो उसे खास परहेज था। कभी-कभी कोई उत्साही मेहमान डेढ़-दो बाल्टी पानी कमोड में डाल देता और घर का सारा जल-संस्थान फेल कर जाता। कभी कोई सलज्ज मेहमान, इस्तेमाल के बाद, तनिक भी पानी न डालता और घर सार्वजनिक मूत्रालय की तरह गन्धाने लगता। लगातार अकेली रहनेवाली मैं, इन आकस्मिकताओं की आदी न थी।

इधर जब से बिजली के बिल का लफड़ा बढ़ गया तब से एस्पी ने एक और कमीनापन शुरू कर दिया था। ऊपर की मंजिलों पर वह वक्त से पानी न चढ़ने देता,

पानी, नीचे से ऊपर, एक बड़े पम्प की सहायता से, नलों में आता। एस्पी आजकल अपनी मर्जी से पम्प खोलता, कभी रात तीन बजे, कभी सुबह पाँच तो कभी दोपहर दो बजे जब घर में कोई न हो। कई बार मेरे कमरे में बिछी दरी पानी से तरबतर होकर तबाह हुई। गुसलखाने और कमरे के बीच दहलीज नहीं थी। तंग आकर मैंने दरी बिछाने का दस्तूर ही छोड़ दिया। पहले माले पर फिर भी पानी अपने आप चढ़ जाता, बाकी मंजिलों पर तो सूखा छा जाता। लाचारी में हम सबको सी-व्यू होटल के बेयरों से पानी रखीदना पड़ता, दूसरा माला आठ आने बाल्टी, तीसरा माला एक रुपया, चौथा माला डेढ़ रुपया और पाँचवाँ माला दो रुपये।

सी-व्यू होटल का पिछवाड़ा पड़ता था इस तरफ। हमारे घरों की खिड़कियों से होटल का अहाता दिखता। उस अहाते में एक तरफ एयरकंडीशनिंग प्लांट से हर वक्त पानी झरता रहता, दूसरी तरफ होटल किचेन के नौकर-चाकर तरह-तरह के कामों में सुबह से मशगूल रहते। नेपकिन गिनकर धोबी को देना, क्रॉकरी धोना, प्याज काटना, मुर्गे छीलना। जब कोई गृहिणी नीचे जाकर कहती—"बेनवा, जरा दो बाल्टी पानी ऊपर पहुँचा दो, सुबह से किसी ने मुँह तक नहीं धोया है।" तब बड़े नखरे से बेनवा उठता और उसके साथ पंचानन, पाधे, पुरोहित, सब उठ खड़े होते। फटाफट पानी ऊपर पहुँचाकर वे सुबह-सुबह कुछ कमाई कर लेते। होटल का हैण्ड रसोइया झल्लाने लगता—"लंच के किलैण्ट को मैं क्या खिलाएगा, अपना भेजा।"

सारा दिन घरों में तनाव रहता "बेबी, पानी फिजूल न खर्च करो, छह रुपये का मँगाया है।"

"चम्पा बाई, बस दो बाल्टी से कपड़ा धोना, चार रुपये की हैं ये दो बाल्टी।"

औरतें हिसाब लगातीं, छह रुपये रोज का पानी मँगाया तो दो सौ रुपये महीने का तो यही हो गया, बण्टाधार। तभी न मकान किराया सस्ता है। किसी को क्या पता पानी तक के पैसे लगते हैं बम्बई में। कई कामकाजी लोग पानी मँगाने तक की फुर्सत न निकाल पाते। वे बदन पर ढेर-सा टैल्कम पाउडर छिड़ककर कपड़े बदल लेते। जो लोग स्विमिंग क्लब के सदस्य थे, वे अपना किट और

तौलिया लेकर क्लब चले जाते। मैं फ्रिज से ठंडा पानी निकालकर ब्रश करती, मुँह धोती और हिसाब लगाती कि अब नल कितने बजे आएगा कि नहाया जा सके। जब मैं दफ्तर जाने के लिए मकान की एक मात्र खटारा लिफ्ट से नीचे उतरती तो देखती कि एस्पी हस्बेमामूल अपने गलियारे में आरामकुर्सी पर पड़ा, एक हाथ में कैम्पा कोला थामे, रेस गाइड पढ़ रहा है। लिफ्ट भी मैन्शन की निराली ही थी। जहाँ कोलाबा के अन्य मकानों में ऑटोमैटिक लिफ्ट लगी थी, हमारी लिफ्ट एक अंजर-पंजर झूले के समान थी, जो चूँ-चूँ, खड़-खड़ के अलावा और भी कई प्रकार की आवाजें करती। पुरानी होने के कारण ज्यादा वजन भी नहीं सह पाती। हमारा लिफ्टमैन अतिरिक्त स्वस्थ और डाकू जैसी बड़ी-बड़ी मूँछोंवाला डरावनी शक्ल का आदमी था। उसके अलावा लिफ्ट में केवल दो आदमी और जा सकते। एक बार में अगर कोई समूचा परिवार या दोस्तों की टोली साथ जाना चाहती तो सीढ़ियों से ही जाना पड़ता। बटन दबाने भर से लिफ्ट नहीं चलती थी। एक न एक यात्री को उसमें हल्का-सा कूदना पड़ता, तब कहीं वह हरकत में आती। लिफ्टमैन क्योंकि बैठा रहता, यह काम ऊपर जानेवाले को ही करना पड़ता। अगर उसके साथ उसका कोई मेहमान होता तो उसका खासा मनोरंजन हो जाता।

•

साढ़े नौ बजे तक बस की कतार में लग जाना निहायत जरूरी था अन्यथा देर हो जाती। वहाँ मुझे यह देखकर खुशी होती कि वे लोग भी पसीने से लथपथ हैं, जो घर से नहाकर निकले थे। बम्बई की गर्मी, गर्मी नहीं, एक बेशर्मी। भाँति-भाँति के रंग रूप, तरह-तरह के बदन, किस्म-किस्म के टैल्कम पाउडर, ओडिकोलोन भी इस गर्मी से हार गए थे। सुबह उठते ही बदन चिपचिप करने लगता। नहाना, सजना-सँवरना सब इस चिपचिपाहट के आगे बेकार थे। अगर इनसान के पसीने से कोई चीज बनाई जा सकती तो बम्बई के सेठ इसका व्यापार शुरू कर देते।

बस स्टॉप के सामने हैप्पी होम का शो-रूम था। उसमें काँच की दीवारों के पीछे फोम की गद्दियों से सज्जित सोफा सेट पर पति-पत्नी का मॉडल बैठा रहता, प्लास्टर ऑफ पेरिस का। उँगलियों में उँगलियाँ फँसाये

मुस्कराते हुए, ये एक आदर्श दम्पती के आदर्श रूप का नमूना पेश करते। मुझे लगता, ये प्लास्टर ऑफ पेरिस के हैं न इसीलिए खुश हैं। कहीं इनसानी पलस्तर के होते तो इनकी खुशी कभी की झड़ चुकी होती। मॉडलों के आसपास ऊँची-नीची टिकटियों पर प्रेशर कुकर, ओवन, टोस्टर, मिक्सी, जूसर, इस्त्री वगैरह रखे थे, जमीन पर एक किनारे वॉशिंग मशीन रखी थी और दीवार से टिका वैक्युम क्लीनर भी। यानी खुशी का सीधा सम्बन्ध खर्च से था। यह शोरूम एक नया गणित पेश करता था, धन + साधन = प्रेम। वैसे इस गणित में सबसे जरूरी चीज थी, बिजली। इधर बम्बई में लगातार आठ घंटे बिजली बन्द की जा रही थी ताकि उद्योग-धन्धों को बिजली मिलती रहे। ऐसे में गीजर फ्रीजर की तरह और फ्रीजर गीजर की तरह काम दे रहा था। मैं सोचती अगर इस गृहिणी को ये सब विद्युत-उपकरण दे दिए जाएँ और बिजली गोल कर दी जाए तो क्या यह इसी तरह मुस्कराती रह सकेगी, क्या इसका पति इसकी आँखों में आँखें डाले, बबुए की तरह बैठा रह सकेगा? पर मैं पाती कि वह मुस्कराती रहती, सोमवार से लेकर सोमवार तक। मुझे अब उसकी मुस्कराहट से चिढ़ होने लगी थी।

मुस्कराना मुझे एक फिजूलखर्ची लगती, खिलखिलाकर हँसना एक ऐय्याशी। कई बार हँसे हफ्तों हो जाते। जब ध्यान आता, मैं अपने को तसल्ली देती, मैं क्या जानती नहीं कितनी व्यस्त रही मैं पूरे हफ्ते। कोई बात नहीं, इतमीनान से इतवार को हँसेंगे जैसे और कई काम इतवार को करते हैं, बाल धोते हैं, नाखून काटते हैं, कपड़े इस्त्री करते हैं, रद्दी अखबार बटोरकर रखते हैं।

ऐसा नहीं कि दोस्तों की कमी थी। दफ्तर के ढाई सौ लोगों के अलावा करीब इतने ही लोगों से शहर में परिचय था। सगे-सम्बन्धियों की संख्या लगभग पचासी थी। कॉलेज और यूनिवर्सिटी के दिनों के सम्पर्क अगर गिनूँ तो करीब सवा सौ चेहरे पहचान में आ सकते थे। इसके अलावा कुछ टेलीफोन सम्पर्क थे, कुछ पत्र-सम्पर्क। खासी सामाजिक जिन्दगी थी। लेकिन मैंने सामाजिकता को अपनी सुविधानुसार ही ग्रहण किया था। मुझे यह पसन्द न था कि दोस्त कभी भी धड़धड़ाते हुए मेरे घर में घुस आएँ। सूना था तो क्या, घर तो घर था। घर की निजता, शुचिता और सुरक्षा को लेकर मेरे विचार बड़े निश्चित थे। किसी भी तरह का शोर, अशान्ति मैं बर्दाश्त नहीं कर सकती थी। इसीलिए

मैंने शादी तक नहीं की। तबालत तो मुझे किसी की भी मंजूर न थी, अपने सगे भाई-बहनों तक की। हम तीन भाई-बहन एक ही परिवार के होकर भी कमल-पत्र-से अलग और स्वतन्त्र थे। जब माँ मुझे चिट्ठियों में लिखतीं कि वे आज भी फ्रंटियर मेल के आने के समय के बाद ही सो पाती हैं, इस आस में कि क्या पता मैं अचानक आ जाऊँ, मुझे बड़ी उलझन होती। मैं चिट्ठी को किसी ऐसी किताब में दबा देती जहाँ जल्द उसके पाए जाने की आशंका न रहती। किताबें पलटने का अवकाश ही कहाँ था। आदतन खरीद लेती, पर पढ़ नहीं पाती। दिन का बड़ा हिस्सा दफ्तर में बीत जाता और एक छोटा हिस्सा रोजमर्रा की जरूरतों को पूरा करने में। बचे समय में पत्रिकाएँ पलट लेती। तकरीबन सभी पत्रिकाएँ दफ्तर में आतीं। जो नहीं आतीं, उसकी मैं वार्षिक ग्राहक थी। धीरे-धीरे पत्रिकाएँ पुस्तकों का पर्याय बनती जा रही थीं। वे लगातार मुझे इस भ्रम में रखतीं कि मैंने लिखने-पढ़ने से नाता नहीं तोड़ा है। फिर मेरे लिए तो यह काम का ही एक हिस्सा था।

मैं एक विज्ञापन एजेन्सी में काम करती थी। हर पत्रिका के विज्ञापन-पृष्ठ मैं ध्यान से परखती, विज्ञापनों को गिद्ध-दृष्टि से भेदती। अपनी एजेन्सी में विज्ञापनों का रचनात्मक पक्ष मेरे जिम्मे था। जिंगल और स्पॉट लिखना, स्लोगन बनाना, फिल्म स्क्रिप्ट तैयार करना, मेरे हिस्से का काम था। नित गए ढंग से नई-नई चीजों को पेश करना हमारी कम्पनी की विशेषता थी। मैं छोटे-छोटे फड़कते हुए गाने लिखा करती, साबुन का गाना, टूथपेस्ट का गाना, पेनबाम का गाना, चायपत्ती पर तुक्तक। कॉलेज के दिनों में मुझे कविता रचने का शौक था। जाने कितने गीत लिखे थे तब। अब वह प्रतिभा काम आ रही थी। सच तो यह है कि प्यार का गीत लिखना टूथपाउडर का गीत लिखने से कहीं आसान था। वह एक चाव था, यह एक चुनौती। दूसरा फर्क यह था कि गीत में असली बात हमेशा गोपन रह जाती थी जबकि जिंगल में वह बात बीस सेकेंड में पन्द्रह बार दोहराई जाती। एक अच्छे जिंगल की शर्त थी, उसका जुबाँ पर चढ़ जाना। बोल, धुन और विषय-वस्तु तो जरूरी थे ही। कहने को सिर्फ चार पंक्तियों की तुकबन्दी होती, पर उन्हीं में प्रचार की चाबी थी। उपभोक्ता की अंटी खुलवाने का गुर, उसका विश्वास जीतने का जादू, उसकी जिज्ञासा जगाने का जन्तर, सब इन्हीं चार पंक्तियों में होता। हमारी एजेन्सी के पास कुछ मशहूर उद्योगों की सभी प्रोडक्ट्स

का एकाउंट था। हमारी एजेन्सी की अपनी साख थी। लेकिन इसके पीछे हम सबकी कड़ी मेहनत और हमारे बॉस की दूरदृष्टि थी।

एक समय था जब मैं जिन्दगी में बहुत कुछ करना चाहती थी। मुश्किल यह थी कि जो कुछ मैं बनना चाहती थी, उसमें से कुछ भी न बनकर मैं यह बन गई थी। जब मैं हाई स्कूल में थी, डॉक्टर बनना चाहती थी, जब बी.ए. में थी, लेखिका बनना चाहती थी। जब मैं एम.ए. में आई, मैं शादी करना चाहती थी। मेरा एक भी इरादा पूरा नहीं हुआ था लेकिन इस वक्त विज्ञापन एजेन्सी की इस नौकरी में मेरा वेतन तीन हजार था। अब मैंने अपने सारे इरादे भुला दिए थे। व्यक्तित्व का सर्वश्रेष्ठ अंग नौकरी को समर्पित था। मेरी समस्त संवेदना, कल्पनाशीलता और रचनात्मकता जिंगल और स्लोगन लिखने में लगी हुई थी। कभी मेरे जिंगल की टक्कर में किसी और कम्पनी का और भी फड़कता हुआ जिंगल लोगों की जुबान पर चढ़ जाता तब मैं क्रुद्ध होकर प्रतिस्पर्द्धा में आ जाती। उठते-बैठते, सोते-जागते, टैक्सी में चलते साबुन की टिकिया या चाय पत्ती का डिब्बा आँखों के आगे नाचता रहता, नाचता रहता और दिमाग में शुरू हो जाती एक तूफानी तलाश ऐसे जिंगल की, जो फुटपाथ से लेकर फ्लैटों तक छा जाए, जो चाय लानेवाले छोकरे से लेकर डॉन बॉस्को के छात्रों तक की जुबान पर चढ़ जाए, जिसके आगे मधुर से मधुर फिल्मी गाना भी पिट जाए। कई बार ऐसा भी हुआ था कि केवल नारे और जिंगल के सहारे बाजार में किसी मामूली प्रॉडक्ट की धाक जम गई और वह कम्पनी करोड़ों कमा बैठी।

पत्रिकाओं में विज्ञापन पृष्ठों की सज-धज निराली रहती। कई पत्रिकाओं में रंगीन पृष्ठ विज्ञापनों को समर्पित रहते, पढ़ने योग्य सामग्री सादे पृष्ठों में निहायत बेदिली से पड़ी होती। पता नहीं उन रचनाओं को कोई पढ़ता भी था या नहीं। मेरी आँखों में तो सारा संसार उपभोक्ता था और सारे प्रचार-माध्यम एक विज्ञापन बोर्ड। इसीलिए हमारी कम्पनी का मालिक जब किसी प्रॉडक्ट का एकाउंट सँभालता, हम सबको बुलाकर अपना शाश्वत वाक्य दोहराता—"याद रखो, तुम्हें उपभोक्ता की चोर-जेब तक पहुँचना है।"

आश्चर्य की बात यह थी कि महँगाई कितनी भी बढ़े, नई-नई चीजों के प्रचार और प्रसार में कोई कमी नहीं आ रही थी। एक तरफ बैंकों के विज्ञापन उपभोक्ता को बचत का पाठ पढ़ाते, दूसरी तरफ हम लोग खर्च का खाता

खुलवाते, बड़े-बड़े प्रतिष्ठान उपहार और डिस्काउंट के प्रलोभन दिखलाते और उपभोक्ता इन सबकी सुनकर भी अपना सन्तुलन कायम रखता और महीने दर महीने गुजर निभा ले जाता। वैसे मैं यह मानती थी कि ज्यादातर विज्ञापन बड़े कल्पनाशून्य और तर्कहीन होते हैं। स्मार्टनेस के अलावा उनमें और कुछ नहीं होता। जैसे एक खास सिगरेट की विज्ञापन फिल्म की झलकी यह थी कि जो लड़का वह खास सिगरेट पीता है, झुंड-की-झुंड लड़कियाँ उसे घेर लेती हैं और वह मनचाही लड़की के साथ सैर को चला जाता है, उसके विपरीत जो लड़का वह सिगरेट नहीं पीता, वह बेहद कंजूस, दब्बू और फिसड्डी है, उसके पास लड़की भूल से भी नहीं फटकती। हर पिकनिक में वह मुँह लटकाए बैठा बिसूरता है। उसमें आत्म-विश्वास का अभाव है, वह हीन-भाव का शिकार है। इसी तरह चाय की एक खास ब्राण्ड के इश्तेहार में दर्शाया गया था कि खास चाय का प्याला पीकर आदमी शेर से भी मुकाबला कर सकता है, जो आदमी वह चाय नहीं पीता उसे सारे दिन जम्भाइयाँ आती हैं, वह दफ्तर में आँखें मलता रहता है, उसकी स्टेनो उससे नफरत करती है। मेरी निगाह में ये दोषी आलेख थे। इनमें विवेक तर्क और संगति तीनों का अभाव था। विज्ञापन आलेख की दुनिया में मैं क्रान्ति कर देना चाहती थी।

हमारी एजेन्सी का मालिक मोटा, नाटा और मुच्छड़ होने के साथ-साथ एक सिद्धान्तवादी आदमी था। बाहरी लोगों का कहना था कि वह महान दिलफेंक भी था। कमसिन, कमनीय और कमअक्ल मॉडलों पर वह दिलोजान से फिदा हो जाता। ये लड़कियाँ काम के लालच में उससे दुलार दिखातीं और उसे प्लेबॉय कहतीं हालाँकि हामिद प्लेबॉय की जगह जासूस जैसा लगता। शायद ऐसा करना मॉडलों के व्यवसाय का एक अंग था। जो भी हो, इसके दो फायदे थे। एक तो इससे दफ्तर को महिला कर्मचारियों के प्रति उसमें एक वैराग्य भाव बना रहता, दूसरे, मॉडल लड़कियों से वह नाजुक-से-नाजुक, मुश्किल-से-मुश्किल दृश्य भी आनन-फानन अदा करवा लेता। उसे अकसर फोन से चिपके, रेमनॉर्ड लैब में बैठे या एक कार से दूसरी कार में उछलकर सवार होते देखा जा सकता था। वह इतना व्यस्त रहता कि हम लोग उससे

अपनी वेतन-वृद्धि की बात करने का मौका भी नहीं निकाल पाते थे। यह भी सच था कि किसी फड़कती हुई जिंगल के दौरान अपनी वेतन-वृद्धि की बात करना बुनियादी तौर पर गलत होता। सिद्धान्तवादी उसे इसलिए माना जाता क्योंकि वह वेतन समय पर देता था। फिर इतवार को वह न खुद काम करता न हमें बोर करता। छह दिन तक प्लेबॉय रहकर सातवें दिन वह सिर से पैर तक एक जिम्मेदार गृहस्थ बन जाता, अपनी बीवी को डेण्टिस्ट के पास ले जाता, अपनी बच्ची का होमवर्क देखता, आमदनी और खर्च का हिसाब मिलाता।

सोमवार को हामिद ने कहा कि उसकी एक कजिन पाकिस्तान से आ रही है। समस्या उसके ठहरने की है। दरअसल, हामिद की बीवी की किसी भी औरत से आसानी से पटती नहीं थी। सिर्फ त्योरियों की तलवार से उसने हामिद के सभी रिश्तेदार ठिकाने लगा दिए थे। बासी तुरई-सी लटकी देह वाली मिसेज हामिद चालीस से पैंतालीस के बीच किसी भी उम्र की औरत थी, जिसके आधे सिर में हमेशा दर्द होता रहता था। उसे और भी कई किस्म के दर्द थे। दाँत-दर्द, कमर-दर्द तो रोज की बात थी। जब उसके लिए पति की अतिरिक्त व्यस्तता आपत्तिजनक होने लगती, उसका कोई एक दर्द प्रबल हो उठता और वह हामिद का जीना हराम कर देती। वह उम्र के उस दौर से गुजर रही थी जब औरतें अपने पति के प्रति ठंडी और शक्की होने लगती हैं। उसे न हामिद का काम पसन्द था न उसका आराम, न उसके दोस्त न उसके सहकर्मी। हामिद की बीवी को सफाई की सनक थी। यों उसके पास हाथ बँटाने के लिए नौकर और आया दोनों थे लेकिन वह खुद झाड़न लिये घर के एक कोने से दूसरे में धमकी की तरह घूमती रहती। खुद भी वह जहाँ बैठती, उस जगह की सिलवटें लगातार निकालती रहती, बिना यह खयाल किए कि वक्त ने उसके चेहरे पर न जाने कितनी सिलवटें डाल दी हैं। अपने शौहर द्वारा विज्ञापित प्रसाधनों में उसकी दिलचस्पी जीरो थी। शौहर में तो उससे भी कम।

हामिद चाहता था कि उसकी कजिन को फिलहाल मैं अपने साथ ठहरा लूँ। जल्द ही वह उसके लिए अलग रिहायश ढूँढ़ लेगा। अफसर को मना करने में कोई तुक न था। शायद मुझे अपनी नौकरी अपनी प्राइवेसी से भी ज्यादा प्यारी थी। एक पल को मुझे हामिद से हमदर्दी भी हुई जो अपने ही घर में अपनी

कजिन तक को ठहराने का इन्तजाम नहीं कर सकता था। एक एब्सर्ड गाना होठों पर बार-बार आता रहा 'घर में हो मुश्किल तो दफ्तर ले चलो...।' रात में चैन से लेटने पर मुझे महसूस हुआ, यह हमदर्दी नहीं चिन्तन का विषय है। मैं कजिन शब्द की व्यापकता और सम्भावनाशीलता से इनकार नहीं कर सकती थी। यह एक बहुआयामी शब्द था। यह शब्द चचेरा, ममेरा, मौसेरा रिश्ता तो बताता ही था, साथ ही यह सम्बन्धों को एक अपरिभाषित भविष्य भी देता था। कजिन शब्द किसी भी रिश्ते की अन्तरंगता, अस्पष्टता और गोपनीयता का आदर करता था। यह शब्द मात्र शब्द नहीं, सेतु था, ढक्कन था, स्विच था, हैंडिल था। क्या मुझे याद नहीं होस्टल में मेरे दोस्त भी इसी शब्द के सहारे मुझसे मिलने बेखटके चले आते थे। कई झेंपू किस्म के लड़के शादी के कुछ घंटे पहले तक अपनी माशूका को कजिन ही बताना ठीक समझते थे। इसी मैन्शन में विवाहित महिलाओं के घरों में एक से एक सजीले नौजवान कजिन का बिल्ला चिपकाकर धड़ल्ले से वक्त-बेवक्त घुसते, निकलते थे। पुरुषों को तो और भी छूट थी। माँ और बीवी के अलावा किसी भी औरत को अपनी कजिन कहने में उन्हें कोई कष्ट न था। इस शब्द में दोतरफा राहत थी। कहनेवाले की न आत्मा कचोटती और न सुननेवाले को उँगली उठाने की जहमत उठानी पड़ती। लोग बड़े शोभनीय ढंग से काम निपटाते जाते और समाज में कजिन की जनसंख्या में बढ़ोतरी होती जाती। मुझे लगा, हो न हो, हामिद की कजिन भी कुछ इसी कोटि की कजिन है। मुझे थोड़ी राहत मिली। उसकी सड़ियल बीवी को देखकर मुझे उसकी सहनशक्ति पर हमेशा आश्चर्य हुआ था। बीमार बीवियों के पीछे-पीछे घूमनेवाले पुरुष मुझे हमेशा लू-लू किस्म के लगते थे। दयनीय भी। हामिद की बीवी को देखकर यही लगता कि यह कभी ठीक नहीं होगी, एक रोग ठीक होते ही वह दूसरे के कीटाणु स्वयं अपने अन्दर पैदा कर लेगी। बिस्तर पर पड़े-पड़े उसे पता नहीं चलेगा कि जिन्दगी की दौड़ में उसका शौहर उसे पीछे छोड़ कई स्टेशन आगे निकल गया है। वह वैसे ही बिसूरती रहेगी, कभी अपना आधा सिर थामे, कभी अपनी नाक दबाए। उसे खबर भी न होगी कि हामिद के सोते-जागते सपनों में वह कहीं नहीं है, उसके हँसते-खेलते क्षणों से उसका कोई वास्ता नहीं है, वह महज उसके बीमे के कागजों में बची है।

एक और भी वजह थी जिसके तहत मैं हामिद की कजिन को अपने यहाँ

रखने को तैयार हो रही थी। पिछले कुछ माह से मेरे बनाए जिंगल कुछ ठंडे जा रहे थे और फिल्में फ्लॉप। अब प्रचार-प्रसार का काम ऐसा होता है कि इसमें एक बार कोई उखड़ जाए तो फिर जमने को जमीन नहीं मिलती। रातों-रात बम्बई से अटैची उठ जाती है।

मैंने एक वनस्पति तेल की फिल्म स्क्रिप्ट लिखी थी। यह तेल एक बड़े उद्योग संस्थान से शुरू किया जा रहा था। संस्थान ने महाराष्ट्र क्षेत्र में प्रचार-प्रसार का कार्य हमारी एजेन्सी को सौंपा था। इस स्क्रिप्ट को फिल्माने में दो तकनीकी गलतियाँ हो गई थीं जिसके कारण प्रदर्शन के दूसरे हफ्ते ही हमने इसे रोक लिया था और एजेन्सी का हजारों का नुकसान हो गया। पहली, यह कि एक बेहद छबीली, मटक्कू किस्म की मॉडेल ने इसमें गृहिणी की भूमिका अदा की थी जो पब्लिक बिलकुल नहीं पचा पाई। दूसरे, जितने भी व्यंजन इसमें दिखाए गए, अधिकांश उत्तर भारतीय थे। महाराष्ट्र में इन व्यंजनों की लोकप्रियता शून्य थी। फिर मार्केट में एक अन्य वनस्पति वर्षों से जमा हुआ था। पचीसों साल से उस प्रॉडक्ट ने लोगों का विश्वास जीत रखा था। हालत यह थी कि लोग अब उस वनस्पति को घी का पर्यायवाची मानने लगे थे। इस बीच दर्जनों वनस्पति आए, पर उसे कोई विस्थापित न कर पाया। बड़ा भोंडा-सा नाम था उसका। कोई खास प्रचार भी नहीं किया जाता था, खाने से बदन में चर्बी अलग बनती, पर प्रॉडक्ट थी कि करोड़ों लाती। हालत यह थी कि अन्य वनस्पतियों के कनस्तर भी खुलकर उसी वनस्पति के नाम पर बेचे जाते थे।

जिस साबुन के प्रचार का काम मैंने लिया था वह भी खास नहीं बिका। अब जमाना मैल-काट टिकिया का था। स्त्रियाँ साबुन की बट्टी को एक खर्चीली चीज मानने लगी थीं। डिटरजेण्ट टिकिया बनाने वाली कम्पनियाँ प्रचारित करती थीं कि साबुन जल्दी गलता और देर से साफ करता है। इन्हीं दावों का खण्डन करते हुए मैंने दो स्पॉट बनाए थे। लेकिन प्रॉडक्ट की बिक्री पर उनका खास असर नहीं हुआ था। इन्हीं वजहों से मैं आजकल कुछ पस्त थी। उस पर मैन्शन में इसी माले पर मेरे फ्लैट के ठीक सामनेवाले 309 नम्बर फ्लैट में अभी हाल एक हादसा हो चुका था, जिसने मुझे बुरी तरह हिला दिया था। 309 नम्बर में सुरजीत सिंह अहलूवालिया अपनी पत्नी और बच्ची के

साथ पिछले पाँच सालों से रह रहा था। यों तो यह फ्लैट ठीक मेरे सामने था पर मुझे इस परिवार के बारे में सीमित जानकारी थी। मेरे साथ इनका सम्बन्ध बस इतना था कि इनकी दो साल की बच्ची पूजा जब-तब मेरे घर आ जाया करती। उसे मेरी ड्रेसिंग टेबिल पर रखी चीजें छेड़ने में बड़ा मजा आता था। वह लिपस्टिक उठाकर कहती—"आंटी, पूजा लिपस्टिक लगाना।" कभी वह बिन्दी अपने माथे पर चिपका लेती। कभी पीछे पड़कर, अपने गुलाबी होठों पर लिपस्टिक लगवा लेती। उसे शृंगार का बहुत शौक था। अकसर उसके आते ही उसकी आया पीछे-पीछे चली आती—"चलो बेबी, मामा बुलाता है।" एक दिन मिसेज अहलूवालिया मेरे दरवाजे तक आई थीं। शिष्टाचारवश मैंने उन्हें अन्दर आने को कहा, पर वे कठिन स्वर में बस इतना कहकर चली गईं—"आप बेबी के लिपस्टिक न लगाया कीजिए, उसके होंठ खराब हो जाएँगे।"

मैं चकित और चोट खाई नजर से उनका अति प्रसाधित व्यक्तित्व देखती रह गई। उन्होंने तीखी दोपहर में रक्तरंजित शेड की लिपस्टिक लगा रखी थी और वह सब शृंगार किया हुआ था जो सिर्फ एक नव-वधू को सजता। लूट-खसोट की खबरों से बेखबर उन्होंने एक हाथ में सोलह सोने की चूड़ियाँ पहन रखी थीं और बाईं कलाई निपट नंगी थी, घड़ी के लिए।

सुरजीत सिंह के बारे में मुझे बस इतना पता था कि वह फिल्म वितरण का व्यवसाय सँभालता था। शुरू के कुछ सालों में उसकी हालत खस्ता थी लेकिन दो साल पहले उसके हाथ से 'मुकद्दर का सिकन्दर' क्या वितरित हुई, उसके दिन पलट गए। यह फिल्म उसके लिए खुल जा सिमसिम साबित हुई। तब से अब तक एक भी दिन यह फिल्म न उतरी, न खिसकी। उधर मुकद्दर का सिकन्दर हाउस फुल लेती रही, इधर सुरजीत सिंह का हाउस फुल होता गया, सुख और समृद्धि से। मैन्शन के बच्चे सुरजीत सिंह को ही अब मुकद्दर का सिकन्दर कहने लगे थे।

उसी सुरजीत सिंह की पत्नी ने पिछले महीने अपने कपड़ों में आग लगाकर आत्महत्या कर ली।

जिस वक्त यह हादसा हुआ, तीसरे माले पर सिर्फ तीन घर ऐसे थे जिनमें गृहणियाँ घर पर थीं। बाकी सब कामकाजी स्त्रियाँ थीं। कई घरों में छोटे बच्चे

और आया थीं पर उन्हें भी इसकी कोई खबर नहीं लगी। सबसे ताज्जुब की बात तो यह कि उस वक्त सुरजीत सिंह भी घर पर मौजूद था। 317 नम्बर के डिंकी धर का कहना था कि उस दोपहर वह अचानक घर आ गया था। वह अपने परिचितों और दोस्तों को रेस के लकी नम्बर बताया करता था। अगले दिन रेस होनी थी। उसी का केलकुलेशन बैठाने की खातिर उसे रेस गाइड का अध्ययन करना था। सुबह-शाम उसकी चिबिल्ली बहन स्टीरियो चलाकर घर सिर पर उठाए रहती थी। इस वक्त वह स्कूल में थी और मम्मी-डैडी क्लिनिक में। पढ़ते-पढ़ते डिंकी को कहीं से बड़ी गन्दी जलाँध आई। एक बार तो वह घबरा गया कि कहीं उसी ने गैस वगैरह तो रसोई में खुली हुई नहीं छोड़ दी। फिर उसने खिड़की से बाहर कम्पाउण्ड में झाँककर देखा, नहीं, जमादार कूड़ा नहीं जला रहा था। वह फिर दीवान पर लेटकर पढ़ने लगा। लेकिन बू के कारण उसे चैन न आया। वह गलियारे के एक छोर से दूसरे छोर तक चला गया। कहीं कुछ जलता नजर नहीं आया। सुरजीत अंकल ड्राइंगरूम में बैठकर अखबार पढ़ रहे थे। उनका जाली का दरवाजा बन्द था। फारूखी आंटी, गोन्सालविस आंटी, पितरी आंटी के पास बैठी ताश खेल रही थीं। सब तरफ सन्नाटा था। डिंकी की कुछ समझ में नहीं आया। वह पहले माले पर अपने दोस्त दीपक के पास चला गया।

यह खबर तो तब फैली जब सुरजीत सिंह चार बजे के करीब चीत्कार करता कॉरीडोर में, बदहवास निकला 'ऐक्सीडेण्ट, ऐक्सीडेण्ट...।' गिने-चुने लोग उस वक्त तीसरे माले पर थे, सब जमा हो गए। देखा गया रसोई में मिसेज सुरजीत का बदन बुरी तरह जला पड़ा था। भागमभाग डॉक्टर बुलाया गया, उसने मिसेज सुरजीत सिंह को मृत घोषित कर दिया। कुछ ही घंटों में लाश को विद्युत शवदाहगृह में ले जाया गया। पड़ोसियों के मन में कई सवाल उठे, पोस्टमॉर्टम एक्जामिनेशन क्यों नहीं किया गया? दाह-कर्म के लिए नाते-रिश्तेदारों का इन्तजार क्यों नहीं किया गया? बच्ची पूजा और उसकी आया कहाँ गायब थीं? लेकिन वे सब अपने-अपने सवाल दबाकर अपने घरों के दरवाजे और भी जोरों से बन्द कर बैठ गए। पुलिस केस बनने से सभी डरते थे। सबके अपने-अपने भय थे। फिर सुरजीत अहलूवालिया की लुटी हुई सूरत देख उन्हें यही सोचना ठीक लगा कि नाइलॉन की साड़ी ने ही यह कहर ढाया होगा।

मैं जब ऑफिस से लौटी तब तक लोग मिसेज सुरजीत को मिसेज सुरजीत नहीं, बॉडी कह रहे थे। जमादार द्वारा कारीडोर धोया जा रहा था। शववाहिका शव ले जा चुकी थी। सारा वाकया सुन मैं दहशत में आ गई। तब तो और भी ज्यादा जब दाहकर्म से लौटकर सारी रात सुरजीत अहलूवालिया पागलों की तरह धाड़ें मार-मारकर रोता रहा, केश नोचता रहा, अपने कपड़े तार-तार करता रहा। मर्द के रोने की आवाज बहुत अलग होती है, मनहूस और डरावनी। रोती हुई औरत करुणा या क्रोध उपजाती है पर मर्द का रोना अपशकुन लगता है। उस रात पहली बार मुझे घर में अपना आप अकेला, अभागा और असुरक्षित लगा। दो बार रसोई में जाकर मैं गैस बन्द कर आई। सभी स्विच ध्यान से बन्द किए। लेकिन रात-भर मैं सो न सकी। सामनेवाले फ्लैट में मातमपुर्सी के लिए लोग आते-जाते रहे।

चौथे दिन सुरजीत सिंह ने होश किया, नहाया, कपड़े बदले, साफा बाँधा और निहायत संजीदा शक्ल में बाहर निकला। दूर से देखने पर वह ऐसा ठूँठ लग रहा था जिस पर रात बिजली गिरी हो। उसने अपनी कार स्टार्ट की और चला गया। उसके नौकर को भी नहीं पता था कि वह कहाँ गया। रात जब वह लौटा, अकेला नहीं था। उसके साथ उसकी नन्ही बच्ची पूजा, उसकी आया और एक बेहद गोरी मोटी विदेशी औरत थी, जिसने रात में भी काला चश्मा लगा रखा था। फ्लैट में दाखिल होते ही उन लोगों ने कसकर दरवाजा बन्द कर लिया। उस दिन से वह औरत वहीं बस गई। कानाफूसियों में लोग सुरजीत सिंह को एक बेवफा, हत्यारा, बेहया इनसान कहने लगे लेकिन उसके सामने किसी ने कोई चूँ-चपड़ नहीं की। सब व्यस्त थे और 'मुकद्दर का सिकन्दर' अभी हाउसफुल चल रही थी।

इन दिनों मुझे बड़ी शिद्दत से महसूस हो रहा था कि इतने बड़े शहर की इतनी बड़ी इमारत में मेरा यों अकेले रहना ठीक नहीं। क्या पता कब क्या हो जाए। आए दिन चोरी, ठगी और बलात्कार की खबरें पढ़-पढ़कर मन अलग दहल जाता। इसलिए जब तमाम इन्तजार के बाद आखिरकार अफशाँ मेरे पास पहुँची, मुझे काफी तसल्ली हुई। एक से भले दो। पहले ही दिन से उस बड़ी-बड़ी कजरारी

आँखों वाली अफशाँ ने मुझे आपा कहकर मोह लिया। पचीस की अफशाँ ने अभी बी.ए. भी पूरा नहीं किया था। पढ़ाई से उसे पैदाइशी परहेज था। उसकी दिली तमन्ना थी एक ऊँचे दर्जे की मॉडल बनने की। इसीलिए वह हामिद भाई के पास चली आई थी। उसका बदन भरा-भरा गुलगुला-सा था...बचपन और यौवन का टू-वे ट्रैफिक। हामिद ने उससे कहा—"तुम्हें पन्द्रह दिन क्रैश-डायटिंग करनी होगी, तभी तुम्हें चान्स देने की सोचा जा सकता है। तब तक तुम लाइब्रेरी से लेकर मॉडलिंग पर किताबें पढ़ो, दफ्तर के मिनी थिएटर में उम्दा ऐड-फिल्में देखो और लगातार एक कैमरा पर्सनेलिटी का विकास करो।"

अब यह सब काम उसके लिए बहुत नागवार था। उसकी आदत थी वह हर वक्त कुछ-न-कुछ टूँगती रहती। और कुछ नहीं तो काजू-किशमिश ही। यों टोकना मेरी आदत में शुमार नहीं था पर अगर कभी उसे चाकलेट चबाते देख मैं हँस पड़ती तो वह ऊँ-ऊँ कर बिलकुल बच्चों की तरह रूठ जाती। मैं बड़ी होशियारी से उसे बताती कि कितनी ही प्रसिद्ध मॉडल खाने-पीने में कितनी एहतियात बरतती हैं कि वे पूरा-पूरा दिन सिर्फ नीबू पानी और सलाद पर गुजार देती हैं। वह सुनकर दुखी हो जाती—"हाय अल्ला, मैं तो मर जाऊँ।"

खाने के प्रति उसका जोश देखना अच्छा ही लगता था। वरना मेरे अन्दर तो खाने के प्रति कोई उत्साह ही नहीं पैदा होता। जब पढ़ती थी तब भी। माँ मेरे पीछे-पीछे आलू का पराँठा और दही लिये घूमतीं और मैं माँ से बचती फिरती। किसी भी चीज में स्वाद न मिलता। अभी तक यह हाल था कि मैं आधा दिन चाय-कॉफी पर बिता देती और आधा, मन-ही-मन खाने रिजेक्ट करते। फिर बुझे मन से सैंडविच या पुलाव जैसी किसी मुसाफिरी चीज पर समझौता कर लेती। अकेले रहते-रहते चूल्हा सुलगाने की अनिवार्यता खत्म होती जा रही थी। रसोई का इस्तेमाल कई बार महज चाय-कॉफी के लिए होता। अब अफशाँ के आने से कुछ रद्दोबदल हुई।

बम्बई, इस लड़की के लिए, नई नहीं थी। पहले भी कई बार वह यहाँ आ चुकी थी। कई परिवारों में उसकी सहेलियाँ थीं। कभी वे आतीं, कभी अफशाँ उनके यहाँ जाती। हामिद से भी उसका व्यवहार बहुत बेतकल्लुफ था। हामिद का कहना था, वह उसे तब से जानता था जब वह फ्रॉक भी पहनना नहीं जानती थी। एक-दूसरे को चिढ़ाना उनका मुख्य कार्यक्रम रहता। हामिद उसके गुलगुले

गाल पर चुटकी काटकर कहता—"अशू यू आर ए बिग फैट कैट।" अफशाँ आँखें तरेरकर ओठ निकालकर, मनमोहक अन्दाज में मुक्का दिखाती—"ऐंड यू आर ए हिप्पो।"

इन्हीं दिनों ईद पड़ी तो मैं सेंवई का पैकेट खरीद लाई। अफशाँ का खास त्यौहार था। फिर हामिद भी आ सकते थे। कई बार अपनी मुसलिम सहेलियों के घर सेंवई खाने का इत्तफाक हुआ था। सेंवई का जो शानदार स्वाद उनके घरों में मिलता था, हम हिन्दुओं में कभी उसकी कल्पना ही नहीं हो सकती। एकदम सुनहरे रंग की, घी, चीनी, बालाई और मेवे में डूबी सेंवई पकाना इन्हीं के बूते की बात थी। हम लोगों में तो सलूनों पर सेंवई की पतली खीर बनाई जाती थी जिसमें सेंवई को हल्का-सा भूनकर दूध में छोड़ दिया जाता। गल जाने पर चीनी मिलाकर उतार लिया जाता। अपने यहाँ की सेंवई देखकर मुझे मितली आने लगती जैसे कच्ची लस्सी में कीड़े तैर रहे हों।

लेकिन सेंवई देखकर अफशाँ बेहद उदास हो गई। मुझसे बोली—"आपा, आपको मेरी कसम, मुझे सेंवई न खिलाइएगा।"

मैंने सोचा उसे अम्मी की याद सता रही है। बोली—"तुम पास खड़ी होकर बताती जाओ। तुम्हारी अम्मी से भी बढ़िया सेंवई पकाकर न खिला दूँ तो जवाब नहीं। घर से दूर हो तो क्या त्यौहार नहीं मनाते।"

अफशाँ की आँखें डबडबा आईं। वह दुपट्टा मुँह पर रखकर अपने कमरे में जाकर लेट गई और फफक पड़ी।

"आखिर बात भी तो बताओ। त्योहार के रोज क्यों जी खराब कर रही हो? क्या हामिद ने कुछ कहा है?" मैं अनुमान लगा रही थी।

"हाय आपा, मैं सेंवई नहीं खाऊँगी आपा, मुझे जहर खिला दीजिए पर सेंवई नहीं।" अफशाँ फूट-फूटकर रोने लगी।

उस रोज घर में सेंवई नहीं बनी।

कुछ देर बाद अफशाँ ने खुद सेंवई न खाने की वजह बता दी। पहले वे तीन भाई-बहन थे। वह सबसे बड़ी थी। उसने अपना बचपन छोटे भाई-बहन के साथ खेलकूद धमा-चौकड़ी में सुख से बिताया था। अब से पाँच साल पहले की बात है, वह चौदह और उसकी बहन शाइस्ता बारह की थी, रमजान के दिनों में दोपहर में दोनों बहनें दालान में बैठी मशीन से सेंवइयाँ निकाल रही थीं। अम्मी रोजे से

थीं। उन्होंने मैदा गूँधकर, मशीन धोकर तैयार कर दी थी। अफशाँ मशीन का हैंडिल घुमा रही थी और शाइस्ता उसमें मैदे की लोइयाँ डाल रही थी। लोई अच्छी तरह से अन्दर चली जाए, इसकी खातिर वह दो उँगलियों से लोई को अन्दर दबाती जा रही थी। यकायक उसकी उँगली गरारी की चपेट में आ गई। अफशाँ पूरी ताकत से हत्था चला रही थी और उसकी नजर नीचे गिरती सेवइयों पर थी। जब शाइस्ता जोरों से चिल्लाई, 'आ ऽ ऽ ऽ ।' तब भी अफशाँ को कुछ क्षण महसूस ही न हुआ कि यह दर्द की आवाज है। वह उसे कौतुक की किलकारी मानकर हत्था और भी जोर से घुमा गई। वह तो जब सेवइयाँ लाल-लाल निकलीं, उसने घबराकर ऊपर देखा। शाइस्ता को गश आ चुका था। अफशाँ चिल्लाई, माँ, पड़ोसी सब इकट्ठे हुए। मशीन का हत्था बमुश्किल उलटा चलाया गया। शाइस्ता का टूटा हाथ बाहर निकाला गया। उँगलियों के चिथड़े उड़ गए थे। डॉक्टर, इंजेक्शन, दवा, पट्टी के बावजूद दसवें दिन शाइस्ता का बदन नीला पड़ गया, जबड़ा जाम हो गया, हलक से पानी तक न उतरा और जुम्मे के रोज उसकी रुखसती हो गई। अफशाँ का दिमाग काबू में न रहा। जाने कितने रोज वह दीवारों से सिर मार-मार चीखती रही—'शाइस्ता शाइस्ता...'

खुदा को कुछ खानदान बेहद प्यारे होते हैं। उन्हें वह धरती पर रहने नहीं देता, एक-एक कर बुला लेता है। साल बीतते न बीतते अफशाँ का भाई भी चटपट चला गया। अकबर एक रात कमरे से निकलकर पाखाने तक गया, फिर लौटकर नहीं आया। कमरे और पाखाने के बीच बड़ा-सा दालान था। फारिग होकर जब अकबर आ रहा था, यकायक बर्फ का तूफान शुरू हो गया। उसने लाख भागने की कोशिश की पर दहशत के मारे उसके नन्हे पाँवों ने उसका साथ नहीं दिया। वह वहीं गिर पड़ा। बर्फ उसके ऊपर गिरती रही, बेआवाज। सुबह चार बजे अम्मी की आँख खुली। अकबर को पास न पाकर उन्होंने इधर-उधर देखा तो धक्-से रह गईं। छह साल का अकबर दालान में बेहोश पड़ा था, उसके पाँव और सिर बर्फ से ढके थे। बर्फ हटाकर उसे अन्दर लाया गया, गरमाया गया। पसली चल निकली थी। वह अचेत था। डॉक्टरों की एक छोटी भीड़ उस घर में लगातार लगी रही, तीन दिन, तीन रात। चौथे रोज अकबर के अब्बा मुँह लटकाए अकबर के जनाजे के पीछे-पीछे चले जा रहे थे।

बात हादसों की चली तो 309 नम्बर का हादसा दिमाग में ताजा हो गया। बेसाख्ता मैं बता बैठी। अफशाँ बहुत डर गई। उसे यकीन नहीं हुआ कि सुरजीत अहलूवालिया ने अपनी बीवी को जान-बूझकर मार डाला होगा।

"हटाइए आपा, आप भी सुनी-सुनाई बातों में आ गई हैं। वह ऐसा तो नहीं लगता।"

"पूरा मैन्शन क्या झूठ बोलेगा?"

"हाय अल्ला, क्या उसे अपनी बीवी से जरा-सी भी मुहब्बत नहीं थी! आदमी एक छत के साये में दो रोज अगर बिल्ली के संग भी गुजार ले तो कितना लगाव हो जाता है, फिर वह तो उसके बच्चे की माँ थी।"

"कमाल तो यह, मैं इतने दिनों से यहाँ रह रही हूँ, कभी मैंने उन्हें लड़ते नहीं देखा, कभी मियाँ-बीवी के चेहरे पर तनाव का कोई निशान न पाया। उसकी बीवी गुड़िया की तरह सजी-धजी रहती। सुरजीत को जब भी मैंने देखा, लिफ्ट से चढ़ते उतरते या विस्की पीते या पार्टी देते। बिल्डिंग के बच्चों ने हादसे के रोज सुरजीत को घर में अखबार पढ़ते देखा था। उस वक्त उसकी बीवी रसोई में जलकर खाक हो रही थी।"

"नहीं आपा, घर में आलू भी जल रहे हों तो कितनी बू आती है, आप बैठ नहीं सकते। यह तो सालम औरत थी, उसकी बीवी।"

"और इसको तुम क्या कहोगी कि तीसरे ही रोज वह एक नई औरत ले आया। उसी मकान में। जैसे किसी का पिल्ला खो जाए और वह नया पिल्ला ले आए।"

"वह कैसे उस औरत का उन जगहों में बैठना-उठना बर्दाश्त करता होगा, जिन-जिन जगहों में उसकी पहली बीवी बैठती-उठती थी।"

"देख लो, बस इतनी होती है मुहब्बत!"

"नहीं, मैं यह कैसे मान लूँ। मेरे अब्बा तो दुकान पर खाना तक नहीं खाते। कभी अब्बा को दुकान पर देर हो जाए तो अम्मी देर रात तक बैठी रहती हैं भूखी। और हमारे अब्बा को यहाँ तक बरदाश्त नहीं कि मैं या अस्मत खाला अम्मी के कपड़े पहनें। फौरन टोक देते हैं।"

मुझे अफशाँ बहुत समझदार लगी। उम्र से कहीं ज्यादा। इस वक्त वह बहुत डरी हुई थी।

"हादसों से घबराकर तो मैं यहाँ आई थी। अम्मी मुझे कतई भेजने वाली न थीं। पर मामू ने जोर दिया कि शाइस्ता और अकबर की याद में यह तो पागल हो जाएगी। अब्बा ने रातों-रात मकान बदल लिया फिर भी घर का माहौल एक मिनट को नहीं बदला। रोज रात अम्मी वही हमेशा की तरह तीन ग्लासों में दूध डाल देतीं, तब उन्हें खयाल आता कि अरे अब कहाँ तीन बच्चे, कहाँ दूध के तीन ग्लास। आपा, जानेवाला तो एक बार मरता है, रहनेवाले तो रोज मरा करते हैं, जरा-सी बात ऐसी दहला देनेवाली यादें लेकर आती है। मैं तो यहाँ आकर बहल गई पर मुझे पता है, अम्मी की आँखों में आठों पहर बरसात रहती होगी।"

अफशाँ बहुत उदास हो गई। उस रात वह मेरे ही कमरे में सोई। दीवान खिसकाकर उसने मेरे बिस्तर से सटा लिया और मेरी टाँगों पर टाँग रखकर लेट गई। मुझे देर तक नींद न आई। मैं सकतें में थी। मुझे क्या खबर थी कि इतनी नन्ही-सी उम्र में अफशाँ के दिल पर क्या चोट लगी है। दर्द वाकई जिन्दगी में दबे पाँव आता है और कन्धों पर जाता है।

मेरे मन में इस वक्त दुलार-ही-दुलार था। मैं तहेदिल से अफशाँ की खैरियत मना रही थी, हे ईश्वर यह सही-सलामत अपने अम्मी-अब्बा के पास पहुँच जाए। इसका बाल भी बाँका न हो। यह किसी की अमानत है। मेरा अकेलापन दूर करने ही शायद इसे ईश्वर ने मेरे पास भेज दिया है। जिस इतमीनान से वह मुझसे सटकर सो रही थी, लग रहा था मैं ही उसकी अम्मी हूँ, वह मेरी बेटी। इतनी नजदीकी तो आज तक मैंने अपने भतीजे-भतीजियों से भी महसूस न की थी। मैं उसके बाल सहलाने लगी।

धीरे-धीरे एक अफसोस के एहसास ने मेरे पूरे वजूद को ढक लिया। घर बसाया होता तो ऐसी एक-दो बच्चियाँ मेरी भी होतीं। सीधी-सादी जिन्दगी होती। कहीं बाहर से लौटकर जाती तो बेटी झट चाय बनाकर पिलाती, साड़ी की तह लगाकर रखती, सिरदर्द होने पर सिर दबाती। यों अबकी तरह गोलियों के सहारे तड़पना न पड़ता। कहीं जाने की इच्छा होती तो बेटी संग-संग चलती। सच ही तो है, बेटी के बड़े होने पर माँ-बेटी सखियाँ हो जाती हैं। उस किस्म की जिन्दगी में झंझट तो ज्यादा होता है पर यह मनहूस मायूसी तो न होती, न यह अकेलापन।

ऐसा भी नहीं है कि जिन्दगी में मौके नहीं आए। मैं ही फैसला न कर पाई। न जाने

वक्त ने कब कैसे मेरे व्यक्तित्व में एक संकटकालीन स्विच लगा डाला था, जहाँ जरा भी मोह फँसने लगता, खतरे की घंटी बज उठती, दिमाग में भक्-भक् एक लाल रोशनी जलती और मैं ठंडी पड़ जाती। शायद अखबारों ने मेरी मानसिकता को चौपट कर डाला था। कोई दिन ऐसा न था जब विवाहित नवयुवतियों को मार डाले जाने के सचित्र समाचार न छपते हों। बहू-प्रताड़ना राष्ट्रीय आन्दोलन का रूप लेता जा रहा था। अच्छे पढ़े-लिखे, बारोजगार लड़के एक अदद स्कूटर, फ्रिज या टी.वी. के लिए अपनी पत्नी को जला मारने में कतई संकोच न करते। इस सबका नतीजा ही था कि शादी की तरफ से मैं बिलकुल विमुख हो गई थी। एक बार तो बहन ही रिश्ता लाई थी, अपने देवर का। उनका कहना था देखे-भाले घर में शादी करना ज्यादा अच्छा होगा। महज दस साल के वैवाहिक-काल में मेरी बहन की आँखों के नीचे पड़े गहरे काले गड्ढे, सिर के एक तिहाई सफेद बाल, हाथ-पैरों की उभरी नसें, उस घर की कोई खुशनुमा तसवीर पेश नहीं कर पाईं और मैंने न कर दी। इसी देवर की लाख शिकायतें मेरी बहन मुझसे किया करती थी। पड़ोस के जवान लड़कों से लेकर जीजा जी के दोस्तों तक के दायरे से कई बार प्रस्ताव आए। निकट के एक परिवार ने अपने भाई से मुझे परिचित कराया। वह स्थानीय बैंक में एजेण्ट था। और उसकी पहली पत्नी एक सड़क दुर्घटना का शिकार हो गई थी। वह मेरे साथ अपने विधुर जीवन को फिर से मधुर बनाना चाहता था। प्रेम-निवेदन के दौरान वह कहता—"अगर तुम मान जाओ तो मैं तुम्हें फौरन अपने दिल के स्ट्रांग रूम में रख लूँ।" मैं उसकी मरियल काया और पिचका सीना देखकर सोचती, यह जन्मजात एक असफल आदमी है क्योंकि वह बेडरूम में रखने वाली चीजें स्ट्रांग-रूम में और स्ट्रांग-रूम में रखने वाली चीजें बेडरूम में रखने में यकीन करता है। फिर मुझे तो नया-नकोर प्रेमी दरकार था। ऐसे इनसान का मैं क्या करती जिसके दिल पर हजार घाव हों। दपतर का एकाउंट्स ऑफिसर मधुकर कानविन्दे भी जब-तब शादी की मंशा जाहिर किया करता था पर मुझे उसका दिलफेंक स्वभाव नापसन्द था। वह हर लड़की से उतना ही फ्री था जितना मुझसे। मैं एक ऐसा इनसान चाहती थी जिसने मुझसे पहले किसी लड़की को जाना न हो और मुझसे बाद वह किसी को जानने की हसरत न रखे। यह एक मुश्किल तलाश थी।

एक और मुश्किल थी मेरे साथ। वह यह कि पहली बार मुझे कोई

मिलता तो अच्छा लगता। मैं सोचती 'यूरेका'। मुझे ऐसा ही साथी चाहिए। अपनी कल्पना, आकांक्षा और रचनात्मक ऊर्जा से मैं अपने जेहन में उसकी एक दिलफरेब तसवीर बना डालती। लेकिन दूसरी बार मिलने पर वही आदमी मुझे कुछ कम अच्छा, कुछ कम प्रभावशाली लगता। उसका व्यवहार और व्यक्तित्व मुझे कुछ कम प्रेरित करता। दो-तीन मुलाकातों के होते-होते मेरी उस इनसान में दिलचस्पी बिलकुल ठप्प पड़ जाती। एक बार आई.पी.एस. के एक अफसर से मेरा आकस्मिक परिचय हो गया था। कॉलेज में हुई एक चोरी के सन्दर्भ में एफ.आई.आर. लिखाने हम कई लोग गए थे। वह युवा पुलिस अधीक्षक अपने बड़े से दफ्तर में हमसे मिला। उसका खाकी टेरीकाट यूनिफार्म उस पर बेहद फब रहा था। बिजली की तेज रोशनी में उसकी वर्दी के बटन ऐसे चमचमा रहे थे जैसे चाँदी-सोना। मेरा मन हुआ, मैं इन बटनों को, टॉप्स की तरह कानों में पहन लूँ, अँगूठी की तरह उँगली में फँसा लूँ, बिछिये की तरह पैरों में पहन लूँ। लेकिन फिर एक शाम तहकीकात के सिलसिले में जब वह सादे लिबास में कॉलेज आया तो वह जादू गायब हो गया। न जाने वह उसके दर्जी की खराबी थी या कन्धों की, बुशर्ट-पैंट में वह बेहद ढीला-ढाला फुरसतपसन्द इनसान लग रहा था। मेरे मन में लगे संकटकालीन स्विच ने तुरन्त इस सूचना को ग्रहण किया। फटाफट दिमाग ने उसके विरुद्ध चार्जशीट तैयार कर ली...जिस पद पर वह है उस पर पढ़ने-लिखने से इसका कोई तअल्लुक न होगा, शरीफ लोगों से तो भूलकर भी पहचान न होगी, सभी किस्म के अपराधी और अपराधियों के बीच से गुजरा होगा, प्यार की पारदर्शी तरलता से तो क्या खाक परिचय होगा, डटकर घूस लेता होगा अपराधी को पकड़ने की और अपराधी को छोड़ने की भी।

"चलो हटो!" मैंने अपने को समझाया—"आज के जमाने में दूध तक तो खालिस मिलता नहीं, इनसान कहाँ से मयस्सर हो! न सही इश्क, न सही शादी, रहेंगे हम अकेले, बेनाम, बेदाग, मरते समय अपना बैंक बैलेंस 'निर्मल हृदय' के नाम कर जाएँगे।"

हामिद ने अपनी विज्ञापन फिल्म में अफशाँ को बतौर हीरोइन लिया था। उसे

अभिनय भी करना था और गाना भी। उसकी आवाज में एक खास खनक थी जो बम्बई की किसी गायिका में न थी। उसके गले में गजल की तैयारी और ठुमरी का ढसका था। विज्ञापन फिल्म रिलीज होने पर अफशाँ की आवाज पर लोग जैसे बौरा गए। लता-आशा के सुरीलेपन से सताये गए कानों को अफशाँ की आवाज का दाना और अन्दाज ऐसा भाया कि सिर्फ इश्तेहार देखने की खातिर लोग बोर-से-बोर फिल्म देखने को तैयार होने लगे। रातोंरात अफशाँ स्टार बन गई और वह निहायत मामूली टूथपेस्ट जिसका गाना उसने गाया और जिसके लिए मॉडलिंग की, एक क्रेज। बच्चों ने, किशोरों ने धड़ाधड़ वह टूथपेस्ट अपनाना शुरू किया। रेडियो पर उस टूथपेस्ट का जिंगल जब आता तब समवेत स्वर में घरों से साथ-साथ गाने की आवाज आती। कुछ समय के लिए लोगों ने सारे गाने भुला दिए, सारी धुनें, बस रह गया यह एक जिंगल। मजा यह कि उस आवाज को तो लोगों ने कबूल किया ही, उसके गुलगुले, मुटल्ले, नटुल्ले कद-काठी की भी, पब्लिक दीवानी हो गई। उसका चेहरा इस कदर ताजगी लिये था कि बम्बई की विज्ञापन दुनिया के तमाम चेहरे बासी लगने लगे।

देखा जाए तो अफशाँ की असली दौलत उसकी आवाज और आँखें थीं। बड़ी-बड़ी कजरारी आँखें उसके चेहरे पर हैरत की तरह बिछी थीं, उसकी पुतलियाँ तितलियों की तरह चपल थीं और पलकें एक मुलायम स्याह पर्दा। जब वह आँखें झुकाती बस पलकें ही दिखतीं, मानो चेहरे के दर पर किसी ने काली इबारत में लिख दिया हो कि इस रास्ते अन्दर आना मना है। जब वह पलकें उठाती, तो जिधर वह देखती उधर पूरी महफिल घूम जाती। नौजवानों का मन होता इन आँखों के टूरिस्ट गाइड बन जाएँ।

मैं खुद, उसके भोलेपन, प्यारेपन के साथ-साथ उसकी आँखों पर बेहद फिदा थी। आँखें उसके अवाक चेहरे को सवाक् बनाती थीं। देखा जाए तो उस लड़की का पूरा व्यक्तित्व उसकी आँखें ही थीं। मैं ऐसे विभाग में काम करती थी कि दिन-रात तरह-तरह की लड़कियों से साबका पड़ता था। अजब बात यह थी कि जब मॉडलिंग के क्षेत्र में लड़कियाँ आतीं तो अलग-अलग किस्म की होतीं किन्तु कुछ ही समय बाद वे सब एक-सी हो जातीं। उनके खड़े होने के ढंग से लेकर मुस्कराने तक के ढंग में कोई मौलिकता न बचती। मुझे ऐसी फीकी, सपाट व्यक्तित्व-विहीन लड़कियों

से चिढ़ थी ही, भड़कीली, उत्तेजक और कृत्रिम लड़कियों से भी बैर था। आशा सम्पत आज की सबसे लोकप्रिय मॉडल थी। सबसे ऊँचा दाम पाती थी वह इश्तेहारों में। लेकिन सुबह सात बजे, जब वह सोकर उठती, तब बिना मेकअप उसका चेहरा कैसा लगता था, यह सिर्फ वह जानती थी या उसका आईना। इसलिए वह दिन भर पूरे मेकअप में रहती। सपना सारंग, मिट्ठू मिस्त्री, परवीन कोठावाला, अलका अभ्यंकर, सबकी सब बिलकुल एक तरह के सौन्दर्य प्रसाधन इस्तेमाल कर एक-दूसरे की कार्बन कॉपी लगतीं। हँसतीं भी एक-सी, चलतीं भी एक-सी। वही चिरपरिचित लटके थे उनके। कैमरे के सामने फोटो खिंचवाने के समय, साँस अन्दर खींचकर पेट एकदम पिचका लेना, दायाँ या बायाँ गाल आगे कर लेना, अपने बनावटी अवयवों की सगर्व नुमाइश करते हुए फोटोग्राफर की तरफ एक मारक मुसकान फेंकना। योगाभ्यास और ब्लीचिंग के तनाव से गुजरकर इनकी देह और त्वचा कुछ ऐसी खिंच चुकी थी कि ये लड़कियाँ नहीं, कोल्ड स्टोरेज में रखी ककड़ियाँ लगतीं।

अफशाँ की चपलता और भोलापन, पेशेवर मॉडलों के लिए चुनौती बनकर आया। शनिवार रात को हामिद ने नटराज में जो पार्टी दी, उसमें यह साफ जाहिर हो गया कि अगर मौका मिले, बम्बई की विज्ञापन दुनिया की लड़कियाँ अफशाँ का मुँह नोचने में कतई देर न करें। उन्होंने पार्टी में जान-बूझकर अफशाँ का बहिष्कार किया और उसकी खिल्ली उड़ाई। लेकिन अफशाँ बहादुर लड़की थी। उसने उन पर बिलकुल जाहिर न होने दिया कि उसे चोट लग रही है। वह वैसे ही बैठी रही, कभी मिसेज हामिद के पास तो कभी मेरे। कई पुरुष मॉडल भी जिज्ञासावश अफशाँ के इर्द-गिर्द चक्कर लगा रहे थे। उसमें से कइयों ने अफशाँ के साथ अगले इश्तहार करने की इच्छा जाहिर की। जयन्त कुकरेजा तो लगातार अफशाँ का गाया हुआ जिंगल ही दोहराता रहा। सोनिया पटेल, सपना सारंग और मालिनी मुखर्जी पारदर्शी साड़ियों में आई थीं। चोली के नाम पर उन्होंने जो पहना हुआ था वह ब्लाउज न कहकर बहाना कहा जा सकता था। जिस मॉडल के पास जो दौलत थी, उसी की नुमाइश लगी हुई थी। कोई अपनी टाँगों के बल पर तो कोई अपनी कमर के बल पर पार्टी जमाने की कोशिश में थी लेकिन पार्टी का प्राण फिर भी अफशाँ

की आँखों में बसा था।

मैंने पाया मिसेज हामिद अफशाँ के बारे में कुछ नहीं जानती थीं, यहाँ तक नहीं कि वह कहाँ रह रही है। उन्होंने उसकी अम्मी-अब्बा की खैरियत पूछी और बस। हामिद की सामाजिकता, व्यवसाय और व्यस्तता से नितान्त अनभिज्ञ वे एक तरफ बैठी थीं और लोग विनम्रतावश उनकी खैरियत शायद सिर्फ इसलिए पूछ रहे थे क्योंकि वे हामिद की बीवी थीं। उन्हें हर पार्टी में लाना हामिद की शालीनता के सिवा और कुछ नहीं था। पार्टी के तौर-तरीकों से निहायत बेखबर वे मुझसे शिकायत कर रही थीं कि देर तक एयरकंडीशण्ड कमरे में बैठना उनके साइनस के लिए खतरनाक होता है। आजकल उसकी नाक का बायाँ छेद जुकाम से बन्द और दायाँ बह रहा था, ऐसा उन्होंने बताया। उन्होंने स्लेटी रंग की सिल्क साड़ी पहन रखी थी जो उनके बीमार व्यक्तित्व को और भी बीमार बना रही थी। वे उन स्त्रियों में से थीं जिनकी खुशनुमा साड़ियाँ वार्डरोब में ही धरी रह जाती हैं और वे अकसर ऐसी साड़ियाँ पहनकर घर से निकलती हैं जैसी डॉक्टर के यहाँ या बैंक जाने के लिए हम लोग निकाला करती हैं। कुछ देर बैठकर वे वापस चली गईं। उनके स्वास्थ्य का ध्यान रखते हुए यह जरूरी था।

उनके जाते ही पार्टी एक बार फिर रंग में आ गई। कई लड़कियों ने अभी तक अपने ग्लास छुपाकर रखे हुए थे। अब वे अपना नीबूपानी खुल्लम-खुल्ला पीने लगीं। जयन्त कुकरेजा ने अफशाँ को ग्लास थमाने की कोशिश की पर कामयाब न हो सका। सपना सारंग ने व्यंग्य से कहा—"अरे भई, इनके लिए तो दूध का ग्लास मँगाइए, ये नीबूपानी कहाँ पीती होंगी।" अफशाँ ने अपनी बड़ी-बड़ी आँखें हैरत से सपना पर टिकाते हुए कहा—"हाय अल्ला, आप तो बिलकुल मेरी बड़ी अम्मी की तरह बोलती हैं।" एक जबरदस्त ठहाका लगा और सपना सारंग एकदम अपदस्थ हो गई। फिर उस शाम सभी उसे बड़ी अम्मी सम्बोधन देते रहे, वह कुढ़ती रही और अफशाँ को खूनी नजरों से देखती रही।

जिस दिन मेरी छुट्टी होती सुबह की चाय अफशाँ बनाती। सिर पर टी-कोजी पहन, हाथ में चाय की ट्रे लिये वह बिलकुल बैरा अन्दाज में कमरे में दाखिल होती।

फिर प्याले में चम्मच खनकाकर मुझे जगाती। वह चाय में हल्का-सा नमक डालती थी। यों बिस्तर में पड़े-पड़े चाय मिलना मेरे लिए एक दुर्लभ सुख था, कब-कब नसीब होता। यह तो अफशाँ के आने पर ही मुमकिन हुआ था। सुबह-सुबह बिना काजल उसकी कजरारी आँखें देखकर तबीयत तरोताजा हो आती। वह बेसिर-पैर की बेतरतीब बातें करती जाती, पड़ोस के पिल्ले पिक्सी से बेनजीर भुट्टो तक की। मेरे पढ़ लेने के बाद वह अखबार पलटती। गम्भीर राष्ट्रीय, अन्तरराष्ट्रीय खबरों में तो उसकी दिलचस्पी न थी। लेकिन छोटे-छोटे फुलझड़ी-छाप समाचारों पर उसकी नजर जरूर पड़ती। रोज ही अखबार में किसी-न-किसी गृहिणी की तसवीर छपी होती जो सन्दिग्ध अवस्था में जल मरी या जला डाली गई। अफशाँ खबर पढ़ती और पूछती—"आपा, आप को गुस्सा नहीं आता?"

"आता है तभी तो मैंने शादी नहीं की।"

अफशाँ फोटो को ध्यान से देखती—"बताइए इस लड़की में क्या खराबी थी? सुन्दर है, पढ़ी-लिखी है, दो प्यारे-प्यारे बच्चों की माँ है, नौकरी करती है, फिर इसे क्यों मार डाला। अब इसके शौहर को, इसके ससुरालवालों को क्या सजा मिलेगी?"

"सजा क्या, ये लोग यही साबित करने की कोशिश करेंगे कि वह खाना बनाते हुए जल गई।"

"सुरजीतसिंह की तरह।"

"हाँ, भले ही घर में तीन-तीन नौकर रहे हों, साबित हमेशा यही होता कि बहू खाना बनाते हुए जल मरी।"

"क्या सास खाना नहीं बनाती?"

"बनाती होगी पर अक्ल से। नाइलॉन की जगह सूती साड़ी पहनती होगी।"

"मेरा खयाल है आपा, इसके शौहर को अपने ऊपर मिट्टी का तेल डालकर आग लगाकर देखना चाहिए, इस तरह जल मरने में कितनी तकलीफ होती है। हमारे मुल्क में तो ऐसा नहीं होता।"

"तुम्हारे यहाँ बहुओं को क्या सजा दी जाती है?"

"देखिए, अगर मियाँ-बीवी की पटती नहीं है तो या तो छुटौनी हो जाती है मतलब दोनों आजाद। या तलाक! मियाँ ही नहीं बीवी भी फिर से निकाह कर सकती है।"

"अच्छा यह बताओ जिसके जेहन में एक ही निकाह की इतनी तलखी जमा हो जाए कि वह दूसरे विवाह का नाम ही न ले, वह जिन्दगी कैसे बिताए?"

"फिर मेहर है, माँ-बाप हैं, पढ़ाई-लिखाई है।"

"सुनते हैं मेहर की अदायगी को लेकर भी अच्छा बवाल खड़ा हो जाता है।"

"जहाँ मेहर अपने बूते से बाहर बोल दी जाती है, वहाँ। पर हमारे यहाँ मेहर एक किस्म का डबल लॉक है। कई शौहर तो सिर्फ इसलिए बीवी को तलाक नहीं देते कि मेहर अदा न करनी पड़े।"

"यानी मेहर शादी के मौके पर नहीं तलाक के मौके पर दिया जानेवाला तोहफा है।"

"नहीं आपा, ऐसा नहीं है, आप तो कानून छाँट रही हैं। पर इतना मैं जानती हूँ कि हमारे यहाँ बहुओं के जल मरने की खबरें सुनने में नहीं आतीं। यहाँ तो सुबह अखबार खोलते ही जी खराब हो जाता है।"

"इसका रास्ता क्या हो सकता है, तुम्हारी अक्ल से?"

"अपनी मर्जी से निकाह। लड़के-लड़कियाँ अगर अपनी मर्जी से शादी करें तो लड़कियों को तो बेमौत न मरना पड़े। इसलिए हमारे यहाँ तो निकाह के ऐन वक्त तक पूछ लिया जाता है, जब लड़की हाँ करती है तभी काजी निकाहनामा पढ़ते हैं।"

"लेकिन हाँ करवाने में भी तो जबरदस्ती करवाई जा सकती है।"

"कौन करेगा जबरदस्ती?"

जवाब में मैंने लैला-मजनू फिल्म के डायलॉग का एल.पी. स्टीरियो पर लगा दिया जिसमें लैला की माँ ने अपने दूध की दुहाई देकर लैला के अनचाहे निकाह की मंजूरी दिलाई थी। लैला की चीत्कार भरी हाँ, हाँ, हाँ, एक गगनभेदी ना, ना, ना, थी।

अफशाँ ने सुना—"ऐसा भी होता है अगर लड़की सोच-समझकर प्यार न करे।"

"सोच-समझकर तो व्यापार किया जाता है, प्यार नहीं। एक दिमाग की पैदावार है तो दूसरी दिल की।"

"हटाइए आपा, आप भी हर चीज अलग-अलग करके बहुत देखती हैं, क्या दिल-दिमाग एक नहीं किया जा सकता?"

"चलो छोड़ो, हमारे यहाँ एक कहावत है, जिस गाँव जाना ही नहीं, उसकी गैल पूछने का क्या मतलब।"

एकाध बार मैंने अफशाँ से जानने की कोशिश की कि हामिद भाई के बारे में उसका क्या खयाल है। दरअसल, इन दोनों का रिश्ता इतना गहरा नहीं था कि फिक्र पैदा करे और इतना मुख्तसर भी नहीं कि मैं बेफिक्र रह सकूँ। एक बार मैं ईवनिंग शो के बाद घर लौटी तो देखा हामिद अफशाँ के कमरे में बैठे टेपरिकार्डर से दिल बहला रहे हैं और अफशाँ बिलकुल गृहिणी अन्दाज में उनके लिए ऑमलेट बना रही है। अकारण मुझे कुछ झुँझलाहट-सी हुई। अगर हामिद मेरे बॉस न होते तो जरूर तू-तू, मैं-मैं हो जाती। अफशाँ ने फौरन इस कॉफी-पार्टी में मुझे भी शामिल कर लिया। मैं हामिद से उसकी चौदह वर्षीया बेटी सबा का हाल पूछने लगी। जाहिर था कि उसकी बीस वर्षीया कजिन के सामने कोई भी आदमी अपनी चौदह साल की बिटिया का जिक्र पसन्द नहीं करता। हामिद ने मुझसे प्रॉडक्ट की स्क्रिप्ट के बारे में पूछताछ शुरू कर दी, जो दस दिन की मशक्कत के बाद भी मैं अभी लिख न पाई थी। थोड़ी देर ऐसे ही पैंतरेबाजी चलती रही फिर हामिद एक शरीफ दोस्त की तरह उठ गया। अफशाँ को कोई फर्क नहीं पड़ा। वह वैसे ही, जूठे प्याले मेज पर ही छोड़, टेपरिकार्डर में अपने खुद के बनाए शेर रिकॉर्ड करने लगी।

टेपरिकार्डर की दीवानी थी अफशाँ। उसके पास कई सेट थे। एक तो इतना नन्हा था कि वह उसे पर्स में डालकर घूमा करती। कभी समुद्र की लहरों का शोर टेप कर लेती तो कभी टी.वी. का। तरह-तरह की आवाजें बनाकर टेप करना उसे बहुत प्रिय था। अम्मी-अब्बा के पास वह चिट्ठी भी टेप करके भेजती थी। वहाँ के जवाब में भी उसे कैसेट ही आता। उसकी अम्मी हर चिट्ठी में यही कहती कि वह अब वापस आ जाए। वह हर चिट्ठी में यही कहती कि वह जल्द वापस आने वाली है।

अक्टूबर में दीवाली थी। हफ्ते-भर पहले से ही अफशाँ ने शोर मचाना शुरू कर दिया—"आपा, दीवाली पर क्या-क्या लाएँगी? क्या खिलाएँगी?"

"लाना क्या, मैं तो हर साल बस एक-दो पैकेट मोमबत्ती ले आती हूँ और

एक डिब्बा मिठाई।"

"क्यों, दीये न जलाइएगा क्या? और पूजा?"

"पूजा तो मैंने आज तक नहीं की। दीये का झंझट कौन करे?"

"लेकिन कितने प्यारे लगते हैं दीये। मँगाइए न आपा, मैं जलाऊँगी।"

उसका दिल रखने के लिए मैंने दीये-तेल मँगा दिए। वह सारा दिन इसी काम में लगी रही। जब सब फ्लैटों में बिजली की लतर और मोमबत्तियों की कतार लगी, अफशाँ ने हमारे फ्लैट के बारजे में दीये जलाकर सबको ताज्जुब में डाल दिया। खूब पास-पास दीये लगाए थे उसने। अन्दर की ओर के गलियारे को भी नहीं छोड़ा था। फिर वह तीसरे माले के बच्चों के साथ नीचे उतर गई और आतिशबाजी छुड़ाने में शामिल हो गई। मैं बराबर डरती रही, कहीं अफशाँ हाथ न जला बैठे, कहीं दुपट्टे में चिनगारी न लग जाए, पर अफशाँ नन्ही बच्ची की तरह ताली बजाती, हर आतिशबाजी पर उछल रही थी। पूरी तरह हाँफकर ही वह ऊपर आई।

"आपने पूजा नहीं की, सबने कर ली। देखिए, डिंकी, दीपक, उत्तमा और आशा ने हमें प्रसाद भी दिया।"

"त्यौहार मौज-मजे के लिए होता है, ढकोसले के लिए नहीं। चलो, मिठाई खा लो।"

"लेकिन आप लोगों में बुतपरस्ती तो बहुत होती है। मॉडर्न से मॉडर्न घर में एक कोने में देवी-देवताओं की मूर्तियाँ जरूर रखी मिलती हैं।"

"तुम्हारी बात ठीक है पर यकीन के लिए बुत जरूरी नहीं होता।"

"फिर भी अजीब है इन दीवारों पर एक भी देवता का न होना...।"

"अच्छा अफशाँ यह बताओ, देवता को पहले जिन्दगी में आना चाहिए या दीवारों पर?"

"आपका मतलब शादी से है?"

"नहीं, निर्भरता से। औरत पहले एक पुरुष ढूँढ़ती है, फिर एक भगवान, धीरे-धीरे उसकी सारी जिन्दगी एक तलाश और समर्पण बन जाती है। मेरी माँ ने यह गलती की, मेरी मौसी ने की, मामी ने की, मैं नहीं करूँगी। जब दुनिया में दोस्ती की बिलकुल किल्लत पड़ जाएगी तभी देवी-देवता तलाश करूँगी।"

"आप अपने को बहुत आजाद रखना चाहती हैं।"

"बेशक! जिस तरह इनसान मुल्क की आजादी के लिए लड़ता है, उसी तरह उसे अपनी निजी आजादी के लिए लड़ना पड़ता है। जिस कीमत पर आजादी मिलती है उसी कीमत पर उसकी कद्र भी करनी पड़ती है।"

"लेकिन कम-से-कम अपनी हिफाजत के लिए आपको कुछ करना चाहिए। मेरा मतलब है, क्या आपको अकेले यहाँ रहते डर नहीं लगता। इतने अकेले घर में, इतने बड़े शहर में, कुछ भी हो सकता है।"

"अफशाँ, डर ऐसी चीज है जो सोचने पर ही लगता है। फिर तुमने यह कैसे सोचा कि शादी कर लेने से हिफाजत का इन्तजाम भी हो जाता है। कई मर्द औरतों से भी ज्यादा डरपोक होते हैं। जो डरपोक नहीं होते, वे स्वार्थी होते हैं। मेरी सहेली का पति कहता है, पत्नी को हमेशा ट्रैफिक-साइड पर रखकर चलो तो सुखी रहोगे। शादी के बाद के खतरे शादी के पहले के खतरों से ज्यादा बड़े होते हैं।"

हम दोनों ने मिठाई-नमकीन से इतना पेट भर लिया कि खाने को जगह ही न रही। अफशाँ बार-बार दीयों में तेल डालती रही। सारी रात उसने दीये जलाये रखे। आसपास के घरों की मोमबत्तियाँ बुझ भी गईं, कई फ्लैटों के लोग बिजली गुल कर सो गए लेकिन अफशाँ अपने नन्हे चिराग जलाती रही। बड़े भूले-बिसरे गानों के कैसेट लगा दिए थे उसने टेपरिकार्डर पर। वह आज की रात जागते हुए बिताना चाह रही थी।

सुबह हम दोनों बहुत देर में उठे। मुझे दफ्तर जाना था, अफशाँ को रिकॉर्डिंग के लिए। दोनों अलग-अलग दिशा में थे। मैंने जल्दी-जल्दी चाय के साथ ही अंडे फ्राई कर नाश्ता लगा दिया। अफशाँ इस बीच नहाकर कपड़े बदल चुकी थी। उसने काई रंग का बेहद खूबसूरत हरम पाजामा और ढीला कुर्ता पहना। चलते-चलते उसने कुर्ते की पेटी से झूलते स्कार्फ में कोई छोटी-सी चीज छुपाई।

"क्या है अशू?" मैंने यों ही पूछ लिया।

"कटार।"

"खिलौना?"

"नहीं, सच्ची की।"

"क्या आज शूटिंग भी है जो यह काम आनी है।"

"नहीं टैक्सी में, सड़कों पर।"

"दिखाओ।"

अफशाँ ने नाटकीय अन्दाज में झटके से कटार निकालकर दिखाई, एकदम कोरी, चमचमाती, नंगी कटार।

मैं सिहर गई।

इतने पास से आज तक मैंने कोई अस्त्र नहीं देखा था। चाकू और कैंची के सिवा घर में कभी कोई काटनेवाला सामान नहीं रहा था। इन दोनों की धार भी एकदम मर चुकी थी। चाकू इतना कुन्द था कि उससे टमाटर भी न कटते। कागज काटते रहने से कैंची भी इतनी कंडम हो चुकी थी कि कपड़े के कतई काबिल न थी।

"यह तुमने कब से रखनी शुरू कर दी?"

"यह तो मैं हमेशा अपने पास रखती हूँ। इसके बिना तो मैं कभी घर से बाहर निकलती ही नहीं।"

"चलानी आती है?"

"क्यों नहीं?"

"लेकिन यह बताओ अगर कोई गुंडा सामने आ गया तो तुम जैसी फूल-सी लड़की को अपने हाथ-पाँव पर उतना काबू रहेगा कि कटार निकाल सको।"

"बोलती भले बन्द हो जाए, पर आपा, हाथ-पैर तो चलते रहेंगे।"

"मेरे साथ उलटा हो। चाहे हाथ-पैर सुन्न पड़ जाएँ जुबान चलती रहेगी।"

अफशाँ ने कटार वापस कमरपेटी में छुपाई और चल दी।

मैं अभी तक इस धक्के से उबर न पाई थी। स्तम्भित और आतंकित मैं सोच रही थी 'जाने कब से इसने यह खूनी कटार अपने पास रखी हुई है। जिस कमरे में मैं सोती हूँ उसके बगलवाले कमरे में कटार हो, यह मेरी चेतना स्वीकार करने में बौखला रही थी। दिमाग उलझन और आतंक से खलबलाने लगा। वह शायद पढ़ाई-लिखाई, अनुभव और अकेलापन का निष्कर्ष था कि मैं यही मानती आई थी कि जुबान से बढ़कर बड़ा कोई हथियार हो ही नहीं सकता। घर में कहीं ईंट थी न पत्थर, बस एक जुबान थी जिसे मैं समूचा तोपखाना समझती थी। मेरा पक्का यकीन था कि अगर कोई चोर मेरे फ्लैट में कभी घुस आया तो मैं अपनी वक्तृता में उसे इतना शर्मिन्दा कर दूँगी कि वह मेरे पैरों में सिर

रख देगा, उसका हृदय परिवर्तन हो जाएगा, वह एक बदला हुआ आदमी होगा। भाषा मेरी तोप थी, भाषा मेरा तमंचा। सारी दुनिया का बारूद और तेजाब इस एक अकेली जुबान की नोक पर रख दिया था भगवान ने। जीवन में गुस्सैल-से-गुस्सैल आदमी को मैंने भाषा के सहारे ठंडा किया था। भाषा के जरा से पेचोखम से मैं बदमिजाज को खुशमिजाज बना सकती थी। मुझे अपनी भाषा पर नाज था। इसके अलावा घर में लाठी-बल्लम कुछ भी तो न था।

एक बार गुसलखाने में एक पतला-सा साँप दिखाई पड़ गया था। शायद पाइप के सहारे चढ़ आया था। जमादार ने नाड़ा समझकर नाली से खींच लिया। उसका मुँह देखकर वह चीख पड़ा—"यह तो नागदेवता है, एकदम काला, तिलकधारी।"

"अच्छा-अच्छा, इसे बाहर फेंक आओ, दो रुपये देंगे।" मैंने कहा।

"नहीं मेम साहब, जिन्दे को कैसे फेंकेंगे। पहले लाठी दीजिए तो मार डालें।"

पूरे घर में लाठी ढूँढ़ी गई। लाठी क्या कहीं लकड़ी भी नहीं मिली। छोटे फ्लैट का स्वर्ण नियम 'फालतू चीजें फेंकते रहो' का पूरा पालन किया हुआ था। फुटरूलर के सिवा कहीं कोई लकड़ी का उपकरण नहीं दिखा। जमादार ने बड़े अचम्भे से मुझे देखा।

"घर-दुआर लेके बैठी हैं, मगर एक काठी तक नहीं रखेली।" फिर वह किसी और फ्लैट से लकड़ी लाने चला गया। मुझे ड्यूटी पर तैनात कर गया कि मैं साँप की हरकत ध्यान से देखती रहूँ, वह भागने न पाए। पर मेरे देखते-देखते वह कमोड की अन्दरवाली दीवार में छुप गया।

जब तक जमादार डंडा लाया, साँप ओझल हो चुका था।

"छोड़ो, फ्लश खींच देते हैं, बह जाएगा।" मैं उकता चुकी थी।

"नहीं मेम साहब, साँप और आगी को कभी खतम न मानो। मैं ढूँढ़ता हूँ।"

उसने बड़ी बेरहमी से कमोड का अन्वेषण किया। आखिर वह दिख ही गया। जमादार ने लपककर उसे डंडे के सिरे पर उठा लिया। नाड़े जैसा निरीह, पतला-सा वह शिशु-सर्प लकड़ी से जैसे चिपक गया। वहीं टाइल्स पर लाठी पटक-पटककर जमादार ने उसे मार डाला। बिना लाठी खाये ही वह मुझे तो मृत लग रहा था किन्तु जैसी करारी चोट जमादार उसपर कर रहा था, उससे यही लग

रहा था जैसे वह किसी भारी-भरकम दुश्मन से लड़ रहा है। जब जमादार की तसल्ली हो गई कि दुश्मन का सफाया हो गया है तब कहीं वह लाठी पटककर, हाथ झाड़कर विजेता अन्दाज में उठा—"लाइए मेम साहब, कंडी, घासलेट कुछ। इसे जला डालें।"

मेरा मन वैसे ही खराब हो गया था। मैंने कहा—"रहने दो बहुत हो गया। कचरे के साथ उठाकर फेंक आओ।"

"नहीं मेम साहब, इस तरह हम नहीं फेंकेगा। आपको नहीं मालूम, साँप की आँख में मारनेवाले का फोटू बन जाता है। इसका बिरादर हमें नहीं छोड़ेगा। इसे खतम करनाईच माँगता।"

घर में न कंडी थी, न मिट्टी का तेल। जरूरत ही नहीं पड़ती थी। किसी प्रकार का कोई भी तेल न था। माचिस तक नहीं। गैस थी, गैस-लाइटर था, बस।

आखिरकार जमादार झुँझला गया—"इससे अच्छी तो हमारी गिरस्ती। कम-से-कम कंडी तो मिलेगा।"

उसकी झुँझलाहट से सहमकर मैं वनस्पति घी का डिब्बा उठा लाई। चिलमची में मृत साँप रखकर उस पर कागज डाले, फिर वनस्पति, और बाकायदा उसका दाह-संस्कार हुआ। जब मदन आश्वस्त हो गया कि साँप की आँख जल गई है, तभी वह घर से हिला।

निरापद जीवन ने घर का समूचा निरस्त्रीकरण कर रखा था। कभी असुरक्षित महसूस ही नहीं किया, ऐसा महसूस करने का अवकाश भी किसे था। जिन्दगी एक दौड़ की तरह चलती थी। दो कमरों के इस फ्लैट में सबसे बड़ा अस्त्र हो सकता था टेलिफोन, उसके लिए मैंने आवेदन कर रखा था और मेरा नाम प्रतीक्षा-सूची में था। मैंने कभी इस विषय पर सोचा ही नहीं कि घर में हथियारों की भी जरूरत पड़ सकती है।

भय और जिज्ञासा से भरकर मैं अफशाँ के कमरे में गई। उसके बिस्तर का गद्दा पलटकर देखा, नहीं वहाँ कुछ नहीं था। हर चीज ध्यान से देखी। क्या पता क्या कुछ हो। ड्रेसिंग टेबिल पर तरह-तरह की क्रीम, लिपस्टिक, ब्लशर, आइलाइनर, और इत्र पड़े थे। आश्वस्त होकर मैं कमरे से निकल रही थी कि मैंने

देखा वह अपनी अलमारी की चाबी अलमारी में ही लगी छोड़ गई है।

"लापरवाह कहीं की," मैंने लाड़ से कहा और ताला बन्द करने बढ़ गई।

अनायास मैंने अलमारी खोल ली।

शायद मैं उसके सलवार-कुरते देखना चाहती थी।

शायद मैं उसके स्लिंग पर्स देखना चाहती थी।

शायद मैं उसके लॉकेट देखना चाहती थी।

मैं कपड़ों की तहों के बीच से गुजर गई।

आखिरी खाने में अफशाँ ने वे पत्रिकाएँ भर रखी थीं जिनमें बतौर मॉडल उसकी तसवीरें छपी थीं। उसके फोटो अलबम भी रखे थे। पत्रिकाओं और अलबमों के बीच में कोई चीज चमक रही थी। मैंने हाथ लगाया।

ओफ! यह तो रिवाल्वर थी, एकदम छोटी, काली, चिकनी, खूबसूरत और खतरनाक। मैं सन्न रह गई। तो मेरे घर को शस्त्रागार बनाया जा रहा है। यहाँ एक से एक हथियार इकट्ठे हो रहे हैं। मेरी ही अलमारी में मेरी ही मौत का सामान जुटा है। देखने में भोली-भाली-सी यह लड़की इतनी धूर्त होगी, मैंने कभी नहीं सोचा था। मैं खुली अलमारी के आगे दुर्घटनाग्रस्त-सी बैठी रह गई। रिवाल्वर को छूने की कोशिश की। मेरे सारे बदन में करेंट दौड़ गई। टाँगें काँप रही थीं, सिर में कुछ घनघना रहा था। इस अवाक खतरे के आगे सवाक् होकर भी मैं क्या कर लूँगी, मैंने सूखे ओठों पर जीभ फिराते हुए सोचा। मुझे तो उसे खोलना भी नहीं आता था कि देख सकूँ, उसमें गोली है या नहीं। फिल्मों से ही जानकारी थी कि इसमें छह गोलियाँ होती हैं।

हो न हो इनमें से एक तो मेरे लिए ही होगी। मेरे बदहवास दिमाग ने यहाँ तक सोच डाला कि शायद हामिद ने मेरा काम तमाम करने के लिए ही अफशाँ को यहाँ रखा है। उसे मुझसे क्या शिकायत हो सकती थी। खौफ के मारे मैंने उसकी मेज की दराज नहीं खोली। जाने वहाँ क्या कुछ सामान हो। मुझे लगा उसकी हर दराज एक राज है।

मुझे अपने ऊपर तरस आने लगा। मैं इस शहर में एक रात अचानक मर जाऊँगी, मेरे किसी सगे-सहोदर को खबर तक न होगी। जाने किन हाथों में मेरा अन्तिम संस्कार होगा। जाने कौन मेरे सेफ में पड़े साढ़े सात सौ रुपये साफ करेगा। जाने कौन मेरा बकाया वेतन और पी.एफ. वसूलेगा। जाने कौन मेरी

अनगिनत साड़ियाँ पार करेगा। कावसजी मैन्शन के गलियारों में मेरी घुटी चीख सुनने की किसे फुर्सत होगी। कौन रोएगा मेरी खातिर। उलटे खुश ही होगा। खासतौर पर एस्पी, कि एक फ्लैट तो खाली हुआ।

मेरी समस्त चेतना इतनी हिल गई कि मैं दफ्तर भी नहीं गई। बिना नहाये, खाये, बिस्तर पर पड़ी रही, धोखे, षड्यन्त्र और मृत्यु के बारे में सोचते हुए। मुझे मलाल हो रहा था कि मौत इतनी जल्द अपना मनहूस बुलावा लेकर आ गई, जबकि मेरी जिन्दगी का कोई भी काम पूरा नहीं हुआ। पूरा क्या शुरू भी न हुआ। न किसी से प्यार हुआ न मुहब्बत। न शादी न सगाई। अब पवित्रता के गुरु-भार को लिये-लिये मैं चिता पर पहुँच जाऊँगी। पहले पता होता तो खुलकर जी तो लेती।

अफशाँ ने डुप्लीकेट चाबी से घर खोला तो मुझे पाकर चौंक गई।

"अरे आपा, आज दफ्तर नहीं गई?"

मैंने आँखें बन्द रखीं। जवाब नहीं दिया। इच्छा नहीं हुई। अफशाँ अपने कमरे में जाकर सो रही। मैं सारा दिन, सारी रात तनाव में जागी रही। जैसे ही मैं आँखें बन्द करती, मुझे अपने गले पर ठंडी कटार और कनपटी पर चमकीली रिवॉल्वर का स्पर्श महसूस होने लगता। मुझे पक्का यकीन हो गया कि ये हथियार मेरे लिए ही यहाँ लाये गए हैं। अगर अफशाँ इन्हें अपनी हिफाजत के लिए लाई है तो साथ क्यों नहीं रखती, अलमारी में छुपाकर क्यों रखती है। मुझे लगा हिंसा वास्तव में एक किस्म का विकार होता है, तभी अफशाँ जैसी लड़कियों के बारे में भी इनसान को धोखा हो सकता है। मैंने कब सोचा था कि जिसे मैंने इतना प्यार-दुलार और गरमाहट दी, उसी द्वारा मैं इस कदर छली जाऊँगी। उसके संग वक्त गुजारकर मैं सचमुच मातृत्वमयी होती गई थी। अनजाने ही उसका नाम मेरे मुँह में अशू की जगह बिट्टू बनकर निकलता था। वह भी कैसे मेरे इर्द-गिर्द उछलती फिरती थी, अपनी हर चीज मेरे साथ बाँटती, दिखाती—"आपा, यह देखो मेरी नई चप्पलें—आज हामिद भाई को यह मैक्सी पसन्द आ गई मेरे लिए, है न बढ़िया—आपा, यह लीजिए चायपत्ती का डब्बा, आज इसी चाय की फिल्म बनी थी।" कितनी ही बार वह हाथ पकड़कर मुझे जबरन अपने कमरे में खींचकर ले गई थी—"आपा, मैं ही आपके कमरे में उठापटक करती रहती हूँ, आप मेरे कमरे में कभी नहीं बैठतीं।" फिर वह काजू की तश्तरी बढ़ाती, दौड़कर कॉफी बनाती और इस

तरह कमरे से कमरे तक के सफर में खातिर-तवज्जो होती। कई बार अफशाँ मेरी ड्रेसिंग टेबिल पर से बिन्दी लेकर अपने माथे पर चिपका लेती, मेरी चाबियों का गुच्छा, अपनी चाबियों का गुच्छा धागे में पिरोकर एक पाँव में पहन लेती और छम-छम नाचने लगती—'बिंदिया चमकेगी, चूड़ी खनकेगी'। ये सारे दृश्यचित्र और इनके बीच वह काली रिवॉल्वर सब दिमाग में गड्ड-मड्ड होकर खलबला उठे।

सुबह जब मैं लगभग जगी-जगी ही जागी, बदन बेतरह टूट रहा था, आँखों के नीचे स्याह गड्ढे से बन गए थे और तबीयत गिरी-गिरी थी। यहाँ तक कि चाय भी खट्टी लगी। अफशाँ ने गौर किया।

"क्या बात हुई आपा, क्या तबीयत खराब है?"

"नहीं, यूँ ही जिस्म टूट रहा है।"

"मैं आपके लिए फर्स्ट क्लास चाय बनाकर लाती हूँ मसालेवाली। चाय के साथ एस्पिरिन खा लीजिए, एकदम ठीक हो जाएँगी।"

"नहीं।" मैंने कुछ घबराकर कहा। मैं उसके हाथ की बनी चाय पीने के खयाल से ही काँप उठी। क्या पता चाय पीने के बाद मेरा क्या हश्र होगा!

"हाय अल्लाह, फिर तो आप वाकई बीमार हैं। वरना चाय के लिए तो आप कभी इनकार नहीं करतीं। वह भी मेरे हाथ की।"

मैं और काबू न रख सकी। फूट-फूटकर रो दी। अफशाँ परेशान हो गई।

"आपा प्लीज, बताइए न, क्या बात है? आप क्यों रो रही हैं? क्या घर से कोई बुरी खबर आई है। खुदा खैर करे! बताइए नहीं तो मैं भी रो पड़ूँगी।"

मैं क्या बताती।

"मैं बताऊँ, क्या हुआ होगा! आपको किसी ने कुछ कह दिया है। जरूर कोई आपको हर्ट कर गया है। आप मुझे बच्ची समझती हैं, मैं उतनी बच्ची नहीं। दफ्तरों में काम करनेवाले मर्द...।" अफशाँ अन्दाज लगा रही थी।

"यह सब चक्कर नहीं है," मैंने आँसुओं को थाम कुछ बेरुखी से कहा—"मैं इतनी बेवकूफ नहीं।"

"ठीक है, आप आराम कीजिए। कुछ जरूरत हो तो बुला लीजिएगा,"

उसने संजीदगी से कहा—"वैसे एक खास उम्र पर बेवजह उदासी भी कभी-कभी आ जाती है, अम्मी कहती थीं उन्हें भी कई बार ऐसा होता है।"

अफशाँ अपने कमरे में चली गई। उस कमरे से टेपरिकार्डर की मद्धिम आवाज आ रही थी। उसने दरवाजा उढ़का लिया।

मुझे अफशाँ की यह बात भी खल गई। वह मुझे अपनी अम्मी जितनी अधेड़ और जाहिल मानती है, यह सोचकर बहुत बुरा लगा। मैं उसे दोस्ताना तौर पर बिट्टू कह लूँ, यह बात अलग थी, पर वह मुझे वाकई अपनी अम्मी जैसी समझे, यह बात बिलकुल अलग थी। मेरी उम्र भले ही तीस के आगे खिसक गई थी, मैंने अभी अपने को विगतयौवना नहीं माना। न मैं विगत यौवना थी न दुर्गत यौवना। मेरा बदन हल्का था और कसा, चेहरे पर कान्ति थी। अकसर चूड़ी की दुकान पर सबसे नाजुक सँकरी चूड़ी ही मेरी कलाई में डलती। मेरे ब्लाउज में सिर्फ आध मीटर कपड़ा लगता, मैं हमेशा पीछे के हुकवाले ब्लाउज बनवाती। आगे लगे हुक मुझे डिस्टर्ब करते। मैं अपने आप पीछे के पाँचों हुक लगा लेती। इससे बदन के लचीलेपन का परीक्षण हो जाता। मेरा यकीन था कि जब तक बिना किसी अड़चन या दर्द के, पीछे के हुक लगाए जा सकें, उम्र या गठिया कोई भी पास नहीं फटक सकता। मेरे अन्दर न आलस था न थकान, न ऊब न उमस। मेरे चेहरे पर कौमार्य का तेज था। फिर कहाँ से यह अधेड़ अवसाद ढूँढ़ लिया इस खतरनाक लड़की ने। अगर बॉस की रिश्तेदार न होती तो आज मैंने इसे उठाकर खिड़की से बाहर फेंक दिया होता, इसे और इसके टेपरिकार्डर को।

मैंने धीरे-धीरे अपने को समेटना शुरू किया, अपने ही घर में। अपनी अलमारी में, दराज में ताला लगाने की आदत डाली, रसोई में सँभलकर खर्च करने लगी। बेवजह तोहफे ला-लाकर अफशाँ को बिगाड़ रखा था। अब सब बन्द कर दिए। अफशाँ ने चुपचाप सब देखा लेकिन कोई ऐतराज नहीं किया। वह अभी भी पूरी-पूरी इज्जत करती थी। लेकिन एक तापमान था जो कई डिग्री उतर गया था।

फिर एक इतवार हामिद आया। चाय के साथ-साथ उसने एक छोटी-सी तकरीर दी जिसमें बताया कि तीन हफ्ते बाद अफशाँ वापस घर जा रही है, उसे इतने दिनों मैंने रखा इसका वह बेहद अहसानमन्द है, यों तो कोई भी एहसान पैसों से तौला नहीं जा सकता, फिर भी वह यह छोटा-सा पैकेट मेरे पास छोड़

रहा है। ये दो हजार रुपये थे जो हामिद मुझे अफशाँ को रखने के एवज में दे रहा था। एक पल मैं चोट खाकर, पैकेट वापस देने वाली थी कि मेरे अन्दर लगे संकटकालीन स्विच ने फौरन चेताया—'मूर्ख न बनो, अक्ल से काम लो, अकेली वीरान जिन्दगी में पैसे से दुश्मनी मोल न लो, तुम्हारे पास न शौहर है न औलाद, न गृहस्थी, न घर-बार, फिर किसके बूते ये पैसे ठुकराओगी। तुम्हारा क्या खर्च नहीं हुआ अशफाँ को रखने में, तुम्हारे घर क्या मक्खन, ब्रेड, अंडे-दूध मुफ्त आते हैं। ठीक है बॉस की कजिन है, तुम्हारी तो नहीं। आजकल तो लोग अपनी कजिन की भी जेब काट लेते हैं।' मैंने एक कुशल मकान मालकिन की तरह पैसे हाथ में लेते हुए शिकायत की कि इसकी तो कोई जरूरत न थी। हामिद ने पैसे मेरे हाथ में देते हुए खुशामद की कि अफशाँ की किसी नादानी का मैं बुरा न मानूँ। फिर मैंने रस्मी बातें कीं कि इसके मॉडलिंग कैरियर का क्या होगा। उसने भी रस्मी तरह से जवाब दिया कि लड़कियों का असल कैरियर तो शादी होता है। फिर वह चला गया। अन्दर-ही-अन्दर बुरा मान लेने के बावजूद मैं थोड़ी हल्की हो गई। चलो, कुछ दिनों की बात है, फिर यह लड़की और इसका तोपखाना यहाँ से चला जाएगा। मेहमान के रहने की मियाद पता हो तो सबकुछ काबिले बरदाश्त हो जाता है। मैंने तय किया कि अशफाँ के जाने तक मैं अपना मूड दुरुस्त रखने की पूरी कोशिश करूँगी।

वह शुक्रवार की रात थी। बम्बई के मौसम ने हल्की-सी करवट ली थी। दिसम्बर का महीना था। और बम्बई बस उतनी ठंडी थी जितनी एक एयरकंडीशण्ड लायब्रेरी ठंडी होती है। गर्म कपड़ों की जरूरत ऐसी न थी कि खरीदे जाएँ और ऐसी भी नहीं थी कि अगर हैं तो दिखाने तक का मौका न मिले। अफशाँ ने बम्बई की इस ठिठोली-ठंड से छेड़छाड़ का यह तरीका ढूँढ़ा था कि वह अपना बहुरंगी विदेशी कम्बल ओढ़ने से पहले कमरे में पंखा चला लेती। लेकिन सुबह तक कहाँ टिकता था कम्बल उसके बदन पर। रात-भर में पैरों से फेंक-फेंक उसे जमीन पर पटक देती थी अफशाँ अल्हड़ गहरी, बेफिक्र नींद आती थी उसे। मेरी नींद की नस्ल एकदम अलग थी। पहले दौर में, पढ़ते-पढ़ते मेरी आँख लग जाती। मैं हाथ बढ़ाकर न बत्ती बन्द कर पाती न किताब। कभी-कभी तो बालकनी का

दरवाजा भी बन्द न होता। करीब एक डेढ़ बजे झटके से मेरी नींद टूटती। फिर मैं बत्ती-पंखा, किताब, दरवाजा बन्द कर, पानी पीकर एक बार फिर सोने का उपक्रम करती। बेफिक्र मैं भी थी, जल्द ही फिर आ जाती नींद। सुबह बाई के लगातार घंटी बजाने से ही आँख खुलती थी।

उस रोज भी शायद यही क्रम रहा। अफशाँ बाहर खाना खाकर देर से लौटी। मैं उस वक्त एडवरटाइजिंग पर प्रकाशित एक नई पुस्तक पलट रही थी। जल्द ही वाशबेसिन के नल खुलने की आवाज आई, फिर दाँत साफ करने की और सबसे अन्त में टैल्कम पाउडर की भीनी खुशबू मेरे कमरे तक फैल गई। इसका मतलब था अफशाँ ने आकर ब्रश, वॉश कर लिया और वह सोने जा रही है।

जरूर मैं रोज की तरह ऊँघ गई हूँगी क्योंकि मैंने ट्रांजिस्टर भी बन्द नहीं किया। देर रात गए यकायक मुझे सपने में कोई चीख-पुकार सुनाई दी। झटके से नींद खुल गई। कमरे में घुप्प अँधेरा था। सिरहाने ट्रांजिस्टर खड़खड़ कर रहा था। इसी ने मुझे सचेत किया। फिर एकाएक ध्यान आया, यह बिजली किसने बन्द की, मैं तो जली छोड़कर सो रही थी। शायद अफशाँ ने की होगी, मैंने सोचा। लेकिन वह तो बिस्तर पर पड़ते ही बेसुध सो जाती है। मैंने एक नजर अफशाँ के कमरे की ओर देखा। न जाने क्यों मुझे महसूस हुआ उस कमरे में कोई हरकत-सी है। कुछ उखड़ी साँसों का आभास मिला।

मैंने खट् से अपने कमरे की बत्ती जला दी। लपककर अफशाँ के कमरे का पर्दा सरकाया ही था कि नीम अँधेरे में यह दृश्य देख मैं बदहवास हो गई। दो नंग-धड़ंग आदमियों ने अफशाँ को जबरदस्ती थामा हुआ था। उनकी बाँहों में अफशाँ बुरी तरह छटपटा रही थी। अफशाँ के मुँह में उसी का दुपट्टा ठूँसा हुआ था। वह आजाद होने के लिए वहशियों की तरह हाथ-पाँव पटक रही थी। मैंने आव देखा न ताव, फौरन पर्दे का पीतल का रॉड निकाल, उन दोनों दरिन्दों पर खींचकर मारा। इस अप्रत्याशित हमले से वे एकदम गड़बड़ा गए। उनका सन्तुलन गड़बड़ होते ही अफशाँ उनके हाथों से छूटकर भागी और मुझसे लिपट गई। मैंने ही उसके मुँह से दुपट्टा निकाला। वे दोनों आदमी अपनी लुंगियाँ सँभालते, बारजे के रास्ते बाहर उतर गए। मैं उन्हें पकड़वाने के लिए शोर मचाने ही वाली थी कि अफशाँ ने दुपट्टे से अपने को ढाँपते हुए, दहशत-भरी भर्राई आवाज में कहा—"आपा, प्लीज!"

मैंने बारजे से झाँककर देखा, अँधेरे के आलम में आँख उन्हें ढूँढ़ न पाई। श्रम, उत्तेजना और आक्रोश से मेरी साँस उखड़ रही थी लेकिन मैंने अफशाँ को अपने हाथों कपड़े पहनाये। वह प्रलाप कर रही थी। शब्द भी स्पष्ट नहीं थे।

"हाय आपा, आपने मुझे बचा लिया। वरना मेरा क्या हाल होता।"

"आपा, मैं तो बेसुध सोई पड़ी थी। जाने कब कहाँ से ये वहशी आ टपके।"

"आपा, मैं तो आज मर जाती। आप न होतीं तो मर ही गई थी।"

अब जब खतरा टल चुका था, हम दोनों काँप रही थीं। अफशाँ ने मेरे दोनों हाथ अपने कलेजे पर समेट लिए। उसका रोयाँ-रोयाँ पीपल के पत्ते-सा थरथरा रहा था। जाने किस फ्लैट की बालकनी से वे दुष्ट दाखिल हुए होंगे। देखने में बिलकुल डब्बे जैसे फ्लैट भी बारजे के रास्ते कितने असुरक्षित हैं, यह आज भली-भाँति मालूम हुआ। तभी अधिकांश परिवार सड़ी-से-सड़ी गर्मी में भी बारजे की तरफ खुलनेवाला दरवाजा बन्द करके सोते थे। यह अफशाँ ही थी, जो बारजे का दरवाजा और कमरे का पंखा दोनों खोलकर कहा करती—

"बम्बई में शिमला यों बनता है आपा!"

बड़ी देर तक अफशाँ घुटनों में मुँह छुपाये बैठी रही। अपने कमरे तक जाने की मेरी भी हिम्मत न थी। मेरे सामने कई जरूरी फैसले थे। मेरा खयाल था कि इस वारदात की खबर पुलिस को जरूर करनी चाहिए ताकि भविष्य में ऐसा खतरा सामने न आए। मैं ही कौन सूरमा थी, अब तो मुझे अपना अकेले रहना भी खतरनाक लग रहा था। हादसे की कोई उम्र नहीं होती, न ही तारीख।

लेकिन अफशाँ पुलिस की चर्चा चलते ही रो-रोकर बेहाल होने लगी। उसका कहना था कि पुलिस की तहकीकात का सामना करने से अच्छा वह मर जाना समझती है। मैंने जितना समझाने की कोशिश की, उतना उसका डर और इनकार बढ़ता गया जिसका अन्त उसकी बेहोशी में हुआ। घबराकर मैंने हामिद को बुलाया। वारदात के बारे में सुनकर उसे भी बेतरह धक्का लगा! उसने भी यह जरूरी समझा कि पुलिस को खबर की जाए। लेकिन अफशाँ की हालत ऐसी थी कि हमें पुलिस की बजाय डॉक्टर के पास जाना पड़ा।

इस वारदात में शारीरिक हानि से तो हम सब बच गए लेकिन मानसिक क्षति का अन्दाजा लगाना किसी के लिए भी असम्भव था। तीन दिन, तीन रात अफशाँ नर्सिंग होम में रह-रहकर यही चीत्कार करती रही—"आपा, वो आ रहे हैं, मुझे

बचाओ।" हामिद ने दौड़-भागकर उसकी रिजर्वेशन कुछ और पहले करा दी।

धीरे-धीरे अफशाँ सामान्य हुई। उसे महसूस हुआ कि उसकी वजह से हम सब बेहद फिक्रमन्द रहते हैं। वह एक-एक कदम अपनी पुरानी दुनिया में लौटी जैसे कोई बच्ची वर्षों पोलियोग्रस्त रहने के बाद एक-एक पाँव उठाना फिर से सीखे। घर में वह साये की तरह मेरे साथ-साथ रहती और बार-बार कहती—"आपा, आप न होतीं तो हम भी न होते, हम खुद ही चलकर कब्र में सोते। मुझे तो आज पता चला है आपा कि खतरे में हथियार नहीं इनसान काम आता है। सारे हथियार एक तरफ, इनसानी मुहब्बत एक तरफ।"

जाने के रोज तक वह इतनी नॉर्मल हो गई थी कि उसने अपना सब काम पूरा कर लिया, रिकार्डिंग, शूटिंग और मॉडलिंग का। सामान कुछ खास नहीं था उसका। एक-तिहाई तो यहीं छोड़े जा रही थी, मेरे पास। उसने कहा—"अभी तो मुझे फिर आना है, एक बार नहीं बार-बार। मेरी असली बिरादरी तो यहीं है आपा।" अपनी स्लीपरें तक नहीं उठाईं उसने—"ये हैं तो आपको लगेगा मैं हूँ।"

उसे विदा देनेवाले दोस्त मुलाकाती दो कारों में भरकर चले। लड़कियाँ कुछ तरंग में थीं कि एक चुनौती वापस जा रही है। लड़के कुछ उम्मीद में थे कि चुनौती वापस जरूर आएगी।

अफशाँ मेरे बिलकुल करीब बैठी थी, खामोश। इस वक्त उसकी हँसी, चुहल सब चुप थी। हाजी अली पर उसने कार रुकवाई। आँख के इशारे से मुझे उतरने को कहा। हाजी अली की सँकरी पट्टी पर मेरा हाथ थामे वह दरगाह तक चली। मेरा खयाल था, यह दुआ का वक्त है। हम दोनों मौन खड़े थे। तभी अफशाँ ने अपना हैण्ड-बैग खोलकर उसमें से दो चमचमाती चीजें निकालीं, एक काली, दूसरी सफेद, मेरे देखते-देखते उसने दोनों छप्प पानी में फेंक दीं। ये चीजें मेरी देखी-भाली थीं। इन चीजों ने मेरा सुख-चैन छीना था। इन चीजों ने अफशाँ को पराया बनाया था।

हम एक-दूसरे से कुछ नहीं बोले, बोलने की जरूरत भी नहीं थी। बस एक-दूसरे के हाथ पर हमारी पकड़ मजबूत होती चली गई।

# पचीस साल की लड़की

"**राजाराम** इस वक्त छुट्टी पर है। छह बजे आएगा। मैं तुम्हारे लिए चाय लाती हूँ। तब तक तुम अखबार पढ़ो।" मिसेज शर्मा ने कहा और रसोई में चली गईं।

राजाराम दफ्तर का वह चपरासी है,जो सिर्फ रजिस्टर पर हाजिर रहता है। उसे इस बात की कोई शर्म नहीं। शर्मा साहब को भी नहीं। राजाराम को तो घमंड ही है। साहब को भी घमंड है। मैं तो आज पहली बार सोफेवाले कमरे तक आई हूँ। राजाराम की पैठ रसोई तक है। अकसर तो मैं बरामदे से ही वापस गई हूँ।

मातहत होते हुए भी मुझे 'तुम' सम्बोधन अखर गया। मिसेज शर्मा के वाक्य में आत्मीयता से अधिक आदेश था। दरअसल, मुझे पता ही नहीं चलता, कब मिसेज शर्मा आत्मीय हो जाती हैं, कब अफसराना! मैं हर बार चपेट में आ जाती हूँ।

इस वक्त दिन के साढ़े चार बजे थे। यह अखबार पढ़ने का वक्त कतई नहीं था। कुछ लोग हर वक्त अखबार पढ़ सकते हैं। एक बार पढ़कर उनकी तसल्ली नहीं होती। वे टिफिन बॉक्स के साथ तहाकर अखबार दफ्तर ले आते हैं। दफ्तर में वे मेज पर वही अखबार बिछाकर खाना खाते हैं, और शाम, फिर उसे टिफिन बॉक्स के साथ मोड़कर वापस ले जाते हैं। रात खाना खाने के बाद अखबार-अध्ययन की एक और किस्त के दौरान वे पढ़ते-पढ़ते उसे ओढ़कर सो जाते हैं। उन्हें देखकर यही लगता कि वे भयंकर प्रबुद्ध हैं, जबकि ऐसे लोगों की दुनिया के बारे में कोई राय नहीं होती।

मैं अखबार को उतनी ही फुरती से निपटाती हूँ जितनी फुरती से नहाती हूँ। उसके पहले का समय घनघोर आलस का होता है। दरअसल, सुबह मेरी

नींद न अखबारवाले से खुलती थी, न दूधवाले से। दोनों अपना-अपना माल पड़ोसियों की ईमानदारी के भरोसे बरामदे में छोड़ जाते। वर्षों से मुझे जगाने का काम देवकीनन्दन पांडे और शिवसागर मिश्र कर रहे थे। नहीं, मैं समाचार नहीं सुनती। उनकी गुरु-गम्भीर आवाज कान में पड़ते ही अफरा-तफरी का एक पूरा खाका मेरे सामने खिंच जाता। उठो, नहाओ, खाओ और जाओ। बस छूटी, देर हुई। देर से दुर्घटना भली।

पाँच मिनट बीतने पर भी मिसेज शर्मा प्रकट नहीं हुईं। मैंने कल्पना की कि मिसेज शर्मा ने पहले स्टोव जलाने की कोशिश की होगी। असफल होने पर वे छोटी गैस से भिड़ रही होंगी। शायद यह अन्दाज गलत हो। शायद वे अतिरिक्त संवेदनशीलता से चाय बना रही थीं। अभी कुछ देर पहले मैंने पास रखे बेगम अख्तर के एल.पी. को हसरत से देखा था, तो उन्होंने कहा था—"हमारा स्टीरियो तो बड़ा सेंसिटिव है, झट सुई निकल जाती है। मैं खुद कभी हाथ नहीं लगाती।"

मैं वहीं जाम हो गई थी।

टेलीफोन इस्तेमाल करने की कोशिश का भी यही हश्र हुआ था। मैं उपनिदेशकजी को सूचित करना चाहती थी कि निदेशक जी अभी लौटे नहीं हैं, पर मिसेज शर्मा ने फौरन टोक दिया—"जाने कैसा फोन है यह, बड़ी जल्दी बिगड़ता है। एक बार बिगड़े तो जल्दी ठीक भी नहीं होता। फोन के बिना तो उनका एक मिनट गुजारा नहीं।"

अब बैठे-बैठे मुझे दहशत हो रही थी। इतनी सेंसिटिव चीजों के बीच मुझे कैसा बरताव करना चाहिए, समझ नहीं आ रहा था। यहाँ तक कि टॉयलेट में जाकर मैंने कमोड इस्तेमाल करने के बाद फ्लश की जंजीर को हाथ भी नहीं लगाया, कहीं यह भी सेंसिटिव हो और मिसेज शर्मा दौड़ी आएँ।

तय दरअसल यह करना था कि फ्लश ज्यादा सेंसिटिव था, या मिसेज शर्मा की नाक। न जाने क्यों, मेरे दिमाग में संवेदनशील की तसवीर केवल दुबलेपन की थी। मोटे थुलथुल लोगों को संवेदनशील मानना मेरी संवेदनशीलता को गवारा न था। हालाँकि कुछ दुबले लोग भी खासे चीमड़ किस्म के होते होंगे, पर यह एक खयाल था, जो मेरे मन में सिद्धान्त बनता जा रहा था। मिसेज शर्मा का स्वास्थ्य अतिरिक्त उत्तम था, जैसा अकसर दुबले पुरुषों की पत्नियों का होता है। उनका दाम्पत्य जीवन तालमेल से शुरू

होकर घालमेल पर जा पहुँचा लगता था। शर्मा जी अब, अपनी पत्नी के छोटे भाई, या देवर लगने लगे थे। छोटा कद, हल्का बदन और पतले चेहरेवाले शर्मा जी निदेशक के बजाय निदेशक के पी.ए. लगते। मिसेज शर्मा ने इस बीच डाइटिंग की कोशिश क्यों नहीं की, यह सोचने का विषय था। विवाह के समय का शर्मा दम्पती का एक चित्र कमरे में सजा था, जिसमें शर्मा जी तो कमोबोश वैसे ही लग रहे थे, जैसे अब, किन्तु मिसेज शर्मा पहचान में नहीं आ रही थीं। उस चित्र में आँखें झुकाए ये सलज्ज, सुन्दर और सुडौल लग रही थीं। अब यह कहना मुश्किल था किं उन्होंने समय का दुरुपयोग ज्यादा किया, या समय ने उनका।

"लो, पियो।" के आदेश के साथ मेरे सामने एक प्याला चाय आ गई, बनी बनाई। चाय के भूरे रंग को दूध चीनी के मेल से सुनहरा होते देखने का अबोध आश्चर्य कुचल गया। यह नन्ही ऐय्याशी मुझे कितनी प्रिय है, कैसे बताऊँ।

"आप?" मैंने पूछा।

"मेरा व्रत है।" सूचित करने के बाद वे ठीक मेरे सामने बैठ गईं। एकाएक मुझे वे दिन याद आ गए, जब माँ इस तरह सामने बैठकर हम बच्चों को दवा पिलाती थीं। हमें इधर-उधर हिलने का मौका दिए बगैर वे एक कठोर नर्स की तरह काम खत्म कर चल देतीं। दवा कसैली के साथ-साथ विषैली भी लगती। देर तक बदन में झुरझुरी और मुँह में उलटी आती रहती।

यहाँ तो मामला और भी विकट था। हथिनी आकार, शेर मुखाकृति और लोमड़ दृष्टिवाली मिसेज शर्मा अपने समस्त जप, तप और व्रत से लैस मेरे सामने बैठी थीं, मानो ये तीन ताले थे, जिनके बाहर मैं खड़ी थी। शायद इनके इन्हीं तीन अस्त्रों से शर्मा जी अभी तक इनके पति रह आए थे। ये तीन खड्ग थे, जिनसे ये शत्रुओं का वध करती रही थीं। मैं अपने बॉस के बारे में बहुत कम जानती थी। मैं अनुमानों से भरी हुई थी। मैं अभी सोच ही रही थी कि बात भी की जाए, या सिर्फ चाय पीकर चल दूँ कि मिसेज शर्मा ने धीरे-धीरे कार्यवाही शुरू की।

"आजकल दफ्तरों में बड़ा करप्शन फैल गया है।"

मैं चुप।

"लड़कियों का चरित्र तो रह ही नहीं गया है।"

"लड़कों का कौन-सा रह गया है।" मैंने मुँह खोला।

"लड़कों का क्या है, पीठ-पूँछ झाड़कर वैसे के वैसे। पर लड़कियों को तो सोचना चाहिए। सामनेवाले मकान में रहती है एक। दफ्तर से रोज रात ग्यारह बजे लौटती है। बताओ, आधी रात में कौन दफ्तर बन्द होता है। ये कहते हैं, नाइट ड्यूटी करती है। लड़कियों से कौन कराता है नाइट ड्यूटी! जिसे देखो वही चालू हो गई है।" उन्होंने कुछ ऐसा मुँह बनाया, जैसे उन्हें कोई गन्दी चीज आँखों के आगे घटित होती दिख रही है।

मैं बहुत डर गई। मुझे ऐसा लगा जैसे अब मुझ पर प्रहार होनेवाला है। मुझे यह भी लगा जैसे मिसेज शर्मा के मन में यह खटका था कि शर्मा जी मुझ पर प्रेम दृष्टि रखते हैं। तभी तो यह बता नहीं रही थीं कि शर्मा जी लखनऊ से कब लौटेंगे? मेरा अपराध सिर्फ इतना था कि मैं शर्मा जी की स्टेनो थी, मेरी उम्र पचीस थी, मेरा विवाह अभी नहीं हुआ था और उपनिदेशक ने मुझे कुछ कागजों पर हस्ताक्षर कराने के लिए यहाँ भेज दिया था।

पचीस साल की उम्र की पचीस परेशानियाँ थीं, जिनमें से कुछ इस वक्त बुरी तरह से खटक रही थीं। इन दिनों लड़कियों के बीच मैं औरत और औरतों के बीच लड़की गिनी जाने लगी थी। सच्चरित्र स्त्रियों में मुझे दुश्चरित्र और दुश्चरित्र स्त्रियों में कुछ सच्चरित्र समझा जाने लगा था। किसी भी वर्ग से संवाद का सिलसिला बैठ नहीं पा रहा था। मुहल्ले की छोटी लड़कियाँ मुझे अब आंटी कहने लगी थीं, जबकि मैं स्वयं अभी बहुतों को आंटी कहने की मन:स्थिति में थी।

इन सब खतरों के बीच मैं इस वक्त भी बैठी थी। मिसेज शर्मा मुझे मर्मभेदी दृष्टि से देखती हुई तहकीकात कर रही थीं कि दफ्तर में कुल कितनी लड़कियाँ स्टाफ पर हैं, उनमें से कितनी विवाहित हैं, कितनी अविवाहित, कितनी परित्यक्त और कितनी विधवा? विवाहिताओं में कौन-कौन सुखी अथवा दुखी हैं?

वे यह छीछालेदार क्यों कर रही थीं। क्या मैं ही मिली थी शिकार?

"यह क्या वजह है कि टाइपिस्ट-वाइपिस्ट जल्दी शादी नहीं करतीं?" उन्होंने कहा।

मैं बहुत डर गई।

"पर तुम तो ऐसी नहीं लगती। जमाना बहुत खराब है। लड़की का पाँव जरा फिसला नहीं कि फिसलता चला जाता है। उम्र भर रोना पड़ेगा फिर।"

मैं और भी भयभीत हो उठी। वे अपने जप, तप और व्रत से ही क्यों नहीं सीधे-सीधे मुझे भस्म कर देतीं? क्यों ऐसी-की-तैसी कर रही हैं। अगर मैं पापी हूँ तो उनके ताप से निश्चित जल जाऊँगी।

मैंने भस्म हो जाने के लिए खुद को तैयार किया। ठीक है, लग जाने दो यहीं ड्राइंगरूम में, इस महँगे कालीन पर मेरी राख का ढेर। पड़ा रहने दो, मेरे वेतन का अगला पे-बिल। कल के सिनेमा के टिकट मेरे पर्स में पड़े फड़फड़ाने दो। आज एक सती अपने सतीत्व से मुझे नष्ट कर डालेगी। मुझे सिर्फ इतना अफसोस रहेगा कि कभी दिल खोलकर गुनाह भी नहीं किया। मौके तो कई आए, पर हर मौके को शादी के लालच ने पीछे धकेल दिया। जैसे दफ्तर का ही वह नया पैक्स, जो अकसर मुझे शाम को अपने स्कूटर पर लिफ्ट दिया करता था। अपने मोटे पेट और पके बालों के बावजूद वह अविवाहित था और रोमांस के हौसले उसने हारे नहीं थे। सिलसिला वहाँ जाकर एकदम टूट गया, जब वह मेरे एफ.डी. की जानकारी चाहने लगा, जबकि मैं उसकी वी.डी. की जानकारी चाहती थी। उसने तत्काल स्कूटर सेवा सस्पेण्ड कर दी और मैं बस के क्यू में शामिल होने लगी।

मैं अपने अफसर शर्मा जी को उनके जूतों की चमचमाहट से पहचानती थी, या उनकी पॉलिस्टर कमीज के महँगेपन से। मुझे तो ठीक-ठीक यह भी ध्यान नहीं था कि उनके कितने प्रतिशत बाल पके हुए थे और कितने कच्चे। फिर शर्मा जी पेट के पुराने रोगी। मिसेज शर्मा को खुद सोचना चाहिए कि एक अफसर, जिसे दफ्तर में कम-से-कम चार बार पाखाने जाने की जरूरत पड़ती है, कैसे रोमांस विकसित कर सकता है। कम-से-कम दफ्तर में जहाँ अकसर यह मजाक चलता है कि बॉस का केबिन पाखाने में शिफ्ट कर दिया जाए, तो कैसा रहे।

निजी तौर पर शर्मा जी से किसी को कोई शिकायत नहीं थी। वे न बदमिजाज थे, न खुशमिजाज। न वे किसी से राग रखते थे, न द्वेष। देर से दफ्तर आते थे, जल्दी घर जाते थे। मातहतों को और क्या चाहिए! केबिन और पाखाने के बाहर के दफ्तर से उनका बहुत सीमित सरोकार था। उन्हें फाइलों पर हस्ताक्षर करना आता था और तारीख डालना। उन जैसे रोगी और जोगी के बारे में मिसेज

शर्मा का इतना व्यग्र होना प्रेमातिरेक के सिवा कुछ भी नहीं था।

मिसेज शर्मा कान खुजाने लगीं। उनकी कमर में लटका चाबियों का गुच्छा झनझना उठा। दो लम्बी चाबियाँ थीं, शायद अलमारी की। एक ठिगनी, शायद सेफ की। दो काली, शायद बाहरी तालों की और एक पीली, शायद रसोई की अलमारी की। मेरा मन हुआ कहूँ, एक ताला शर्मा जी की पैंट की पेटी में अटकाकर उसकी भी चाबी अपने गुच्छे में लटका लीजिए और चैन की नींद सोया कीजिए मिसेज शर्मा! व्रत के सहारे कब तक पति को साधे रहेंगी। पर मैं घुन्नी बनी बैठी रही। बॉस की बीवी को नाराज करने लायक हिम्मत और हिमाकत मुझमें कहाँ!

मिसेज शर्मा टकटकी लगाए मेरे चेहरे की ओर देख रही थीं, मानो मेरा चेहरा एक किताब हो, जिसमें उन्हें अपने पति का हिसाब-किताब मिलने की आशंका हो। मेरी मुश्किल यह है कि कोई मेरे चेहरे को लगातार देखे, तो मेरे होंठ खुद-ब-खुद काँपने लगते हैं। तबीयत रोने-रोने को हो जाती है और पैर उठने से इनकार कर देते हैं। घर पर बड़े भाई बहनों ने अकसर मुझे इसी पद्धति से रुलाया है।

शुक्र है मिसेज शर्मा बोलीं तो। अगर वे कुछ पल और मुझे घूरतीं, मैं कहीं की न रहती।

"तुम शादी कब कर रही हो?" उन्होंने नरमी से कहा।

मुझे हँसी आने को हुई। एक समझदार हँसी, जो मुझे दुनियादारी में लौटा लाई। मूर्ख मिसेज शर्मा। क्या वे नहीं जानतीं कि हमारे यहाँ लड़कियाँ शादी करती नहीं हैं, उनकी शादी हो जाती है। बिलकुल वैसे जैसे कोई अपने को खाँसी करता नहीं है, खाँसी हो जाती है।

फिलहाल तो मेरी शादी के लिए दूर-दूर तक कोई सूरमा नजर नहीं आ रहा था। मेरे माँ-बाप बूढ़े हो चुके थे। उनका सम्पर्क सिर्फ बूढ़ों से था। मेरे भाई विवाहित थे, उनका सम्पर्क सिर्फ विवाहितों से था। मेरी बहनें बाल-बच्चेवाली थीं, उनका सम्पर्क सिर्फ बाल-बच्चेवालियों से था।

सब-के-सब व्यस्त थे। मिसेज शर्मा त्रस्त थीं।

मिसेज शर्मा बड़ी आकुलता से मेरी तरफ देख रही थीं।

"कोई मिलता ही नहीं इस लायक।" मैंने संकोच से कहा।

"तुम्हें पसन्द ही नहीं आता होगा। आजकल हर लड़की आला अफसर चाहती है। खुद कुछ हो, चाहे न हो, लड़का आई.ए.एस. चाहिए, पी.सी.एस. चाहिए। ज्यादा मीन-मेख निकालना अच्छा नहीं होता। जो सामने आए, उसी से कर डालनी चाहिए। कुछ अपनी भी किस्मत होती है। क्या कहते हैं, शादी तो बस अँधेरे में छलाँग होती है।"

'छलाँग लगाने की भी एक उम्र होती है, नहीं तो सीधे हाड़-गोड़ टूट जाते हैं।' मैं कहने वाली थी, पर रुक गई। शादी के खिलाफ बोलना नादानी हो न हो, बेईमानी जरूर मानी जाएगी।

शादी मेरी होनी थी, तनाव मिसेज शर्मा झेल रही थीं।

मैंने बड़ी दिलेरी से कहा—"आप बिलकुल ठीक कह रही हैं। माँ भी यही कहती हैं। उन्होंने एक लड़का देखा है, वहीं बिहार में। आजकल लेन-देन को लेकर बातचीत चल रही है। उम्मीद है, इस बार मामला पट जाएगा। सर अगर छुट्टी दे दें तो मैं एक बार घर हो आऊँ।"

मिसेज शर्मा के चेहरे पर खुशी और हँसी एक साथ चमक गई—"यह तो बड़ी अच्छी बात है। तुम बिलकुल फिक्र न करो। तुम्हें छुट्टी मैं दिला दूँगी। तुम तैयारी तो करो।"

❑❑❑